清朝的皇帝

高陽 著

二

皇清盛世

經典新版

目錄

(二)皇清盛世

5 聖祖——康熙皇帝／339

6 世宗——雍正皇帝／473

7 高宗——乾隆皇帝／573

五、聖祖——康熙皇帝

聖祖名玄燁，是漢文帝以來的第一個好皇帝，亦是一部二十五史中，唯一了解西方文明、尊重科學精神的一個皇帝；但終清之世，沒有一個史學家注意到這一點，詞臣撰實錄，仍舊是用傳統的手法。凡帝室之誕降每有一段異聞。王氏「東華錄」，引實錄云：

聖祖仁皇帝，世祖第三子也。母孝康章皇后佟氏，太子太保、定南將軍、都統、一等公贈少保，謚勤襄，佟圖賴之女。……年十五，誕上於景仁宮。順治十一年甲午三月十八日巳時也。先是孝康章皇后詣慈寧宮問安，將出，衣裙若有龍繞，太皇太后見而異之，問知有娠；顧謂近侍曰：「朕曩孕皇帝時，左右嘗見朕裙褶間有龍盤旋，赤光燦爛，後果誕生聖子，統一寰區。今妃亦有此祥徵，異日生子必膺大福。」至上誕降之辰，合宮異香，經時不散；又五色光氣，充溢庭戶與日並耀。是時宮人以及內侍無不見者，咸稱奇瑞云。

又謂其少有大志：

六齡時，嘗偕世祖二子福全、皇五子常甯，問安宮中，世祖各問其志。皇五子甫三齡，未對；皇二子以願為賢王對；上奏云：「待長而效法皇父，黽勉盡力。」世祖遂屬意焉。八齡踐阼，後一日太皇太后問上何欲？奏曰：「惟願天下久安，生民樂業，共享太平之福而已。」蓋撫馭萬方，馴致太平其基已肇於此。

當太后定策，決定接納湯若望的建議，以已出天花的皇三子嗣承皇位；以及諸王親貴，設誓效忠後，朝廷大權是握在四個人手中，此即顧命四大臣：索尼、蘇克薩哈、遏必隆、鰲拜。四顧命大臣以索尼爲首，起初和衷共濟；不久即發生傾軋，最後鰲拜成爲權臣，專擅自恣，幾有不可制之勢。康熙八年，爲聖祖設計除去，時年十六歲；但定計則早在他十三、四歲時，不動聲色，暗中部署，到得時機成熟，一舉成功。聖祖之爲英主，觀此一事，可以預見。四輔臣之相爭，爲康熙初期一大事，這裡先介紹四輔臣的簡歷；「清史稿」卷二百，首列索尼：

索尼，赫舍里氏，滿州正黃旗人。……太宗崩後五日，睿親王多爾袞詣三官廟，召索尼議冊立。索尼曰：「先帝有皇子在，必立其一。他非所知也。」是夕，巴牙喇纛章京圖賴詣索尼，告以定立皇子。……（順治）五年、值清明，遣索尼祭昭陵；即行，貝子屯齊訐索尼與圖賴等謀立肅親王，論死，未減，奪官籍其家，即安置昭陵。八年，世祖親政，特召還，復世職；累進一等伯，世襲，擢內大臣兼議政大臣，總管內務府。……十八年，世祖崩，遺詔以索尼與蘇克薩哈、遏必隆、鰲拜同輔政。索尼聞命，跪告諸王貝勒，請其任國政。諸王貝勒皆曰：「大行皇帝深知汝四大臣，委以國家重務，誰敢干預？」索尼等乃奏知皇太后，誓於上帝及大行皇帝前。

按：索尼來自哈達，天命年間隨其父叔歸降太祖；父子兄弟並通滿蒙文字，因而得獲重用，事太宗尤爲忠順。此時索尼以四朝老臣，居輔臣之首，爲諸王貝勒所憚敬。康熙初期的政局，所賴於索尼者甚有關係。

四輔臣居次者爲蘇克薩哈，此人我在談多爾袞時已提到過；多爾袞由成宗義皇帝一變而爲庶民，並籍沒，皆由蘇克薩哈出頭首告之故；所以他亦是順治朝大有功之人，但以多爾袞之親信而叛多爾袞，人品自有可議。

「清史稿」本傳：

蘇克薩哈，納喇氏。滿洲正白旗人……聖祖立，受遺詔輔政。時索尼為四朝舊臣。遏必隆、鰲拜，皆以公爵先蘇克薩哈為內大臣。鰲拜尤功多，意氣凌轢，人多憚之。蘇克薩哈以額駙子入侍禁廷。承恩眷，班行亞索尼，與鰲拜有姻連，而論事輒齟齬，寖以成隙，鰲拜隸鑲黃旗，與正白旗互易莊地，遂興大獄。

蘇克薩哈之父蘇納，尙太祖第六女；太宗及多爾袞皆爲其舅父，而孝莊太后則爲其舅嫂。以此種身分輔政，屬於索尼之次，亦是很自然的事。但蘇克薩哈與孝莊的意見並不一致；據「湯若望傳」，指蘇克薩哈爲「最惡劣種類的基督教仇視者」，而湯若望爲孝莊的教父，這種對宗教的基本歧異，使得他在與鰲拜爲敵時，居於下風，是勢所必至之事。

鰲拜的簡歷如下：

鰲拜，瓜爾佳氏，滿洲鑲黃旗人。……（崇德）六年，從鄭親王濟爾哈朗圍錦州，明練督洪承疇赴援。鰲拜輒先陷陣，五戰皆捷，明兵大潰，追擊之，擒斬過半。……（順治）十八年，受顧命輔政，既受事，與內大臣費揚古有隙；又惡其子侍衛倭赫、及侍衛西住、折克圖、覺羅塞爾弼，同直御前，不加禮輔臣，遂論倭赫等擅乘御馬，及取御用弓矢射鹿，並棄市。又坐費揚古怨望，亦論死，並殺其子尼侃薩哈連。

按：滿洲名費揚古者甚多。太祖第十六子；太宗時坐罪賜死，名費揚古。鄂碩之子，名爲端敬皇后之弟，曾建大功諡襄壯者，亦名費揚古。此處之費揚古乃另一人，順治十一年授內大臣。

「東華錄」康熙三年四月巳亥記：

輔政大臣鰲拜等，與內大臣飛揚古有隙，及飛揚古子侍衛倭赫，與侍衛西住、折克圖、覺羅塞爾弼四人同值御前，不敬輔臣，輔臣惡之，遂以勸幸景山瀛台，擅騎上所乘馬；用上弓矢射鹿，論斬。

又以飛揚古守陵怨望，並其子尼侃，已出征之薩哈連，俱坐絞，惟芭黑以不知情免死。後仍發寧古塔，房產籍入鰲拜之弟穆裡瑪家。其折克圖之父鄂莫克圖，西住之兄圖爾喀，塞爾弼之同祖兄塔達等，俱以明知子弟所犯重大，不即請旨治罪，分別革職鞭責。

此飛揚古即費揚古。爲別於端敬之弟（？）費揚古起見，以從「東華錄」稱飛揚古爲是。「清史稿」於此飛揚古之事蹟無考。但「外戚表」中，孝敬憲皇后父名費揚古，姓納喇氏；應即爲飛揚古。因端敬之弟（？）費揚古爲董鄂氏，且所隸旗分亦不同，自爲兩人。不過計算年齡，作爲雍正岳父的費揚古，應該是飛揚古的孫子。手頭適無八旗通志，是耶非耶，無從細考；好在無關宏旨，表過不提。

最後要介紹的一個受顧命的輔政大臣是遏必隆。

遏必隆：鈕祜祿氏，滿洲鑲黃旗人。……額亦都第十六子，母和碩公主。（順治）十八年受遺詔為輔政大臣；康熙六年，聖祖親政，加恩輔臣，特封一等公；以前所襲公爵，授長子法略。賜雙眼花翎，加太師。屢乞罷輔政，許之。四大臣當國，鰲拜獨專恣；屢矯旨誅戮大臣，遏必隆知其惡，緘默不加阻，亦不劾奏。

按：額亦都居太祖從龍之臣之首，少太祖三歲。太祖妻以族妹，封和碩公主，即遏必隆之母。額亦都對太祖的忠心，於此一事可見。「清史稿」本傳：

額亦都次子達啟，少材武；太祖育於宮中，長，使尚皇女（按：尚太祖第五女）。達啟怙寵而驕，遇諸皇子無禮，額亦都患之。一日集諸子宴別墅，酒行，忽起，命執達啟，眾皆愕。額亦都抽刃而言曰：「天下安有父殺子者？顧此子傲慢，及今不治，他日必負國敗門戶。不從者血此刃！」眾乃懼，引達啟入室，以被覆殺之。額亦都詣太祖謝；太祖驚惋久之，乃嗟嘆，謂額亦都為國深慮，不可及也。

但遏必隆殊無其父的明決。當鰲拜與蘇克薩哈成爲政敵時，遏必隆心不喜鰲拜之所爲，而口不敢言，以致被誤會爲偏向鰲拜，幾獲嚴譴。

鰲蘇之爭是爲了奪權；但此爲另一派勢力被壓制以後的事。在此之前，固曾同心協力，打擊另一派勢力——在順治末年京城中共有三派勢力，一是王公貴族及滿洲大臣；二是宮中復活的宦官勢力；三是對孝莊太后效忠，且亦藉孝莊而漸起的湯若望集團，不妨稱之爲「第三勢力」。

第一派先聯絡「第三勢力」，打擊第二派，收到驚人的戰果；據「湯若望傳」記載，四輔臣執政後，將五千名太監，一舉淘汰了四千名，留下一千人僅「執下等役務」。這時的「第三勢力」的主要成員，是上三旗包衣。他們所組成的內務府，原就是要來接收明朝「宦官」、「女官」各衙門的，不料吳良輔勾結上三旗包衣中的有力份子佟義，竟能造成「復辟」。

此時在孝莊太后及湯若望的支持，大舉反攻，自然除惡務盡；尤其是正白旗包衣，出力最多。因爲在理論上，正白旗包衣爲太后的「屬人」，故而由主持中饋之意延伸，外而織造；內而「婦差」，都以正白旗包衣承應爲主。曹家得有數十年富貴，即是享受了此一役的「戰果」。

第一派打倒了第二派，接著便要消滅「第三勢力」。上三旗包衣目的已達，自然很見機地退出；他們只保護孝莊太后，而不會保護湯若望，但亦不願對湯若望有所不利，所持的是一種中立的態度。於是第一派的蘇克薩哈及鰲拜，找到了一個打手，此人就是楊光先。據「清史稿」，楊光先字長公，徽州歙縣人，爲新安千戶所千戶，崇禎十年，上疏劾大學士溫體仁，給事中陳啓新，舁棺自隨，廷杖戍遼西。崇禎十年至康熙三年，歷時二十八載，知入暮年。

「湯若望傳」中對此人有詳細的描寫：

「為這次迫害之發動者與推進力的，當時各報告俱皆指為楊光先其人。至於說他是否果為回民，如同大家之所傳說的一般，或為猶太人或儒教徒，這是未能明瞭的一點。他原籍徽州，即今日安徽省之一縣，而當時他的年齡已高，竟是一位七十歲的老翁。這位老人底性格，經當時各報告者，描寫到了最黑暗的地步。他做了一生誣蔑、陷害，與毀滅潔白無過失的人們的事體。人們說，受他的陷害，使他良心負責，而經他冤死的人們竟有百名以上。他尤其所視為打擊目標的，是那些富有的資產階級，因為這些人們怕受他的訛詐陷害，而得不到安寧，所以便不能不向他輸款買好了。

他這種無賴的舉動，已經給他弄了一份家私了。然而有時他的敲詐不得其法，便也要倒楣的，那麼官府底板子與流戍的處置，便是他所得到的報酬了。

明朝末後皇帝統治之下，他被判流戍遼東，可是他也竟學會了有利可圖的占卜之術，並且在這占卜之術上，他也還弄得了小小的一個聲名。滿人戰勝之後，他又返回南京，照舊做他那誣蔑詭詐的事業。

有一次他幾乎喪失了他自己的腦袋。但是他乘機逃亡北京，而在北京便獲得了一位親王底寵幸。」

按：所謂「親王」，記述未眞；實爲鰲拜。

「湯傳」又記：

「這樣他便算有了資格，可以出入朝中奔走於各衙門之間了。可是他漸次對於基督教竟轉入一種不共戴天的仇視之中。湯若望是他所視為他的主要仇敵；因為他也認為他自己是一位最偉大的天文學家。

他很明白，怎樣可以很靈巧地代表一件不公道的事情，並且他還是很擅長於刀筆的，在他性格上這黑暗描寫，人們無論怎樣打重大折扣，那終究要是一位詭詐的，有軟綿不斷的耐力，而充滿了嫉妒與刻毒的老頭兒立在了我們眼前的，他對於他要毀滅基督教與湯若望的目標決不肯放鬆，而任何鄙惡手段皆所不顧惜。」

按：崇禎十年，楊光先曾充軍關外，確有其事；是年四月下詔求直言，故楊光先得以應詔上奏。但舁棺自隨，則必有激切，舁棺自隨，亦駭聽聞。其時復社聲勢尚盛，而溫體仁則久爲復社盟主張溥所惡；當吳梅村崇禎四年榜眼及第後，張溥即令梅村疏劾溫體仁；梅村膽小不敢，別劾溫黨蔡奕琛，忌者已側目；梅村不能不乞假而歸，至八年始入都補官。

十年春，張溥與溫體仁公開衝突；楊光先之劾溫體仁，意中以爲必可獲得張溥的全力支援，既博直聲，又可藉此爲進身之階，獲交於能操縱朝局之張溥，實爲一絕佳之投機機會，不意「技術錯誤」，大忤帝意，致獲嚴譴。楊光先最厲害的「鄙惡手段」，即是指責湯若望選榮親王葬期，不用正五行，反用洪範五行，「山向年月，俱犯忌殺。」

關於這段借曆法上的爭議，展開新舊派之間的政治衝突，筆者以往曾經談過，無須重複；現在只就「湯若望傳」的記敘，及其他資料，略作補充。

按：榮親王葬期時刻，確有更改；但其咎不在湯若望；「湯傳」第九章第六節記：

「這次殯葬儀式是歸滿籍之禮部尚書恩格德之所辦理，他竟敢私自更改殯葬時刻，並且假造欽天監之呈報，於是，這位太子便被在一個不順利的時刻裡安葬。這樣便與天運不合了。因此災殃竟要向皇帝降臨。這位太子母后底不久崩殂，就是頭一次所發生不吉利之事件。

……湯若望為保護他手下的屬員起見，對於這位大臣底擅改與揑造具摺奏明朝廷。這位大臣因他所犯的這重大罪惡自然要被判處死刑。湯若望為他向皇帝求恩，所以他竟得免除死刑，僅只革職充軍。這位大臣不但不向湯若望表示感恩，反向湯若望銜了一種極端的仇恨。」

恩格德姓那拉氏，隸滿洲正藍旗，舉人出身，順治十二年授爲禮部尚書，十五年十一月革職；「東華錄」未載原因。「湯傳」所記，是補「清史稿」不足。値得玩味的是，恩格德何以竟敢擅改欽天監所選定的殯葬時刻？推測原因有二：一是「假造欽天監之呈報」，目的在誣陷湯若望；二是根據堪輿家的推算，改爲不利於母，亦即不利於董小宛的一個時刻。

根據以後楊光先與恩格德合流打擊湯若望的情形來看，以前一原因爲是。再有一點可以確定的是，恩格德若無蘇克薩哈的支持，決不敢作此愚蠢之事。（按：蘇克薩哈亦姓那拉氏，隸正白旗。正白、正藍兩旗皆爲多爾袞的勢力範圍；則恩格德的政治背景，亦屬於多爾袞系統。）

及至順治十七年，楊光先作「闢邪論」，並具狀呈禮部攻湯若望；當時之聖眷正隆，此舉徒勞無功，可想而知，天主論方面，亦不加理睬。及至康熙三年，楊光先發動第二次反攻時，天主教神父利類思與安文思合著漢文「天學傳概」一書，由欽天監副李祖白加以潤色後發表。

於是楊光先作「不得已」；利類思作「不得已辨」相互駁斥，而以楊光先的散發傳單，而使衝突進入短兵相接的階段。不幸地，湯若望就在此時中風，行動費力，口舌結塞，右手痲木不仁，以致在衝突中處於不利的地位。

「湯傳」第十三章記：

「一六六四年（康熙三年）他（指楊）竟向北京市民散布了五千份這樣的傳單，再加上他又向各方面納賄行賂，所以他在這場鬥爭上，漸次便就占了優勢。他納賄行賂的款項，俱都是由回教天算家、太監和僧徒各團體中，豐豐富富捐助他的手頭之下的。

他所仗恃的，是輔政大臣蘇克薩哈，與他恰為一黨而最有能力與最活動的，卻是前被革職的禮部尚書恩格德，這位恩格德自前次皇子殯葬事項以來，對於湯若望神甫即已懷有至深仇恨，時時思作報復。當時他雖被判處充軍罪名，但是他並未赴充軍處所。或者也許是又暗自返回了北京。這樣，楊光先便又獲得了大批的助力，而更能向教會作他的重大打擊了。」

這段記載，有個極其重要的透露，即是在宗教上，回教徒與佛教徒聯合對天主教的攻擊；在政治上守舊頑固派與野心份子聯合對革命派的攻擊，這兩大集團的合流，加上個人的恩怨，成爲一股強大的反動勢力，以致湯若望雖以孝莊太后的支持，亦僅獲身免而已。

所謂楊光先之對教會的「重大打擊」，指楊光先正式控告而言。

「湯傳」又說：

「一六六四年九月十五日，這位誣蔑陷害者，在十全方式之中，向禮部呈遞他的控告教會的狀文，而禮部接到這一紙狀文時，竟在同日又將這狀文上呈輔政大臣。狀文中被控告違犯國法之人物，為住西堂之湯若望與南懷仁，住東堂之利類思與安文思，此外還有那四位曾從事於教會第一次駁斥論文之撰述與散布的中國人。」

按：陽曆九月十五日爲陰曆七月廿六日。「東堂」在王府井大街迤北的八面槽，後爲郎世寧所住。

「南堂」在西交民巷之南的順城街，此在明清是北平一處極其特殊的建築，乃萬曆二十八年利瑪竇所建。余棨昌「故都變遷記略」云：「天主堂西，舊有時憲局，即明天啓二年，都御史鄒天標，副都御史馮從吾所建首善書院。後禮部尚書徐光啓，率西洋人湯若望等借院修曆，名曰曆局；清仍令西洋人局此，沿時憲書。局廢後，而址亦歸天主堂。」

南懷仁是比利時人，在這一場新與舊、科學與非科學之爭中，扮演了很重要的腳色。「清史稿」說他於「康熙初入中國」，記敘失實；南懷仁早已來華，先在陝西傳教，順治十七年奉召入京，因精於天算，預定作爲湯若望的繼任人，此時是湯若望的主要助手。禮部會鞫時，即由南代湯發言。

楊光先指控的罪狀，一共三款，第一款是曆本上印「依西洋新法」五字爲對中國的侮辱；第二款是基督教義邪惡；第三款是傳佈虛妄的天文學說。前兩款是欲加之罪，同情湯若望的人亦無法爲之援手；但到了審第三款罪名時，出現了戲劇性的變化。「湯若望傳」對此有生動的記載：

「這期間湯若望底官司仍在進行，而並未終止。因為對於所控告的第三種罪名，就是傳佈外錯虛妄的天文學說的罪名，直到這時尚未加以審訊，因此決斷，用最簡短與最確切的方法，以證明湯若望之罪名。

因為在一月十六日，就是在刑部宣布處罰湯若望等人之後的一日，為日食之期。當時之三種天算學派，即歐洲、中國與回回三派，於多日前已各將其推算呈遞部中。所以現在便不要再費人事，而可直接聽從上天之裁決了。

這三派底首領以及各閣老，各部尚書，連帶他們輔佐官員，並欽天監之一切官吏，和其他地位崇高之大人物，均應會集一處，共同當場測驗，以資證明三派之孰優孰劣。楊光先和他的黨徒們足夠稚傻的了，因為他們竟敢預先揚言，必定會獲勝的。往日經驗底教訓，他們竟完全置之腦後。

根據南懷仁之推算，北京所見之日食，應在下午三點二十六分開始。楊光先及其回回派之天算家，貿然逕直地竟確定了一個與南懷仁推算略有不同底時間，意在希望，南懷仁或有略微算錯之處，而他們的確定，便不能不對了。回回天算家所預測日食之時間，較南懷仁之所預測者早半點鐘，而中國曆法所預算者，則較南懷仁之所預推者早一刻鐘。」

按：據學海出版社影印「兩千年中西曆對照表」，公元一六六五年一月十六日，爲康熙三年十二月初一；「東華錄」載，康熙三年「十二月戊午朔、日有食之。」此與湯傳所敘吻合。以下接寫實測的情形：

湯若望底病勢在短時期之前，又曾經加重一次。他受著呼吸困難的苦痛，而有時竟致喪失意識，昏迷不醒。在測驗的時間，他不得不帶他那九條鎖鍊蒞場，躺臥於風地中的一張床上。南懷仁令人將他的望遠鏡送來，他們將他手上的鎖鍊去掉，而將他脖頸上的鎖鍊擎起，以便他能當場工作，日食之時刻漸次移近。在記時儀器之前，立有數位官吏，呼報時刻。

「現在是中國曆法所推算的時刻了！」十五分鐘的時間，絕未見有絲毫日蝕底痕跡。「現在到了回回曆所推算的時刻了！」又差不多枉然等候了半小時之久，仍見不到日蝕。「現在是你所推算的時刻了，湯若望！」在這一瞬間，太陽登時便開始昏暗，入於蝕底狀態。

當場之一切人們，只除去這時深覺羞愧難堪的回回與中國天算家之外，俱皆顯露出興奮驚服的神情。他們一方面向大家遞茶，一方面都依次向望遠鏡內觀察日蝕。這一次的日蝕是一種中心的，幾乎全面的日蝕。這也都是南懷仁預先完全推算準確的，而其他之二種曆法，則完全錯誤不對。」

這場戲劇性的實測，影響深遠重大。第一個影響是，如果南懷仁偶或失誤，那麼中國可能還要經歷若干年一天分爲十二時，共一百刻，而非九十六刻的荒謬曆法。

按：舊時以地支記時辰的方法，頗爲疏略；經常有讀者函詢如何計算？現在乘此機會，公開作一說明。按：一日分爲十二時，一時即所謂「一個時辰」；一個時辰兩個小時，自午夜開始，廿三時零一分至一時爲子；一時零一分至三時爲丑，以此類推。

計算時刻，首須注意「正」與「初」二字；凡謂正皆在偶數，如謂「午正」即指中午十二點，而在此以前稱爲「初」，大致自十一點至十一點半，皆籠統稱之爲「午初」；如作比較精確的說法，則「午初一刻」即爲十一點十五分。若謂「午正一刻」則是十二點十五分；或謂之「午時一刻」。俗傳處斬皆在「午時三刻」，即十二時四十五分，而非十一時四十五分；因爲行刑本在午時，但或有「刀下留人」的後命，故暫緩須臾，爲人犯留下逃生的機會，但最遲只能至「午時三刻」，逾此將入丑時，擧午時行刑的俗例不符。

倘一日分爲一百刻，則每一時爲八點三三刻，在使用「舊法」時如何計算，已無法了解。只是一時分爲八刻；十二時共九十六刻的簡明計算方法，自此確立，此眞幸事：因爲南懷仁當時的計算，亦非完全正確。

「湯傳」又記：

「在這裡，南懷仁於他的記錄中卻作了一種良心的承認。因為實際上日蝕之開始本來是比他所推算的時刻較早五分鐘的。但是上天底神意竟會安排得，使這錯誤令人覺不出來了。因為記時儀器前呼報時刻之官吏，在他們那激動興奮的心情之中呼報湯若望時刻時，恰恰早呼五分鐘。政府公報登時便把歐洲天算底勝利公布全國。中國與回回兩方面之天算家不得不具結畫押，以承認他們的錯誤。」

倘非「恰恰早呼五分鐘」，則推算時刻未到，日蝕已經出現，仍是錯誤。雖說比「中國」、「回回」兩派的推算，較近事實，但亦不過五十步與一百步之別，其錯則一，反對者即可據以「證實」湯若望「傳布舛錯虛妄的天文學說」。

第二個影響是，對於康熙一生篤信科學；瞭解何謂科學精神，起了極大的作用。這場實測，轟動九城，測驗結果，艷傳人口；在康熙必有極其深刻的印象。

關於聖祖在科學方面的成就，留到以後再談；此處先結束曆法之爭這一段公案，結果大致如下：

一、在實測日食上，「西洋新法」獨精，但須至康熙九年方始恢復；在此五年中，仍用一天分爲一百刻的明朝「大統曆」。湯若望及其屬下則以蘇克薩哈、鰲拜等，假榮親王葬期一事，肆意荼毒，所擬罪名，非凌遲即斬；但孝莊太后認爲太重，兩次覆議，湯若望雖得無事，但還是殺了五個人，都是欽天監各部門的負責人。

二、楊光先做了官，先授欽天監右監副；上疏辭謝，以爲他意有不足，索性叫他當監正。卻不知楊光先啞子吃黃蓮，有苦難言；因爲「學術自審不逮遠甚」。果然，到了康熙七年出了大笑話；楊光先所造的康熙八年時憲書，閏十二月，等發現錯誤，時憲書已經頒行天下，迫不得已只有明詔停止這年的閏月。

三、於是康熙七年十二月，南懷仁展開反擊，上疏糾謬，說閏月不在康熙八年十二月，而在康熙九年正月。如照楊光先的推算，會變成一年有兩個春分；兩個秋分。聖祖因派大臣二十員赴觀象台測驗；會奏南懷仁「所指逐款皆符。應將康熙九年一應曆日，交與南懷仁推算。」

其時聖祖親政已一年有餘，有意平反冤獄，改革曆法，因而不滿會奏的含混其詞；遂即批示：「楊光先前告湯若望時，議政王大臣會議，以楊光先何處爲是，據議准行；湯若望何處爲非，輒議停止及當日議停，今日議復之故，不向馬祜、楊光先、吳明烜、南懷仁問明詳奏，乃草率議覆，不合，著再行確議。」上諭中所列四人，馬祜亦爲欽天監監正（滿缺）；吳明烜爲監副，專搞回曆；連南懷仁在內，這三個人實際是陪筆；主要的是要問楊光先，當時你說湯若望錯了，如今大家說你錯了，而且連你自己亦已認錯，此又何說？其次是要責備當日袒護楊光先的王大臣，當日議停，今日議復，前後矛盾，應有交代。

這一來，「趙孟能貴、趙孟能賤」；由康親王傑書領銜奏覆：一、欽天監官員表示：「南懷仁曆皆合天象，竊思百刻曆日，雖曆代行之已久，但南懷仁推算九十六刻之法，既合天象，自康熙九年始，應將九十六刻曆日推行。二、「楊光先職司監正，曆日差錯，不能修理，左袒吳明烜，妄以九十六刻推算謂西洋之法，必不可用，應革職交刑部從重議罪。」得旨：「楊光先革職，從寬免交刑部。餘依議。」

此是聖祖對事不對人；主要的是「依西洋新法」的「九十六刻曆日」，自康熙九年庚戌開始推行，時爲公元一六七九年；中國到此始確立了自成系統而又合乎科學的農曆，値得大書一筆。

四、康熙八年三月，南懷仁被授爲欽天監監副；五月，鰲拜被翦除。至此，大權全歸實足年齡十五歲的天子；於是南懷仁上疏訟冤，八月底奉上諭兩道：一、「以原任夏官正李祖白，春官正宋可成，中官正劉有泰，秋官正宋發，冬官正朱光顯等，死非其罪，各照原品級給祭銀。」二、「追賜原任掌欽天監事通政使湯若望祭葬。」

按：湯若望歿於康熙五年七月；身後昭雪，以及基督教禁令之被解除，使得中國復爲西方文明國家所尊重，於淸朝之終於能夠站穩腳步，關係甚鉅。因此「湯若望傳」中關於此案之記敘，而爲國史中所忽略者，有摘要引敘的必要：

「上面所敘述之事件過去之後（按：指康熙九年用新曆及南懷仁被授為欽天監監副），約有數星期，皇帝竟敢決斷，也把這末後二位攝政大臣推至一邊去。朝廷關於此舉所降的諭旨，宣稱鰲拜因仗恃對於皇室之功勳，竟致專權欺上，恣意妄為。……皇帝還下詔諭，凡受輔政大臣之冤枉者，現在俱可到官府反控鳴冤。」

按：二輔臣爲鰲拜及遏必隆。

「教會方面於康熙八年陰曆五月五日（即一六六九年六月三日），關於此事所遞進之奏疏內稱：傳教士三人為皇帝受欺枉，並為楊光先受庇護者（即暗指鰲拜而言）之偏袒，對於無過失者妄用國威之事件誠惶誠恐，敬謹陳訴於御座之前。我們懇求皇帝皇恩為湯若望所受之冤枉昭雪。新近御前所開之大朝會已議決恢復歐洲科學之榮譽。」

按：三傳教士中，其一爲南懷仁。

「議政王公之團體很表示好意地接受了這一封奏疏。第一位閣老，即康熙皇帝之一位叔父。並且也是教士們的一位良友，在御前宣讀了這一封奏疏。皇帝這時雖然亦同情於教會方面，然而為遵守國法底行程起見，仍把這封奏疏批交禮部議處。這一來，教士們底驚恐自然可想而知了。然而康熙底原意卻是要慎重從事，令仇視的方面無話可說的。……禮部底議處果然不出人意料，是絕對批駁的。」

按：「第一位閣老」指康親王傑書，應爲聖祖的伯父，而非「叔父」。

「皇帝現在又把這件事批交法律之最高行程；即御前大會審，重新予以議處，這御前大會審於數月之前，亦是議決了天文案件的。

……這次的會審曾開會六次，六次之中有三次曾傳住北京之三位教士到會聽審。在第二次會審時，楊光先又重新提起基督教陰謀不軌以及與國家有害之控告，但是俱被徹底駁倒。

參與這次大會審之滿籍會員，主張登時將他鎖起，加以重刑。可是漢人一方面反對這一種主張。然而皇帝卻裁決，他應加以鎖繫入獄。

經過三個月中六次建議，最後的結論是：康親王傑書等議覆，南懷仁等呈告楊光先依附鰲拜，捏詞控人，將曆代所用之洪範五行，稱為「滅蠻經」，致李祖白等各官正法。且推曆候氣，茫然不知……情罪重大，應擬斬；妻子流徙寧古塔……湯若望復（通微教師」之名……李祖白等照原官恩卹……得旨：楊光先理應論死，念其年老，姑從寬免；妻子亦免流徙。」

按：湯若望在順治年間的封號，原爲「通玄教師」，因避御名「玄燁」之諱，改爲「通微」。十一月間孝莊太后率同皇帝及王公大臣，親臨湯若望墓前致祭。當湯若望獲此罕見的哀榮時，楊光先卻於被遣回籍途中，憔悴以終。

康熙八年的另一件大事，為聖祖計除鰲拜。輔政四大臣，索尼卒於康熙六年六月；七月初七，聖祖親政，先在太和殿受賀；接著御乾清門聽政；接著發生如下一連串大事：

七月十一：命廷議如何加官於蘇克薩哈、鰲拜、遏必隆。

七月十三：蘇克薩哈奏請往守孝陵，「如線餘息，得以生全。」得旨：「不識有何逼迫之處，在此何以不得生，守陵何以得生？」

七月十五：拿問蘇克薩哈及其子弟並兄弟在本旗（正白旗）者。

七月十七日：康親王傑書等議奏蘇克薩哈罪狀二十四款，請將蘇克薩哈及長子查克旦凌遲處死；其他子侄「無論已到歲數，未到歲數皆斬立決。」奏上，聖祖「堅執不允所請。鰲拜攘臂上前，強奏累日，竟坐蘇克薩哈處絞；其子查克旦俱如議。」

皇帝「堅執不允」的結果，只爭到蘇克薩哈由凌遲改為絞刑這一點微小的讓步。鰲拜之目無天子，可想而知。十五歲的聖祖，自此便處心積慮，非殺鰲拜不可。

清朝開國以來，有三次大危機，一是多爾袞漸形不耐，即非篡位，亦將割據，引起內部大亂；二是世祖逃禪，打算傳位其堂兄康親王傑書，此則將由內亂引起明朝義師與三藩的聯合軍事行動。這兩次危機，皆由「天降白玉棺」而應變又得法，乃能弭大患於無形，眞是天意。

第三次大危機，即為鰲拜的專擅。消除這一次危機，純為聖祖政治天才的發揮；其過程相當複雜，而所牽涉者，又非個人的政治恩怨。須先從清初「圈地」談起。

「清史稿」食貨志一：

順治元年，定近京荒地，及前明莊田無主者，撥給東來官兵，圈地議自此始。於是巡按御史柳寅東，上「滿漢分居五便」疏，部議施行。二年，令民地被指圈者，速籌補給，美惡維均。四年，圈順直各州縣地百萬九千餘晌，給滿洲為莊屯。八年，帝以圈地妨民，諭令前圈占者，悉數退還。十年，又令停圈撥，然旗退荒地，與游牧投來人丁，仍復圈補。又有因圈補，而並圈接壤民地者。

按：「晌」為東北田地面積的單位。柳邊紀略云：「東三省，田以晌計，一晌之地，當弓地九畝。或又謂盡一日所種曰晌。」據此可知「晌」有井田之遺意；周邊皆三，三三得九；則「晌」者不僅九畝，且為成正方形的九畝之田，始得稱一晌。「圈順（天）直（隸）各州縣地百萬九千餘晌」，即為九百餘萬近千萬畝地了。

初設官莊，以近畿民來歸者為莊頭，給繩地。一繩四十二畝，其後編第各莊頭田土，分四等；十年一編定，設糧莊、莊給地三百晌；晌約地六畝。莊地坐落順、保、永、宣各屬；奉天、山海關、古北口、喜峰口，亦立之，皆領於內務府。……考各旗王公宗室莊田，都萬三千三百餘頃；分撥各旗官兵，都十四萬九百餘頃。几王公近屬，分別畀地：大莊，給地畝四百二十至七百二十；半莊，二百四十至三百六十；園給地畝六十至百二十、或百八十。王府管領、及官屬壯丁，人三十六畝；不支糧。凡撥地，以見在為程。嗣後丁增不加，丁減不退。

按：「順直各州」所撥近千萬畝地，爲分撥八旗之總數；上引莊田之制，乃各旗就其旗下各戶身分之不同，而分別撥田。

所謂「繩地」即圈來之地；圈地之法以長繩繫馬後，縱馬所至，引繩爲界，故謂之「繩地」。起初漫無限制，以後運用關外的田制，加以規範，但已打了折扣，一晌改爲六畝；一繩即爲七晌。三代同居的家庭，以有莊丁七口計，人耕六畝，可資溫飽，此爲清初安撫近畿之民的善法。關於王公的莊田，看紅樓夢第五十三回，「黑山村」「門下莊頭烏進孝」，爲賈珍繳租的情況，大致可以知其梗概。

六十九年春夏之間，我為參加世界紅學會議論文作準備，展開紅樓夢背景的徹底研究，後由趙岡兄的論文談「怡府本」（怡親王府）中，一夕頓悟，十餘疑團，幾乎全解，因而獲致突破的新境界；紅樓夢中所描寫者，皆為雍正六年曹家抄家回旗後，京城中的情況。

曹雪芹的表兄平郡王福彭得世宗寵信，復與皇四子弘曆（十一年封寶親王；十三年繼位，即高宗）因生母同為內務府屬女子，出身「微賤」，同病相憐，交誼特親之故，自雍正十一年即獲大用，先入軍機，旋授為定邊大將軍，出鎮西陲；及至高宗繼位，福彭參預朝政，地位僅次於莊親王胤祿，直到乾隆十三年，福彭去世，曹家復有十二年繁華歲月。

但寧、榮兩府的一切，為曹雪芹、李鼎、曹頫等揉合在平郡王府與怡親王府、寧郡王府，以及其他王公府第的見聞，集體創造的一家豪門。

我的論文第二篇「紅樓夢中『元妃』乃係影射平郡王福彭考」，曾發表於本版。「烏進孝」之為「莊頭」，正是寧榮兩府為王府的一個注腳。賈珍可能係影射寧郡王弘晈；按：怡親王胤祥薨於雍正八年七月，遺疏請以幼子弘曉襲爵；當胤祥最得寵時，世宗特加封一郡王，命胤祥於諸子中指封，胤祥一再懇辭，至是，世命封胤祥第四子弘晈為寧郡王。

又據「東華錄」乾隆四年十月載，為一流產的宮廷政變而發的上諭，指「弘晈乃毫無知識之人，其所行甚屬鄙陋……不過飲食宴樂，以圖嬉戲而已」。亦頗肖賈珍之為人。

據「紅樓夢」第五十三回所描寫的情況，大致可知親貴莊田的情況如下：

一、各府莊田有多有少，如前引食貨志，有「大莊」、「半莊」、「園地」（種瓜果蔬菜）。今據賈珍所言，始知凡此大莊、半莊等，皆稱爲「莊子」。一府所擁有者，並非一個大莊或一個半莊；而是若干個「莊子」。

二、莊子中有田，亦有山頭、池塘，並包含園地在內。故烏進孝所繳的田租中，有野味、家畜、水產、瓜果、柴炭、米穀雜糧，外帶「孝敬哥兒們」的觀賞動物，而現銀卻只二千五百兩。於此可知，各府基本生活上的必需品，大都仰賴於莊子。

三、凡莊子所繳實物，應分與近屬，賈珍「負喧閒看各子弟領取年物」一段，自爲實況。

四、賈珍責烏進孝「打擂台」；烏進孝說：「爺的地方還算好的呢！我兄弟離我那裡只一百多里，竟又太差了。他現管著那府（按：指榮國府。如謂寧國府爲寧郡王府；則榮國府應爲怡親王府）八處莊地，比爺這邊多著幾倍，今年也是這些東西。」由此可知，所分莊地不在量之多寡；尤在質之美惡——鰲拜與蘇克薩哈之交惡，正就是爲了這個原因。

換地之議起於康熙五年十月。鰲拜隸鑲黃旗，此旗所撥之地在涿州、保定、河間一帶；蘇克薩哈隸正白旗，此旗首先隨多爾袞入關，在京東一帶圈地。「清史列傳」鰲拜傳：

鰲拜因蘇克薩哈籍隸正白旗，欲以薊州、遵化、遷安諸莊，改撥鑲黃旗；而別圈民地給正白旗，康熙五年使旗人訴請。大學士蘇納海管戶部，議阻之；貝子溫齊等，以履勘鑲黃旗地，不堪耕種疏聞，遣蘇納海與直隸總督朱昌祚、巡撫王登聯，丈量酌易。時則兩旗人較量肥瘠，相持久不決；而旗地待換，民地待圈，所在荒廢不耕。百姓環訴失業，昌祚等交疏請停止圈換之令。

按：此事言清史者皆未得窺要。只看上引之文，即可名爲換地，實爲奪產，若論肥瘠；涿州、定興之間，古名督亢，即燕國願獻於秦始皇，而爲荊軻聘秦的一項藉口，自古爲膏腴之地，其南束鹿則有「金束鹿」之稱，是故鑲黃所占之地，決不遜於正白所占京東之地，「鑲黃旗地不堪耕種」，並非事實。事實是鰲拜欲爲本旗奪正白旗在京東已開懇的熟地；而非以其在畿南所占之地相換。此由「別圈民地給正白旗」一語，清晰可見。

其時主管其事者，一爲大學士兼管戶部尚書事蘇納海，姓他他拉氏，蘇克薩哈同旗；二爲直隸、河南、山東三省總督朱昌祚，鑲白旗漢軍；三爲順天巡撫王登聯，鑲紅旗漢軍。此三人皆言不可；朱昌祚一疏，尤爲切實，茲分段引錄，並箋釋如下：

直省州縣田地之瘠薄膏腴，謂稅之上中下則，原自異同，豈能盡美？今令兩旗更正地土，原欲其彼此均安；但臣見現在行圈地畝，皆嘵嘵有詞。大概以瘠易腴者，固緘默不言；而以腴易瘠，與以瘠易瘠者，不免觀望嗟嘘，皆不樂有此舉，雖勉強撥給，難必其異日不出而申訴，重煩睿慮。

能「以瘠易腴」者畢竟少數，而「緘默不言」亦未必非表示「不樂」，因爲在一交一接之際，大費周章，縱能易腴，亦未必划算，觀下可知。

臣思安土重遷，人之至願，兩旗分得舊處莊地，二十年來相安已久，靡不有父母墳墓在焉。一旦更易，不能互相移徙，且值此隆冬，各旗率領所屬，沿村棲守；守候日久，窮苦者囊糧已盡，凍餒可憫。

附近百姓，聞朝廷此舉，所在驚惶，且據士民環門哀籲，有謂州縣熟地皆已圈去無餘；今之夾空地土。皆係所遺窪中經懇闢成熟，當差辦稅者。

有謂地在關廂大路鎮店，所居民皆承應運送皇陵物料，並墊道修橋及一切公差徭役者。

有謂被圈地之家，即令他往，無從投奔者。

有謂時值冬令，扶老攜幼，遠徙他鄉，恐地方疑為逃人，不容棲止者。

有謂祖宗骸骨、父母邱壟不忍拋棄者。臣職任安民，而民隱如此，何敢壅蔽，不以實聞。

上引各文，須從兩方面來看，一方面是旗人，所謂「一旦更易」並非互易，而是正白旗騰出原地，移向新圈之地；鑲黃旗撥補正白旗地者，須自南畿移向京東。這在技術上是一個相當複雜的問題。鰲拜鹵莽割裂，一聲令下各旗「沿村棲守，守候日久」，而又值隆冬，則旗人之怨聲載道，亦可想而知。

另一方面是被圈民地的百姓，其苦衷不一；其中地在「關廂大路鎮店」者，則以地當孝陵必經之路，其時方在修陵蓋行宮，以及整治蹕道，差徭名在冊籍；倘或遷移他處而差冊有名，徭役仍不能免。原居之處，既爲旗人所占，而又無法派令旗人充地方的公差，豈非大難？

至於「逃人」爲清初特有的一個專門名詞；所謂「逃人」者，即以各種原因淪爲旗人之奴，稱爲「戶下人」，因不堪凌虐而逃亡他處，乃成爲「逃人」。其時緝捕逃人之功令甚嚴，兵部特設「督捕同知」，專司其事。收容「逃人」，其罪甚重；來歷不明，必遭地方驅逐，此亦實情。

臣又偏察薊州及遵化等應換州縣，一聞圈丈，自本年秋收之後，周遭四五百里，盡拋棄不耕；今冬二麥全未播種，明年夏盡，安得有秋？且時已仲冬，計丈量竣事，難以定期；明春東作，必又失時，而秋收亦將無望。

京東各州縣，合計旗與民失業者不下數十萬人；田荒糧竭，無以資生，豈無鋌而走險者？地方滋事，尤臣責任所關，不敢畏忌越分不以實聞。伏乞斷自宸衷，毅然停止。蘇納海與王登聯所奏，大致相同。

此外孝莊太后自太監、命婦，以及在「小教堂」中一起望彌撒的女教民口中，亦已獲得甚多的了解，因而切責四輔臣換地擾民；事實上責鰲拜。於是蘇、朱、王三人皆爲鰲拜所殺。「清史列傳」蘇納海傳：

鰲拜遂坐蘇納海藐視上命；遲誤撥地，械付刑部議罪。部議律無正條，應鞭百，籍沒家產。上覽疏知鰲拜以蘇納海始終不阿，欲置之死地；召四輔臣詢問，鰲拜極言情罪重大。索尼、遏必隆附和之；獨蘇克薩哈不對。上仍以部議不按律文，弗允。鰲拜出，矯旨即予處絞。

數月後，禍及蘇克薩哈，議罪二十四款，獨不及圈地事，則鰲拜亦知此舉爲非。至於蘇克薩哈被禍之慘，亦有人認爲天道好還，是背叛多爾袞的報應。

清朝「野史大觀」載：

蘇克薩哈以材辯受知九王，見事中變，盡發九王陰謀以自免；世祖大委任之。四輔同受顧命，蘇克隆哈才器開敏，超出三人之上，往往獨斷無所瞻顧。見漢官傑出者，傾身折節下交之，既入其門，志之木札，積至盈箱；朝臣皆其黨矣。三人咸以才識推之，鰲拜不能平，卒計傾之。……誅其四子十二孫，嬰孩婦女無一免者。一子婦將免身，繫獄生子；抱赤子斷其首於市，籍貲不滿十萬。

蘇妻聞難作，取箱中記札焚之，曰「無遺禍舉朝也」。婦之明決有過人者。四子皆為內大臣，有相士見之，私謂客曰：「蘇公諸子無一令終者。蘇公禍不測矣。」明年而難作。又一條云：「蘇克薩哈最受知於九王，卒傾九王以自免；學士明珠最善於蘇，見蘇既危，遂附把免鹿公（漢語超武公）殺蘇以自效，把免鹿公遂善明珠，人以為好還之報。把免鹿公既專政，攬權操切，益倍於蘇，督撫大僚，蓋無不入門如市矣。」

按：蘇克薩哈爲尚太祖第六女蘇納之子，爲葉赫貝勒金台什的從兄弟；明珠則金台什之孫，故爲蘇克薩哈的堂侄。至明珠之得寵，因主張削藩，深契宸衷之故。附鰲拜以殺蘇之說非實。聖祖既決心除鰲拜，因於暗中佈置。創設「善撲營」；「嘯亭續錄」卷一：

> 定制：選八旗勇士之精練者，為角觝之戲，名善撲營。凡大燕享，皆呈其伎；或與外藩部之角觝者爭較優劣，勝者賜茶繒以旌之。純廟最喜其伎。最著名者為大五格、海秀，其名皆上所能呼。有自士卒擢至大員者，以其勇鷙有素也。

「善撲營」實創自聖祖，「清史稿」本紀，康熙八年有一條：

> 八年五月戊申，詔逮輔臣鰲拜交廷鞫，上久悉鰲拜專橫，特慮其多力難制；乃選侍衛拜唐阿年少有力者，為撲擊之戲，是日鰲拜入見，即令侍衛等掊而縶之。

於是有善撲營之制，以近臣領之。「清史紀事本末」敘述較詳：

> 鰲拜驕恣日甚，帝患之，召吏部右侍郎索額圖入謀。索額圖乃請解侍郎任，為內廷一等侍衛；日選小侍衛十餘人，教之習布庫戲（譯言撩腳戲，皆十餘齡小童徒手相搏，而專賭腳力；勝

敗以仆地為定）。鰲拜或入奏事。並不之避，益以朝廷弱而好弄，更無復顧忌。是日入內。忽為習布庫者所擒，十數小兒，立執之付詔獄。

據此所記。「布庫戲」即蒙古之「摔角」。其記索額圖則有未諦，「清史列傳」本傳：

索額圖，滿洲正黃旗人，姓赫舍里氏。內大臣一等公索尼第三子，初任侍衛，由三等薦遷至一等。聖祖仁皇帝康熙七年，授吏部右侍郎；八年五月，索額圖奏請解吏部任，效力左右，仍為一等侍衛。是月內大臣鰲拜獲罪拘禁。

據此，非索額圖解侍郎任而始「選小侍衛教之習布庫戲」，乃時機成熟，決心動手時，方召索額圖爲助。

聖祖元后爲索尼孫女，則索額圖爲聖祖叔岳。元勛子弟又爲至親。辭二品侍郎而就三品御前侍衛，將有事的跡象極其明顯。權臣驕恣，漫不以爲意，終召殺身破門之禍，今古往往有之。

按：鰲拜爲聖祖所誅一事，清朝野史，記載甚多，其經過頗爲戲劇化；據說，聖祖召鰲拜，每見必賜座，下手之日，預先損椅子一足，鰲拜甫坐即仆，諸小侍衛一擁而上，而索額圖預先已有佈置，先以大不敬罪縛送詔獄，後乃議罪。在此諸小侍衛中，當有曹雪芹的祖父曹寅在。曹寅後來的得意，以及索額圖之權傾一時，皆其來有自。

不過鰲拜雖有大罪三十款，仍得免死，並於康熙五十二年復爵；這是由於鰲拜的武功，在兵入關前後稱第一。崇德六年，濟爾哈朗數圍錦州，洪承疇帥八總兵，所部共十三萬，幾次赴援無功，皆以鰲拜每戰必捷，最後大破明兵，導致次年二月洪承疇降清；明朝至此，在軍事上已不可爲。此役告終，敘功以鰲拜爲最；入關後隨阿濟格、豪格轉戰西南，所向有功，曾陣斬張獻忠於四川西充；封號「超武」，殊非虛語。

鰲拜既敗，受鰲拜迫害諸臣，相繼昭雪；而依附鰲拜者，處置從寬，如遏必隆之於鰲拜，明知其惡，諂婀取容，本議死罪，亦僅削爵，以求穩定。於是康熙初期政局，自此進入索額圖、明珠的時代。擒鰲拜之功，索額圖最大，論功行賞，由一等侍衛超擢國史院大學士。

按：其時三院大學士已逐漸形成三滿三漢對等的制度；三院者內國史院、內弘文院、內秘書院。在權力上三漢自不及三滿；三滿則未必熟諳政務，因而在鰲拜將敗之前，三院實際辦事之人，是弘文院學士明珠。

此人善詞辯、通滿漢語言文學，又能善伺人意，爲首相班布爾善的左右手，而班布爾善則是鰲拜的第一號親信；則明珠之爲鰲拜所看重，理所當然。明珠出賣鰲拜之說，既由此而來。事實上，明珠在三院的表現，早已默簡帝心，所以在康熙七年即授爲刑部尙書。當然，這時候的明珠，還不具與索額圖對立的資格。

明珠之得寵，由於贊成撤藩。聖祖晚年自述，親政之初，以三藩、河務、漕運爲三大事，親自作爲計劃綱要，懸於寢宮中，夙夜廑念。聖祖之警惕於三藩，當即位之初，便留有深刻的印象。「清史紀事本末」卷十三敘三藩起事，首云：

三桂西征留長子應熊於京師，以固朝廷意，應熊旋尚主、居京師，朝政巨細，無所不悉；三桂以是包藏禍心，日伺釁以動。世祖賓天，三桂擁兵入臨，前驅至燕北，人馬塞途，居民走匿。朝廷恐其為變，令於京城外張幕設奠，三桂哭臨成禮以去。

按：吳應熊尙太宗幼女十四公主；順治十六年號爲建寧長公主。公主爲康熙的姑母，生於崇德元年；順治十年出降。

康熙十三年「三藩之亂」，吳應熊只被監視，大學士王熙力勸康熙殺吳應熊，「以寒老賊之膽」；因連公主之子吳世霖並處死。

公主府在西單牌樓北口石虎胡同，爲北平「四大凶宅」之一。紀曉嵐「閱微草堂筆記」卷十，記其師工部尚書裘日修賜第云：

裘文達公賜第，在宣武門內石虎衚衕；文達之前，為右翼宗學，宗學之前，為吳額駙府；吳額駙之前，為前明大學士周延儒第。越年既久，又篠窕閎深，故不免時有變怪，然不為人害也。廳事西，小屋兩楹，僮僕夜宿其中，睡後多為魅舁出，不知是鬼是狐，故無敢下榻其中。琴師錢生，獨不畏，亦竟無他異；錢面有瘢風，狀極老醜，蔣春農戲曰：「是尊容更勝於鬼，鬼怖而逃耳！」

一日，鍵戶外出，歸而几上得一雨纓帽，製作絕佳，新如未試，互相傳視，莫不駭笑，由此知是狐非鬼，然無敢取者。錢生曰：「老病龍鐘，多逢厭賤，自司空以外（文達公時為工部尚書），憐念者曾不數人，我冠誠敝，此狐哀我貧也。」欣然取者，狐亦不復攝去。

按：康熙因建寧長公主是政治婚姻下的犧牲者；且吳應熊父子皆爲他所殺，雖說爲祖宗社稷不得已而然，畢竟抱有一份濃重的咎歉；是故對他這位姑母，恩禮備至，建寧長公主亦得安度餘年，至康熙四十三年方始病歿。

公主府亦稱額駙府，歸宗人府所管；吳應熊獲罪，公主死而別無他子，府第自然歸宗人府收回，另行分配給其他王公。但因周延儒在崇禎十四年賜死；而吳應熊又因大逆被誅，風水如此，無人敢住。閒置至雍正三年，世宗降旨辦「宗學」；凡凶宅，相傳闢爲公共場所則不礙，因以此巨宅改爲「右翼宗學」。敦誠、敦敏爲英親王阿濟格之後，隸鑲紅旗，泛地在京城西南，故入右翼宗學就讀；曹雪芹於乾隆十五年赴鄉試，僅中副車，乃以副貢資格考取宗學助教，因得與敦誠、敦敏兄弟訂交於此。

右翼宗學後由石虎胡同遷至絨線胡同。原址爲裘曰修的賜第；裘曰修以後，屋主不明，入民國後，爲參院議長湯化龍的官邸；其友蹇某自縊於此，凶宅之名，遂又不脛而走。其後改爲松坡圖書館；並改爲蒙藏學校，直到大陸撤守。因吳應熊尙主一事，附考此大宅之來歷於此。

聖祖於撤藩既立志於幼年，所以親政後積極部署，其主要助手即爲明珠。三藩以吳三桂最強。聖祖的主要目標亦爲吳三桂。三藩毒痛天下，愈因循愈壞，故利其速發；吳三桂之反，半亦有激使然。

是時聖祖年未弱冠，而眼光、魅力、手腕，均非常人可及，曆史上沒有幾個人眞正夠資格做皇帝，聖祖是其中之一；在我的評估中，他與唐太宗並爲帝皇的第一流。

何以謂之「毒痛天下」？一言以蔽之，耗天下財力物力之半，供養三藩，將至民窮財盡的地步。孟心史「清代史」撮敘未撤藩前「不可終日之勢」云：

三桂藩屬，於順治十七年三月癸亥定平西、靖南二藩兵制時，已有佐領五十三。一佐領計有甲士二百，而丁數五倍之；計五丁出一甲，是有壯丁五萬餘也。分左右兩都統，雖用清制，然統將皆所部屬，皆其死黨。

是年七月戊午，又有旨如三桂請，以投誠兵分忠勇、義勇各五營，營各千二百人，統以由寇投明，由明復投三桂之劇盜馬寶等十將，皆為總兵。十月復請設雲南援剿四鎮總兵官，以四川湖廣本任之統兵大員為之。更樹死黨於雲貴兩省之外，貴州自由三桂兼轄，兩省督撫咸受節制。用人則吏兵二部不得掣肘；用財則戶部不得稽遲。所除授號曰「西選」。

三桂之爵，進為親王，據五華山永曆帝故宮為藩府，增華崇麗藉沐天波莊田七百頃為藩莊，廣徵關市，榷鹽井金礦銅山諸利，一切自擅。通使達賴喇嘛，互市北勝州。遼東之參，四川之黃連附子，遣官就運轉鬻收其直，富賈領其財為權子母，謂之「藩本」。

厚餌士大夫之無籍者，擇諸將子弟四方賓客肄武事，材技輻輳。朝臣一指摘，抗辭辨詰，朝廷輒為譴言者以慰之。尚耿二藩始並封粵，耿藩旋移閩。三藩鼎踞南服，糜餉歲需二千餘萬，近省輓輸不給，仰諸江南；絀則連章入告，既贏不復請稽核，耗天下之半。

三桂專制滇中十餘年，日練士馬，利器械，水陸衝要，偏置私人，各省提鎮，多其心腹。子應熊，尚世祖妹和碩長公主，朝政纖悉，旦夕飛報。此未撤藩前所有不可終日之勢也。

聖祖激吳三桂之反，其道多端，舉兩事爲例，一爲起用朱國治。朱國治於康熙元年丁憂；旗人對父母之喪，服制本不如漢人之重視，而朱國治以正黃旗漢軍報丁憂後，不候代理人員到達，即匆匆北歸。當然，這是怕三吳士民報復，倉惶而遁；但吏部公事公辦，竟以擅離職守革職。閒廢數年，至聖祖親政，詔復起用，又兩年未補缺，而於康熙十年五月，簡放雲南巡撫。

以朱國治之嚴刻、之忠於朝廷，到雲南來當巡撫，對吳三桂當然是一大刺激。明知會刺激吳三桂，而偏出此舉，可知聖祖意向所在。

另一事爲籠絡吳三桂手下第一人才王輔臣。此人是一傳奇人物，劉獻廷「廣陽雜記」敘其生年，生動如見；首記其出身云：

王輔臣本姓李氏，河南人。少為宦官家奴，後聞其姐夫在流賊中，往依之，驍勇善戰，而樗蒲一擲，饒有劉毅之風，嘗一夜輸銀六百兩，其姐夫知而謀殺之，彎弓於門內以待，輔臣歸，一發不中，反殺其姐夫而逃。

後流入姜瓖營，為料某帳下健兒，有王進朝者，無子，與料善，問料曰：「汝帳下人有可為我義兒者否？」料曰：「此有二人，其一知書，一不知書，惟公擇。」不知書者則輔臣也，王擇不知書者；自此為王氏子矣。

輔臣長七尺餘，面白皙，無多鬚髯，眉如臥蠶，如世所圖呂溫侯像。勇冠三軍，所向不可當，號曰「馬鷂子」。清兵之圍大同也，輔臣乘黃驃馬，時出剽掠，來則禽人以去，莫有攖其鋒者。清兵遠望黃驃馬騁而來，輒驚曰：「馬鷂子到！」即披靡走。

姜瓌既平，王輔臣爲多爾袞用作護衛，隨返京城；旗人皆以一識「馬鷂子」爲榮。未幾多爾袞身後獲罪，王輔臣的遭遇與董小宛相同。

劉獻廷記：

八王得罪死，輔臣沒入身者庫久之。章皇帝親政。嘗附髀謂鰲拜曰：「聞有馬鷂子者勇士，今不知何在？安得其人而用之！」拜亦不知也。

一日，拜之僕，騎而過市，遇一少年，下馬而避道左；僕怪而問之，曰：「我馬鷂子也。向者於某所識公，公忘之邪？」僕喜曰：「我主甚念爾，爾來朝不可不早來謁。」歸以啟鰲，鰲亦喜。俟其來，即率之以見上；上大喜，立授御前侍衛一等蝦。

按：「八王」即多爾袞；「得罪死」三字徵誤。「身者庫」即辛者庫；敖拜即鰲拜。「一等蝦」三字衍文；「蝦」爲侍衛的滿洲話，「御前侍衛」必爲一等侍衛。

及洪承疇經略西南，世祖遣兩侍衛相佐，實爲監視。兩侍衛一名張大元、一即王輔臣。張大元傲慢無禮，王輔臣則事之惟謹。及雲南平，洪承疇奏保王輔臣爲援剿右營總兵，轄雲南迤東地方，駐曲靖府；洪承疇回朝，援剿各營歸吳三桂指揮，王輔臣因此成爲吳三桂的部將。劉獻廷記：

輔臣之事平西，無異經略，而平西之待輔臣，有加於子侄。念王輔臣不去口，有美食衣器用之絕佳者，必賜輔臣。輔臣為人，恭以事上，信以處友，寬以待人，而嚴以御下；然有功必賞，雖嚴，士亦樂為之用。

後以與吳三桂之侄吳應期發生誤會；吳三桂意中袒侄，王輔臣遂有去意。劉獻廷記：

乃密遣人持金錢入都，偏賄朝廷左右，暨用事者，人人交口王輔臣；上聞之亦耳熟矣。適平涼提督缺出，以上邊鎮須材，特點王輔臣，報至滇南，平西聞之，如失左右手，嘆曰：「小子費亦不貲矣，家私幾何乃如此胡為耶？」及至辭王，王待之愈厚，執手涕泣曰：「爾至平涼，無忘老夫。汝家貧，人口眾，萬里迢迢，何以當此？」遂出帑二萬兩以為路費。

吳三桂已知王輔臣將不能爲己所用，刻意籠絡，但已無及。到得王輔臣入都；劉獻廷記其陛見云：

上坐內庭以待，望見喜曰：「有武臣如此，朕復何憂？」自此恩澤頻加，賞賚屢及；無日不詔入，語必移時。廷臣駭然不知其何自也？都下哄傳，以為平西有密語令王入奏。又訛馬鷂子為馬兒頭，種種不經之語，令人發笑。

上問輔臣出身，曰：「身者庫」。上驚曰：「如此人物，乃隸身者庫耶？」立命出之，改隸旗下，因謂之曰：「朕欲留汝於朝，朝夕接見。但平涼邊庭重地，非汝不可，其命欽天監擇好日以行。」

時值歲暮，而定期歲內；上又謂之曰：「行期近矣！朕不能舍；上元在邇，其陪朕看燈過而後行。」更命欽天監再擇吉日於上元之後。期屆入辭，溫語良久，授以方略，重加賞賜。

御座前有蟠龍豹尾槍一對，上指謂輔臣曰：「此槍先帝所遺以付朕者，朕每出必列此槍於馬前，以無忘先帝。汝先帝之臣，朕先帝之子，它物不足珍，其分此一槍以賜汝。汝持此往鎮平涼，見此一槍如見朕，朕見此槍如見汝矣。」輔臣拜伏於地，泣不能起，曰：「聖恩深重，臣即肝腦塗地，不能稍報萬一，敢不竭股肱之力，以效涓埃！」涕泣而出。

康熙這套能使臣下效死的手段，爲後來雍正所極力摹仿，但基本上有誠與不誠之別；而且雍正的做法，過份肉麻，以故只有庸材，方始入彀。康熙年輕時自誓，待大臣如手足；這一點大致是做到的。

至於上引一段記載，最可注意的是，「無日不詔入，語必移時」一語；所談的自是吳三桂的一切。「知己知彼，百戰百勝」，吳三桂雖有其子在京作「坐探」，但可確信吳三桂之瞭解朝廷，不如朝廷了解吳三桂之深。即就對王輔臣而言，吳三桂與之相處多年；而康熙則爲初識，但以後事實證明，他比吳三桂更爲瞭解王輔臣。即此便可判定吳三桂必敗無疑。

康熙能知人、能容人、更能用人，具此三者，必成不出世的領袖。

康熙之知王輔臣，至「秦州之變」，猶確信王輔臣本心無他；壞事在王輔臣的義子王吉貞。茲先敍癸丑年事：

癸丑（康熙十二年）平西王反，念陝西為天下之脊，而王輔臣張勇，實握兵權，又皆舊部曲，輔臣尤為親密；雲南援劉右營標下聽用官汪士榮，向為輔臣之所親信，三桂訪得之，以書二通劄二道，付士榮，令其從間道走平涼，以致輔臣以書一劄一，轉致張勇，不再遣使。

輔臣得書，立使人拘執士榮，令其義子王吉貞、賫逆書二通，偽劄二道，解逆使汪士榮星夜入朝。上見之大喜，置士榮於極刑，留吉貞於朝，晉職為卿，而嘉輔臣之忠貞也。

張勇聞之怒曰：「吾二人事同一體，汝即欲作忠臣，亦宜先使知，會同遣使入；乃背我，獨獻忠於朝廷，今朝廷疑我，是賣我也！我看汝作忠臣者，作至幾時？」自此張王遂成參商矣。

按：張勇陝西咸寧人，在明朝即官至副將，降清後從洪承疇轉戰湖廣西南，立功甚多，順治十年的官位即爲「右都督」，後遷雲南提督，此爲綠營最高的武官，正一品，號爲「軍門」。

康熙二年起久鎮西涼，資格遠較王輔臣爲深，效忠清室，亦不下於王輔臣，無怪其深憾於王。倘使當時王輔臣邀張勇密商，即不致有後來秦州之變，王亦不致家破人亡。處大事之際，一念之誤，爲害不可勝言。武人必多置幕府，禮賢下士，於緊要關頭，得其一言爲用，可長保富貴；王輔臣不識字，不明此理，以致身敗名裂，坐使張勇獨擅其功，殊爲可惜。

所謂「秦州之變」，指經略大臣莫洛，被戕於寧羌一事。當吳三桂於康熙十二年十一月廿二日殺巡撫朱國治起事，自稱「天下都招討兵馬大元帥」，以明年甲寅爲「周王元年」時，一時聲勢極盛。

十三年二月，吳三桂連陷湖南諸郡，直至岳州；三月，廣西孫延齡、福建耿精忠相繼反；廣東尚可信劫其父可喜投降吳三桂，諸藩之毒盡發，其時主要戰場分三處，一爲湖南、廣東；二爲福建、江西、浙江；三爲陝甘四川。

康熙派出安親王岳樂爲定遠平寇大將軍；康親王傑書爲奉命大將軍；以及莫洛分別負責上述三戰場。莫洛本爲鰲拜黨羽，以在陝甘有惠政，得以免罪，內調爲刑部尚書。吳三桂既反，一路出湖南進窺中原；一路則向陝甘，倘得三秦之地，則西北、西南連成一氣，足可自保，所以陝甘一路的軍事，關係特重。

康熙以莫洛在西北素得民心，因特授爲經略大臣，並加武英殿大學士，駐西安；十三年五月，康熙指授方略云：「頃賊蜂聚岳州，值雨甚大，兵難行，俟稍霽，即水陸並進。吳三桂果在豐洲，宜乘虛逕襲其後；如克復四川，可取道交水，以定貴州，或逕趨雲南。」莫洛決定入川。十一月帥兵進駐漢中，準備入川，檄調王輔臣自平海領兵隨征。

王輔臣的部下，多與吳三桂所部有舊；故王輔臣奉密旨防吳，不敢形諸顏色，他的部下，亦不知他的本心，紛紛進言，要求響應吳三桂。王輔臣惟以死自誓，表示「寧殺我，無負朝廷。」此時王輔臣的處境，可說左右爲難，知遇之恩，固然浹骨淪髓；故主之情，亦未可遽忘，因此，他雖不反清，但亦不忍明白表示反吳。於是，王輔臣的部下決定造成既成事實，脅迫王輔臣非反不可。這麼一來，莫洛的性命就不保了。

警報到京，康熙曾打算「親到荊州相機調遣，速滅賊渠吳三桂。若吳三桂既滅，則所在賊黨，不攻自息。」旋爲議政大臣所阻。

康熙之擬親征，主要原因是他了解王輔臣重情義，寧羌之變，必是部下挾持；他相信他到了荊州，與王輔臣一通消息，表示強烈的支持，王輔臣自有辦法反正過來，爲他所用。且看劉獻廷記：

陝西督撫以反狀上聞，上亟召王吉貞入問曰：「汝父反矣！」吉貞曰：「不知也。」上即以陝撫之狀示之，吉貞戰慄不能言。上曰：「無恐！朕知汝父忠貞，決不及此。由經略不善調御；平涼兵變，脅汝父不得不從耳！汝宜亟往宣朕命，汝父無辜，殺經略罪在眾人，汝父宜極力約眾，破賊立功，朕赦眾罪，不食言也。」

吉貞星夜歸平涼，時輔臣尚在秦州；平涼居守諸將，技癢正不可奈，忽見吉貞歸，歡呼曰：

「大總爺至矣！」擁之入城，奉為總兵，設官分守焉。吉貞亦將上命置諸於腦後。

此爲王輔臣夢想不到，更爲康熙始料所不及。劉獻廷著「自吉貞歸平涼，而王氏之反勢成」一語，眞爲史筆。劉獻廷又記：

輔臣既殺經略，詎不思疾取西安，而張氏雄踞西陲，耽耽虎視；一舉足而東，則張氏卷甲尾其後，躊躇首鼠，退保平涼，而大兵已四集矣！

「張氏」謂張勇，其時以甘肅提督駐甘州（張掖）；十四年二月下旬，所部大將王進寶，領兵以皮筏渡黃河而東，援守蘭州，數立戰功。張勇以王進寶得力，加官晉爵，由「靖逆將軍」封爲靖逆侯；其子一品蔭生張雲翼以「大四品京堂」任用。

張勇感恩圖報，於六月底會同旗兵，包圍平涼。而康熙仍特頒敕諭，招撫王輔臣；首言：

吳三桂為逆，人心驚擾，懷疑瞻顧者多，惟爾知守臣節，出首逆書，遣子王繼（吉）貞入奏，朕甚嘉之。用是錫爾世職，官爾子卿貳以厲忠悃。後經略莫洛，率師進蜀，調遣失宜，變生倉卒，爾被逼脅，陷於叛亂。朕聞之未甚加誅，即遣爾子往諭，蓋謂爾封疆舊臣，屢受國恩，自當悔禍來歸，不意爾反生疑畏，竊踞如故，殊負朕至誠惻怛之懷。

前段務爲開脫，以康熙對王輔臣所知之深，確具誠意，不獨希望王輔臣反正，平定西陲；而且會重用王輔臣，因爲所謂「八旗勁旅」已經很差勁了。這一層留到後面再談；前引上諭，後段剖視利害：

近大將軍率諸將已破秦州，蜀寇相率敗遁；平逆將軍又取延安；蘭州、鞏昌以次底定，大兵雲集平涼，滅在旦夕。但平涼兵民皆朕赤子，克城之日，必多殺戮；以爾之故而驅民於鋒鏑，朕甚不忍。

今復赦爾自新，若果輸誠而來，豈惟洗滌前非，兼可勉圖後效。爾標下官兵及地方文武吏民，諸當坐者，概行寬宥。

如果王輔臣此時復行投誠，性命可保，富貴可期；因爲戰局方在膠著之中，倘或朝廷食言，不能示大信於天下，那就是迫使三藩反到底了。而王輔臣失去了這個機會，表面奉詔，而實際拖延。亦可能是王輔臣願降，而其部下看出八旗暮氣已深；親貴畏死怯戰，認爲尙有可爲，因而借此緩兵之計。

康熙看出眞相，嚴諭督責進兵者，不知凡幾。可是康熙十四年這一年，戰事並無多大進展。直到起用圖海，局勢方始改觀。此人與乾隆朝的阿桂；同治朝的文祥，皆滿洲第一流人物；而圖海原爲漢人。「清史稿」本傳：

圖海字麟洲，馬佳氏；滿洲正黄旗人。父穆哈達，世居綏芬。圖海自筆帖式，歷國史院侍讀；世祖嘗幸南苑，負寶從，顧其舉止，以為非常人，擢內秘書院學士；……遷宏文院學士，議政大臣。順治十二年攝刑部尚書事，與大學士巴哈納等，同訂律例。侍衛阿拉那，與公額爾克戴青兩家，奴鬥於市，讞失實，坐欺罔免死削職。

此爲圖海在順治朝的經歷。世祖崩，遺詔起用圖海；康熙初授爲滿洲正黃旗都統。李自成餘眾郝搖旗，在襄陽一帶嘯聚作亂，圖海被授爲定西將軍，副靖西將軍穆里瑪，領禁旅，會合湖廣四川諸軍討賊，奏凱而還。穆里瑪爲鰲拜之弟；故圖海亦受知於鰲拜，還朝後授宏文院大學士，但非鰲黨。

撤藩之議，分成兩派，反對派勢力浩大，而以圖海為首。圖海之反對，我認為最大的原因是，他已深知親貴不足恃；而典兵者必為親貴。若是，則撤藩必招禍亂，力不能平，豈非至危之事？康熙不納其議，但仍能用圖海；吳三桂既反，以圖海兼攝戶部，理糧運，統籌後勤事宜。不以圖海反對撤藩，而內心略存有芥蒂，此「不拘一格用人才」，為康熙的領袖長才之一。

及至三路平三藩之亂，師老無功，察哈爾林丹汗的孫子布爾尼，乘機竊發；在十四年初劫其父叛亂。警報到京，朝廷震動，因為八旗勁旅，盡皆南征；宿衛亦空，康熙雖滿腹經綸，畢竟不能唱一句「空城計」，因而焦憂萬狀。

於是孝莊太后一言興邦；她向康熙說：「圖海才略出眾，不妨重用。」康熙立即召見圖海，決定以信郡王札為撫遠大將軍；而由圖海以副將軍的名義，負指揮的全責。

既然宿衛亦空，所可指揮者又在何處？圖海掌理戶部，知糧餉之去路，即知兵源之所在，雖乏禁旅，猶有八旗王公門下的包衣可用。奏准降旨，徵用親貴家奴，選其尤為健勇者，亦有數萬人；圖海下令，在德勝門教場聽點。

明清習例，凡自京師出兵，不論東西南北，概由德勝門出發，取「得勝」的口采；這天黎明時分，圖海全副戎裝到場，檢閱既畢，傳令拔隊急行軍，不許夜宿，此為唯一的要求；其他不問。於是所至之處，大肆擄掠，「飽則遠颺」，完全恢復到草創之初，破邊牆而入，長驅南下，迅疾如風，呼嘯而過的那股慓悍之氣了。

到得察哈爾部，圖海召集所部各佐領說：「一路來所擄掠的，不過士庶之家，沒有什麼了不起。察哈爾汗，本是元朝的後裔，幾百年蓄積，珠玉貨寶，不可勝計。太宗當年征布爾尼之祖林丹汗，意在招降，所以軍紀嚴肅，秋毫無犯。如今情形不同了！你們有本事盡管敞開來動手，一切由我負責。」這番話轉下去；無不摩拳擦掌，一逞爲快。

布爾尼原以爲朝廷調兵遣將，大費周章，盡可從容行軍；不想大軍猝臨，已覺膽寒；更不料大軍安營未定，已展開全面攻擊，而且銳猛異常，以致兵敗如山，而圖海居然一戰成功了。

「清朝野史大觀」記「圖文襄用兵」云：

眾踴躍夜圍其穹廬，察哈爾部長布魯額（布爾尼）不及備，擒之。公分散財帛，獎勵士卒而歸。陛見時，聖祖責其擄掠宣府等郡縣，以有司劾章示之。公謝罪曰：「臣實無狀，然以輿儓之賤，御方強之敵，若不以財帛誘之，何以得死力？然上待臣奏績而後責之，實上之明也。」聖祖大悅曰：「朕亦知卿必有所為也。」復令公西征。

圖海班師於康熙十五年二月，聖祖御南苑大紅門親迎，賜御用衣帽、團龍補服、黃帶等物；

又賜御乘名馬兩匹、散馬二百匹。「撫遠大將軍」的名號，亦由鄂札移授圖海；並親臨太和殿賜敕印。

按：清初有大征伐，輒命「大將軍」，寄以專閫之責；但大將軍亦有等別，先以有「奉命」，及「遠」之字樣爲貴；康熙以後，以「奉命」字樣太空泛，獨重「遠」字，尤重「撫遠」，因爲「遠」則不偏於一方；「撫」則不限於軍事，有文武兼轄，便宜行事之意在內。康熙一朝自鄂札開始，親貴得授撫遠大將軍者，只聖祖胞兄裕親王福全；及皇十四子胤禎二人。異姓授撫遠大將軍者，亦只圖海及所謂「端敬皇后之弟」費揚古二人。由此可見「撫遠大將軍」的名號，至爲貴重；雍正謂康熙授胤禎爲「撫遠大將軍」，乃「藉此遠之」，不實。圖海於十五年五月抵平涼，「清史稿」本傳：

> 十五年，以圖海為撫遠大將軍，八旗每佐領出護軍二名，率以往。臨發，上御太和殿賜敕印。命諸軍咸聽節制。既至，明掌罰。申約束，諸將請乘勢攻城，圖海宣言曰：「仁義之師，先招撫，後攻伐。今奉天威討叛豎，無慮不克；顧城中生靈數十萬，覆巢之下，殺戮必多，當體聖主好生之德，俟其向化。」
>
> 城中聞者，莫不感泣，思自拔。五月，奪虎山墩；虎山墩者，在平涼城北，高數十仞，賊守

以精兵，通餉道。圖海曰：「此平涼咽喉也。」率兵仰攻，賊萬餘列火器以拒師，圖海令兵更迭進，自己至午，戰益力，遂奪而據之；發砲攻城，城中洶懼。圖海用幕客周昌策，招輔臣降。昌字培公，荊門諸生，好奇計，佐振武將軍吳丹有勞，以七品官錄用；圖海次潼關，以策干之，客諸幕。輔臣所署置總兵黃九疇，布政使龔榮遇，皆昌鄉人，屢勸輔臣反正，以蠟丸告昌；昌白圖海，圖海即令昌入城諭降，輔臣遣其將從昌出謁，圖海以聞，上許之，乃假昌參議道，賚詔往撫輔臣。使榮遇上軍民冊，子繼貞繳三桂所授敕印，顧猶觀望；復命昌偕兄子保定諭之，乃薙髮降。

此記較其他官書為詳，但猶未得實；「廣陽雜記」云：

輔臣初在大同，城破之日，有結髮妻，自縊而死。後貴，復置妻妾七人，平涼被圍時，輔臣顧七人而嘆曰：「死大同者，今無其人矣。」七人聞之，同時皆自縊而死。輔臣出戰，雖屢勝；而孤城坐困不支，經略圖海招之降，與之鑽刀設誓，保其無它，輔臣出降。

「鑽刀設誓」是何講究？孤陋不知。疑「鑽」為「攢」之誤。圖海與王輔臣設誓事，他書不載：據此可知，王輔臣已自度平涼必不可保，而圖海用周昌計，輾轉通款，委屈求全，固有收以為用的苦心在內，而前此圍城清軍竟未能破城，則其暮氣已深，不言可知。至於王輔臣的結局，「廣陽雜志」，獨得眞相：

輔臣出降，遂隨經略輔戰有功，事多不具錄。事平，上撤經略還朝，即召輔臣入京。鞍馬已具，行有日矣，乃出其後妻；自七人縊後，輔臣復娶一女，至此忽與之反目，怒不可解，登時欲出之，召其父來，與之決絕，而密語之曰：「領汝女亟離此，他方遠嫁。我出汝女，所以保全之也。」

有工匠隨征久，具呈於輔臣，求批歸省；輔臣其呈手裂之曰：「汝歸即歸耳，尚須此物耶？汝歸不宜復來，逢人不可道一王字。」命取銀賞之，工匠涕泣辭去。隨命司計者取庫中多少分之，各為一封，多以百計；少或數兩，一一標識。餘一二萬金，置之庫中。以印條封之；更錄簿一冊，記銀數，並諸雜物曰：「吾為提督久，豈無餘貲，令人動疑。累汝後人也。」取舊帳目悉火之，召諸將卒視隨人等至前曰：「汝等隨我久，東西南北奔走，犯霜露，冒矢石，亦良苦。今我與汝等辭，汝等宜遠去。」便其人之功績，各以銀一封與之曰：「汝持此，願歸田者即亟歸；願入行伍者，速投他鎮去。無言向在我處。」眾皆哭。揮之行曰：「速去！我事自當無累汝等，從此決矣！」

既發遣眾，乃命酒獨酌高歌，飲訖；見盛魚銀碗在案，重二十餘兩，沉吟曰：「此物當與誰？」適有童子捧茶至，顧曰：「汝在此幾年？曾娶妻否？」童子曰：「未娶也。」遂命取石搥碗令扁，以授童子曰：「與汝歸娶一妻，勿更來矣！」

復酣飲高歌二三日，問門下尚有幾人？則惟數十人在矣。召之來共坐，呼酒歡飲，至夜半泣謂眾曰：「我起身行伍，受朝廷大恩，富貴已極。前迫於眾人為不義；事又不成。今雖反正，然朝廷蓄怒已深，豈肯饒我？大丈夫與其駢首僇於市曹，何如自死。然刀死、繩死、藥死皆有痕跡。則將遺累經略，遺累督撫，遺累汝等。我籌之熟矣，待我極醉，縶我手足，以紙蒙我面，冷水噀之，立死，與病死無異；汝等可以痰厥暴死為詞。」

眾哭諫之，怒欲自刎，眾從其言，天明以厥死聞。後經略入朝，上問王輔臣，經略言反非其本意，上怒曰：「汝與王輔臣一路人也！」圖海懼，吞金而死。

王輔臣死狀，實爲異聞，圖海吞金死，更爲異聞。劉獻廷爲清初大儒，但心存明室，所起或有偏頗之處；上引之文對康熙「蓄怒已深」，似有微詞，照我的看法，王輔臣之死，其中必有曲折，不是王輔臣自疑過甚；即朝中有人必欲置之於死地。照康熙的個性，不致如此；茲以耿精忠爲證。「清史稿」本傳：

（康熙）十五年八月……精忠勢漸蹙，謀出降，先使人兆（範）承謨及其客嵇永仁等；傑書師次建陽，書諭降，精忠答書，請宣詔赦罪。師復進克建寧，次延平；精忠遣其子顯祚及襄緒、嘉猷出迎師。傑書使齎敕宣示，精忠乃出降，請從軍討（鄭）經自效。

傑書以聞，詔復爵，以其弟昭忠為鎮平將軍，駐福州；命精忠從軍討經。經敗還台灣，乃移師趨潮州，進忠出降，令精忠駐焉。……十六年遣顯祚入侍，授散秩將軍。藩下參領徐鴻弼等，使赴兵部具狀，訐精忠降後尚蓄逆謀，昭忠亦以鴻弼等狀聞。上留中未發。

十七年上會精忠還福州，以其祖及父之喪還葬。是秋，三桂死，傑書疏請誅精忠，上諭曰：「今廣西、湖南、四川俱定；賊黨引領冀歸者，不止千百，驟誅精忠，或致寒心，宜令自請來京，庶事皆寧貼。」

十九年，精忠請入覲……昭忠、聚忠又疏劾精忠，上乃下鴻弼等狀，令法司接治，繫精忠於獄，遣聚忠赴福州，宣撫所部。是歲，（尚）之信以悖逆誅。二十年，雲南平；二十一年，法司具獄上，上諭廷臣欲寬之；大學士明珠奏：精忠負恩謀反，罪浮於之信。乃與……等皆斬。

兩相比較，耿精忠所以致死之因，王輔臣並皆無有。第一、王輔臣不得已而反，為康熙所諒解；第二、王已隨圖海在此兩年中，立下許多功勞；第三、耿精忠的兄弟部下，都攻擊耿精忠，而王輔臣得部下愛戴，不致有此；第四、傑書受耿精忠之降，而疏請誅耿，與圖海跟王輔臣的情形不同。對耿精忠尚且「欲寬之」，則對王輔臣必當更寬。還有很重要的一點是，耿精忠徒為朝廷之累，一無所用；而王輔臣則年力正壯，猶大有用處，何必殺他？

三藩之亂，自圖海出兵，王輔臣復降，至康熙十六年下半年，已有把握，必可平定；孟心史清代史，撮敘此一年餘經過，可知其進展：

十五年五月，撫遠大將軍圖海，敗王輔臣於平涼，輔臣降，詔復其官，授靖寇將軍，立功自效，諸將並皆原之，以此鼓叛者來歸之氣。時官兵各路皆捷，諸藩勢日蹙。十月，傑書師次延平，耿藩將耿繼善以城降；精忠遣子顯祈獻自鑄印乞降。精忠蓋亦效三桂所為，稱總統兵馬大將軍，蓄髮易衣冠，鑄「裕民通寶」錢。至是，獻其印降，傑書入福州疏聞，命復其爵，從征海寇自效。

海寇者，鄭成功子經尚據台灣；是時入閩浙，不問官軍叛軍守地，乘亂略取，陷漳州，海澄公黃芳度殉。亦逼建昌，耿藩守將耿繼善遁。朝廷因敕傑書速進，乘機下福州。

十二月，尚之信使人詣簡親王喇布軍前乞降，且乞師，願立功贖罪；詔赦其罪，且加恩優敘。

孫延齡為三桂將吳世琮所殺。踞桂林。十六年三月，以莽依圖為鎮南將軍，赴廣州；四月至南安，叛將嚴自明以城降，遂克南雄入韶州。五月己卯，（尚）之信出降，命復其爵，隨大軍討賊。

於是康熙作了一個非常開明的決定，於十七年正月十七日，特頒上諭，開「博學弘詞」科，尚未偃武，即思修文；望治之心之切如見。上諭云：

自古一代之興，必有博學鴻儒，振起文運，闡發經史，潤色詞章，以備顧問著作之選。朕萬幾時暇，遊心文翰，思得博洽之士，用資典學。我朝定鼎以來，崇儒重道，培養人才，四海之廣，豈無奇才碩彥，學問淵通，文藻瑰麗可以追蹤前哲者？凡有學行兼優，文詞卓絕之人，不論已未出仕，著在京三品以上及科道官員；在外督；在外督、撫、布、按，各舉所知。朕將親試錄用。

其餘內外各官，果有真知卓見，在內開送吏部；在外開報於該督撫，代為題薦。務令虛公延訪，期得真才，以副朕求賢右文之意。爾部即通行傳諭遵行。特諭。

按：科舉除定期舉行的文科武科以外，特詔以待異等之才，稱爲「制科」，起於唐朝；名目繁多，而以「博學弘詞」爲最著。乾隆以後改稱「博學鴻詞」，因御名弘曆，故改弘爲鴻。

後於康熙十八年六月初一，召試於體仁閣下，先賜宴，後給卷；是年歲次巳未，故稱爲「已未詞科」，此事關乎一代交運，留待後文再談，玆先談發生在三藩之亂中的兩重公案，一爲孔四貞事；一爲「安溪相國」李光地事。

孔四貞爲定南王孔有德之女。順治九年七月，李定國破桂林，孔有德自縊死，家屬一百二十餘人皆遇害，惟一孤女，以年幼羈養軍中。十一年，定南部將線國安、李如春，收集潰兵，收復桂林。孔四貞奉父靈櫬歸京師，和碩親王以下郊迎，三品以上官皆留喪次一宿，恩禮甚隆。孔四貞則入宮爲孝莊太后義女；十二年四月有旨：「定南武壯王孔有德，建功頗多，以身殉難，特賜其女食俸，視如和碩格格，護衛儀從俱舊。」

此爲藉孔四貞以維繫定南舊部的手法。至十三年六月底，順治在預定七夕冊封董鄂氏（董小宛）之前，以懿旨立爲「東宮皇妃」，其時孔四貞年約十一歲。吳梅村「倣唐人本事詩四首」之第一：

聘就峨眉未入宮，待年長罷主恩空；旌旗月落松楸冷，身在昭陵宿衛中。

即詠此時之事，孟心史作「孔四貞事考」，論證綦祥，惟於此節，稍有未諦。

按：上引吳詩，首二句即言正式冊封，及順治之崩。既已封妃，雖在待年，未承恩澤，亦無另行擇配之理；但必孝莊意有未忍，且亦無以維繫定南部將，因而變通辦法，以孔四貞「掌藩府軍政」爲名，不視之爲已冊封的皇眷，如此乃得遣嫁。

吳詩第一首重在孔四貞身分的改變，既在昭陵宿衛之中，自不與分香賣履之列，然後乃可嫁孫延齡。無名氏所作「四王合傳」云：

四貞年十六，太后為擇佳婿，四貞自陳有夫，蓋有德存日已許配孫偏將之子延齡矣。四下詔求得之，奉太后命為夫婦，賜第東華門外。廣西之再定也，以綫國安統其眾，部曲如故，而藩府久虛，上念孔後無人，且慮及孔師無主，乃封四貞為和碩格格，掌定南王事，遙制廣西軍；此梅村所謂「錦袍珠絡翠兜鍪，軍府居然王子侯」者也。

吳梅村「放唐人本事詩」其他三首云：

錦袍珠絡翠兜鍪，軍府居然王子侯。自寫赫蹏金字表，起居長信閤門頭。（其二）
藤梧秋盡瘴雲黃，銅鼓天邊歸旐長。遠愧木蘭身手健，替耶征戰在他鄉。（其三）
新來夫婿奏兼官，下直更衣禮數寬。昨日校旗初下令，笑君不敢舉頭看。（其四）

「錦袍」一首寫孔四貞的威風，既掌定南軍令，儼同侯王令子；而又為孝莊太后義女，可自寫小簡，敬候起居。「藤梧」云云，則反折一筆，寫孔有德殉難與歸櫬，以及她的錦袍兜鍪的由來。末首寫夫婿爲屬官，語帶調謔，殊不知此即爲悲劇之由來；梅村歿時，三藩未亂；倘知後來廣西之事，就不是這樣寫法了。

「四王合傳」寫孫延齡、孔四貞夫婦云：

延齡為和碩額駙，內輔政大臣，世襲一等阿思尼哈番，延齡美風姿，曉音律，長於擊刺，體勁捷，能超九尺屏風。惟不善讀書，然遇有章奏，令幕官誦之，輒能斟酌可否。與人交必盡其誠，能容人之過失，時年十六云。四貞美而不賢，自以太后養女，又掌藩府事，視延齡蔑如也。

延齡機知深狙，以太后故，貌為恭敬，以順其意，四貞喜，出入宮掖，日譽甚能，由是太后亦善視之，寵賚優渥，亞於親王。四貞不知延齡奸愚之也，謂其和柔易制，事益專決，延齡因愈不平，思所以奪其權矣。

按：孫延齡亦爲十六歲，則與孔四貞同年生。雖欠讀書，未嘗非翩翩濁世佳公子，其不爲孔四貞所下，亦是情理中事；既思奪權，則必離京師，以斷孔四貞奧援。於是有出鎮之事。「四王合傳」又云：

康熙四年丙午，四貞面奏家口眾多，費用浩繁，欲就食廣西。奉特旨：「查定南王女孔四貞，於順治十七年，奉世祖章皇帝旨，掌定南王事，在京遙制。今應否給與其婿孫延齡掌管，看議政親王、貝勒大臣、九卿科道，會議俱奏。」諸大臣皆以為可。議上，即奉旨：「孫延齡鎮守廣西將軍，其下應設都統一員，副都統二員，即著孫延齡遴選具奏，線國安年老，著休致。」四貞遂請和碩格格儀衛以行。

定南兵權，實際上本操諸線國安之手：朝廷準備削藩，自翦除其翼著手，既利用孔四貞以去線國安，下一步便是利用孫延齡以抑孔四貞，乃操之過急，其後果竟非朝廷所能預料。

「四王合傳」云：

四貞與延齡南下，再抵淮安，誥封敕書至，以延齡為特進上柱國、光祿大夫、世襲一等阿思尼哈番，和碩額駙、鎮守廣西等處將軍，其妻孔氏為一品夫人。四貞自以為和碩格格，已居極品，不從夫貴也；今忽封一品夫人，則仍妻以夫貴矣，疑延齡囑內院為之，不愜意，夫婦遂不相能。

戴良臣者，原係四貞包衣佐領，頗有才知，希大用，力薦其親王永年為都統，而己與嚴朝綱副之，延齡初不許，乃營求於內，四貞強之而後可，雖為之請命於朝，而心甚忌之。良臣因構難其間，謂延齡獨信任蠻子，而薄待舊人，由是夫婦益不合。良臣佐格格，每事與延齡相左，所用之人，必逐之而後已，延齡竟為木偶，不復能出一令。四貞初任良臣，以為尊己，故惟言是聽，及其得志，並格格而藐之，權且漸歸於下，事無大小皆擅自題請，廣西一軍，惟知有都統，不知有將軍，並不知有格格。

據孟心史的看法，戴良臣等，實爲清廷的間諜，目的在侵四貞之權以抑延齡，不竟效果相反，「四王合傳」接敘云：

四貞乃大恨，知為良臣所責，乃與延齡和好，然大權旁落，不可復制。三都統益自專，延齡積不能平，以良臣等僭亂不法事訴於上，三都統亦上疏訐之。已上命督臣金光祖究其事，光祖與副都統嚴朝綱為至戚，奏延齡御下失宜，良臣等無罪。上疑其言非實，復令大臣按問，三都統懼得罪，併力以求伸，以故大臣亦不直延齡，延齡於是始謀所以報良臣者。

策動言官攻訐孫延齡，爲「併力求伸」的手段之一，而措辭中傷及孫延齡自尊，則爲三都統召禍之由，如「東華錄」：

康熙十一年九月乙未，御史馬大士奏參廣西將軍孫延齡，原無奇勳異績，皇上垂憐定南王乏嗣，令其掌管王旗，異數殊恩，蔑以加矣。

為孫延齡者，自宜懍遵國憲，以盡臣子之宜，乃題補營弁薛起鳳一事，部議以廣西非係題補省分，覆奏不行，屢經奉旨，孫延齡屢行陳奏，必欲違國家之成例，用本旗之私人，是誠何心？伏乞嚴敕，以為恣肆不臣者之戒。下部察議。

孫延齡鎮廣西已歷七年，用人雖不能如吳三桂之「西選」，但題補一營弁，本係專閫之權，朝廷應無不准之理；不意忽而出以「違國家之成例，用本旗之私人」的罪名，試問何一旗不用私人？於此可知，爲欲加之罪，不患無詞。而語氣輕蔑，自爲孫延齡所切齒。於是，到得吳三桂反時，孫延齡召三都統及其心腹共十三人議事；如演義中常描寫的，擲杯爲號，伏壁甲士湧出，盡縛而斬。三都統後皆列入「清國史忠義傳」。

孫延齡之叛，一半爲勢逼使然；復以孔四貞之影響，因謀反正，而結局甚慘。「四王合傳」敘孫延齡之死云：

廣西提督馬雄，亦是南藩下人，為都統之助，恐延齡害己，堅守不下。後三桂大軍至廣，雄乘勢亦降，為偽東路總督。雖與延齡共事，而彼此相猜疑。延齡乃復萌反正之意。

蓋其初叛也，激於良臣之訟，及見馬雄勢大，畏其逼己，四貞又日夜感上恩，勸延齡歸順。計且決矣，雄探得之，密告三桂，謂延齡有異志，宜急誅之，以絕後患。

十六年。丁巳，三桂遣其侄偽金吾大將軍吳世賓，領兵以恢復廣東為名，駐師桂林城外，延齡出迎，世賓敘故，相得甚歡，及送之轅門，有苗兵數十，突起馬首，延齡於馬箠中出利刃奮擊，斃數人，力不支，為所殺。

世賓送其頭於馬雄，雄掀髯大笑曰：「延齡亦有今日乎？」頭忽睜目張口，躍然而直向雄身，雄大叫曰：「延齡殺我！」遂嘔血而死。

按：吳世賓應爲吳世琮；「世」爲吳三桂孫輩的排行，非侄。孫延齡既死，吳三桂拘孔四貞入滇；四貞亦爲三桂義女，藉以羈縻定南舊部；三藩亂平，孔四貞歸京師；無子，食祿以盡餘年。

錄清朝「閨墨萃珍」孔四貞致孫延齡書一文，以爲本段結束。其文眞僞，無可深考：

余父在明，位不過一參將耳，而以百戰餘生，僅得中秩，明之待余父，恩何薄也！大凌河之戰，有天意焉，朝旨詰責，震悼劉、杜之死綏，而欲以余父暨仲叔行法。余父見幾，單騎出關，謁太祖皇帝於興京，由是攀龍鱗，附鳳翼，爵至定南。桂林之役，余父死戰，今皇上恩卹稠渥，典禮有加，嗚呼！

本朝之待余父情至矣！恩厚矣！昔豫讓有國士眾人之說，誠非無所見而云然。將軍並無殊勛異績，徒以貞故，位崇專閫，儀同額駙，乃聞道路之言，將軍受滇藩蠱惑，潛結精忠、之孝為援，頗蓄異志。

噫嘻！市傳有虎，本不足憑，但貞與將軍，既共衾穴，生死係之，安忍緘舌？至利害所係，貞亦不為毛舉，第滇藩既能忍於永曆，豈獨不忍於將軍？則為將軍計，似不應負本朝，負余父，並負貞也。

現在談另一重公案，所謂「安溪賣友」。全祖望「鮚埼亭集外編」卷四十四「答諸生問榕村學術帖子」稱：「其初年則賣友，中年則奪情，暮年則居然以外婦之子來歸」。此爲李光地假道學的三大證據。

榕村即李光地別號；福建安溪人，官至大學士，故稱「安溪相國」。他於康熙九年庚戌成進士，點翰林；此科總裁有龔芝麓在內，衡文鉅眼，榜中多名士，探花爲徐乾學；李光地爲二甲第二名，與趙申喬、陸隴其、邵嗣堯，都以理學著稱，則以魏裔介以保和殿大學士爲四總裁之首故。但陸隴其、邵嗣堯爲眞理學；李光地爲假道學；趙申喬人品亦頗有問題；南山集一案，即爲趙申喬挾嫌報復而起。此外如王掞、王原祁叔侄；張鵬翮、郭琇皆在此榜。陳夢雷二甲三十名，亦點爲庶吉士。

李光地在庶吉士館學習「國書」，識滿洲文，所以後來能爲「大軍」平耿精忠之亂時作嚮導。康熙十二年散館，李陳同時請假回福建，一在安溪、一在福州；未幾耿精忠響應吳三桂作亂，乃有「安溪賣友」之事。清史稿「李光地傳」：

陳夢雷，侯官人。與光地同歲舉進士，同官編修，方家居；精忠作亂，光地使日煌潛移夢雷探消息，得虛實，約並具疏密陳破賊狀，光地獨上之；由是大受寵眷。乃精忠敗，夢雷以附逆逮京師，下獄論斬；光地乃疏陳兩次密約，夢雷得減死戍奉天。

據孟心史考證，此實李光地與陳夢雷合作投機。其論斷如此：

由此得一推斷：陳、李始為合夥投機。陳居閩省，三桂事成，得緣耿以為周之佐命；李居閩邊，清廷祚永，得通北以為反正之階梯。蠟丸書稿，陳恭甫硜硜致辨，謂決非出陳手。此未免所見太執。

蠟書何嘗真有益於軍事，何必問其稿之誰屬。但觀事勢可以通款，即致一密疏以完投機之約，此安溪所當踐此言者。論此事者過信安溪，以為平閩之功，出於安溪密疏。似若清兵之入閩，真由聽密疏所陳，由贛入汀，掩精忠之不備，故得奏捷。其實據安溪年譜，絕無此事。

又說：

夢雷絕交書明言甲寅分別時相約，已任其功，李任其節。何所謂功？謂屈其身以待作內應耳。密疏措辭，應言賊中思得當以報者有夢雷在，庶為不負患難中合作本旨。安溪亦言：「本朝恢復日，君之事予任之。」

即是絕交書中語意，既已入語錄矣。迨背負之後，又造一番言語，形容夢雷之叛清向耿，誘已獻耿。即此兩岐之筆，忍於陷陳背逆重罪，不謂之賣友不得矣。

孟心史的考證，是因為入民國後，有兩部書出現，乃能偵得內幕。在清朝，除極少數人如全祖望尚能道著眞相以外，大部份人以爲陳李之爭，咎在陳夢雷；至於「安溪相國」門下，極力衛護，更不待言。「安溪賣友、奪情」兩事，我以前談過，此處所要補充的是，關於陳夢雷其人其事；以及他捲入政爭的經過。

陳夢雷字則震，他的集子名「松鶴山房集」，詩集九卷，文集二十卷；刻於康熙五十一年，以御賜匾額得名，藉以紀恩。

但雍正即位後，以陳夢雷爲皇三子誠親王胤祉修書，成「圖書集成」；又薦楊文言入誠親王府，修成總名「歷律淵源」的「曆象考成」、「律呂正義」、「數理精蘊」三書。前者相當於宋初的「太平御覽」、明初的「永樂大典」，足爲清朝天下大定，致力文治的象徵；後者則闡發聖祖的「三絕學」：天文、樂理、數學。因此，誠親王雖無武功，而在文治方面，儼然光大了聖祖的學養。

爲天下擇君，誠親王是理想的人選，而況皇長子直郡王胤禔，望之不似人君；皇二子胤礽被廢幽居，則皇三子等於居長，倫序當立；一時傳言，胤祉有儲貳之望，此爲雍正所忌；而陳夢雷的獲罪亦由此而來。「永憲錄」卷二上，雍正元年元月記載：

> 上以夢雷係從逆之人，不便留誠親王處，與家口仍遣發黑龍江船廠。詔逮時徇庇疏縱之刑部尚書陶賴、張廷樞、福建司郎中汪天與、員外郎樊貞、主事金錐保，不收禁之中書舍人林佶、門生舉人金門詔、監生汪漢倬等，降調革杖禁錮有差。

其人遣戍，其書自亦被禁。李光地時已歿，生前著有「榕村語錄」，其「續語錄」第十卷，專論與陳夢雷的糾紛，幾次改寫，務欲加重陳夢雷的罪名；但不敢刻印，因陳夢雷尚在，尚有誠親王爲後台，一旦相質，必無倖理。

及至陳夢雷再次充軍；李氏子孫「以爲莫予毒矣，遂有『年譜語錄合考』之作，從此擁安溪者得所依據。陳夢雷始屈於智力、屈於強權，後更屈於公論矣。」（孟心史語）

所謂「屈於智力」，即合作投機時，李光地棋高一著；陳夢雷大上其當。事實上，李光地當初確有投耿的打算。陳夢雷的「絕交書」中，自道耿精忠反後，遁跡僧寺，而老父被脅，不得已挺身交待，乃「脅以僞官」，但「就拘而往，不受事而歸；辭其印札，不赴朝賀」，即僅受一僞官名義，作爲換取其父安全的代價。

接下來質問李光地：

年兄家居安溪，在六百里之外，萬山之中，地接上游。舉族北奔，非有關津之阻；倘徘泉石，未有徵檄之來。顧乃翻然勃然，忘廉恥之防，徇貪冒之見，輕身杖策，其心殆不可問。而不孝以素所欽仰之心，猶曲為解諒，謂不過為怯耳。故年叔初來，不孝即毅然以大義相責，令速歸勸阻。又恐年叔不能堅辭，不足動聽，後遣使輔行，而年兄已高市褒袖，投見耿逆，遂抵不孝家矣。

「年兄家居安溪」云云，爲誅心之論。以故李光地首須辨明其出處，何以不「舉族北奔」，而「輕身杖策」，自投虎口？而同一書中，自相葛藤，「續語錄」卷中，始云：

乙卯夏（康熙十四年），予亦不能家居，為偽官群小所逼迫，將有宗族之禍，遷延至福州鼓山，以信通陳則震。

按：李光地其時不過剛散館而猶未任事的一名新翰林，並不能發生什麼了不起的作用，而且僻在閩南，地是閒地；人是閒人，根本非耿精忠顧慮所及，而言「爲僞官群小所逼迫，將有宗族之禍」，無非爲其「遷延至福州鼓山找藉口」。由此一段自述，足以證明陳夢雷所說，「年兄已高市褎袖，投見耿逆」，遂抵陳家爲不虛。

而同書隔不數頁，又是一樣說法：

陳則震，同年中最相善，予請告於十月回，陳臘月歸。予與相訂云：「福州茜枝不足吃，明年五月，可至吾泉（州）吃荔枝。」陳允諾，及滇將亂，耿王日日練兵，聲息甚惡。予遣人至省，寫一札與之，言耿精忠甚可慮，省城逼近，恐不可保，君可託詣荔枝之約至予邑，同商保全之道。

陳大言曰：「此豎子焉敢有此？」益輕耿也。不數日遂變起，而陳已戴紗帽矣。陳後以書招予云：「耿大不能置君於度外，恐不測，奈何？君可來同商。」予密札云：「一至不能還，奈何？」陳云：「若騎一驢子，似行客至予家，語畢即去，誰知君者？」予如其言，至其家，無他語；予次日辭欲去。陳曰：「君安得去？一入城門，門卒即有報，某某進城矣！」

此言至福州爲陳所招；且一至即不得脫，似乎陳夢雷有意陷入於不義，此與前言不符且不論；最大的一處馬腳是：「至其家、無他語；予次日辭欲去」十二字。按：「同商保全之道」爲李所發起，則胸中自有一股主意，陳「無也語」，李又何故無他語？於此又一次證明陳語爲眞，李語爲僞。

既至陳家，據陳夢雷自敘：

不孝方食，駭懣投匕而起，然思隻手回天，孤立無輔，舉目異類，莫輸肺腑。冀年兄至性未滅，愚誠可感，庶幾將伯之助。故嚴詞切責，怒髮上指，聲與淚俱。先慈恐不孝激烈難堪，遣人呼入。家嚴出以婉詞相諷，至自述老朽以布衣受封，已甘與兒輩闔門共斃，年兄亦為改容。

家嚴乃呼不孝出與年兄共議，促膝三日，凡耿逆之狂悖，逆帥之庸闇，與夫虛實之形，間諜之計，聚米畫炭，靡不備悉。

不孝又謂以皇上聰明神武，天道助順，諸逆行次第削平，矧小醜區區，運之股掌者哉？年兄猶以為落落難合。及不孝引道聲與年兄抵足一夕，年兄既深服其才，且見其勝國衣冠之遺，猶有不屑與賊共事之意，始信前言。不孝於是定計，不孝身在虎穴，當結楊道聲以潰其腹心，離耿繼美以隳其羽翼，陰合死士以待不時之應；年兄遁跡深山，間道通信，歷陳賊勢之空虛，與不孝報稱之實蹟，庶幾稍慰至尊南顧之憂。

據此而知，合作投機之初議，起自陳父：「促膝三日」，方始定策。陳夢雷且舉楊道聲作證，更覺振振有詞。

以下陳夢雷談合作投機的條件：

年兄猶慮既行之後，逆賊有意外之誅求，欲受一廣文以歸。不孝謂不得一潔身事外之人，軍前不足以取信。若後有徵召，當堅以病辭。萬一賊疑怒，至發兵拘捕，吾寧扶病而出，以全家八口為保，年兄始慨任其事。

臨行之日，不孝訣曰：「他日幸見天日，我之功成，則白爾之節；爾之節顯，則述我之功。倘時命相左，鬱鬱抱恨以終，後死者當筆之於書，使天下後世，知國家養士三十餘年，海濱萬里外，猶有一二孤臣，死且不朽。」

平心而論，李任其易；陳任其難。在李光地不過遣人投一蠟丸書至朝廷，便可家居觀成敗。陳雷夢在福州須時刻注意情勢的變化，同時亦須嚴防耿精忠知其有異心。處境之安危，用心之逸勞，不可同日而語，益覺李光地之賣友爲不可恕。

及至耿精忠投降，康親王駐師福州；京報已通，陳夢雷才知道李光地的蠟丸書，只有他自己一個人的名字。於是向李質問；李光地自道「唯唯而已」。其時爲康熙十六年秋天，李光地特奉旨陞爲額外侍講學士，進京供職，陳夢雷要跟他一起走。那知李光地死了父親，丁憂回籍，陳夢雷則於第二年進京，遭遇了一場意外之禍，恰好給了李光地一個壓住陳夢雷不讓他出頭的機會。

「絕交書」記：

丁巳（康熙十六年）秋，與年兄束裝赴闕，而年兄以聞訃歸。不孝見年兄方寸已亂，不復與商，遂以戊午之春，入都請罪。蓋亦自信，三年心跡，輿論共嗟，不必待人而白，初不料道路阻隔之先，京師之訛言百出也。

及到，始知以陳昉姓名之故，誤指不孝曾為偽學士，殊為駭然；而銓部無據呈代題之例，吾鄉撫軍又易新任。於是遣人具呈歸家，蓋將以具疏可否，請於撫軍，然後詣闕席稿。在都僦邸閑戶，公卿大臣未通一刺；一二師友通問，不孝一語不及年兄，今從前在都諸公歷歷可問耳。

不孝家人歸時，值年兄以通道迎請將軍事聞。上重年兄從前請兵之勞，溫綸載錫，晉秩學士；親王亦信年兄昔日之節，親屬子弟，皆借軍功，給札委官。昆從顯榮，僮僕焜耀，是不孝無功於國家，而所造於年兄者豈鮮淺哉。

夫酌清泉者必惜其源，蔭巨枝者必護其根，年兄當此清夜自省，宜如何報德也。乃功高不賞，但思抑不孝以掩其往事之愆。時家嚴以撫軍在泉，遣使具呈請咨到京，而年兄竟留其呈詞，不令投致，巧延家人，三月不遣。

又恐同人別為介紹，貽書巧說，阻其先容。不孝在都，半載不聞音耗，五千里遠道，徬徨南歸，嗚乎年兄竟用心至此耶。

按：福建巡撫本爲楊熙；康熙十七年五月調吳興祚繼任。陳夢雷此時爲待罪之身，有所陳訴，須由地方官層轉；當他遣僕回福建辦這道公文手續時，居喪的李光地，又因助寧海將軍拉哈達，逐鄭錦部將劉國軒入海，而超擢為內閣學士。翰林清班，熬到這個職位，必將大用。

而一帆風順，亦須二十年的功夫，李光地因緣時會，官符如火，不五年而得！越是如此，越要抑陳夢雷「以掩其往事之愆」，故有「竟留其呂詞，不令投致」，以及其他多方打擊陳夢雷的情事。李光地在家鄉守制的這段期間，亦即自康熙十六年到十九年，頗為風光，內結天子之眷顧；外託鎮帥的聲勢，儼然地方鉅紳。

而陳夢雷則以為李光地所賣，栖栖皇皇，進退失據，榮枯之判，雲泥之隔。但朝中局面，就在這三藩之亂已不足為憂；下詔舉博學鴻詞的這兩年之中，與三藩亂起以前，已大不相同了。

這不同是積漸而來的；但在後世來看，跡象鮮明：第一、親藩用事，輔臣專政的時代，已經過去了，一切大政，皆由親裁；第二、漢大臣中，幾乎已無「貳臣」，從順治三年開科以來，清朝本身所培養的人材，逐漸大用，以康熙十七年為例，漢大學士三人，僅杜立德為崇禎十六年兩榜出身，明亡時猶為「觀政」進士，順治元年由順天巡撫宋權薦授為「中中」（中書科中書），故不在「貳臣」之列。

其餘李霨為順治三年進士、馮溥為順治四年進士。部院中除戶尚梁清標、刑尚姚文然為崇禎末年進士外，吏尚郝惟訥、兵尚王熙、禮尚吳正治、工尚陳鼓永、左都宋德宜，出身於順治四年至十二年丁亥、己丑、乙未三科。

因此，如二陳（陳名夏、陳之遴）時代，降臣心目中猶有一「先帝」在的心理陰影，已不復再有；清朝培植的大臣，效忠清朝，理所當然，再無「異族」的觀念存在。

聖祖對這一點看得很清楚，因此漢人偶觸忌諱，雖惴惴不安；而聖祖知其本心無他，不以爲意。因此，這個時期的黨爭，背景非常單純，完全由於個人的名利，至多代表一個小集團的利益，並不涉於民族大戰。因此，滿漢之爭，已不存在；只有滿與滿爭、漢與漢爭，而此兩種爭鬥，皆在聖祖控制，甚至操縱之下，爲英王一種駕馭的手段。

由於有了這樣的變化，李、陳交惡在無形中變了質。而李光地僻處閩南，方與武夫交歡；對朝局不免隔膜，因而康熙十九年入朝後，意外地發現陳夢雷已有奧援；「榕村語錄」卷九自敘：

後庚申予同先慈入京，陳言必隨至京。予曰：「近姚總制重予言，有同年張雄者，亦曾事偽，予託之於姚，姚即特疏敘其功，竟以部屬用。君來，吾命舍弟送君至姚處，懇切耑託，必得當。吾見上再乘機言之於內，君事必濟。」陳回書不以為然。予後行至衢州，見李武定詢予云：「君知貴鄉已平乎？」予曰：「有報乎？」曰：「有，姚總督已於某日破海賊，走歸台灣矣。陳若在此，大有機會也。」

陳屢不聽予言，堅欲上京，為東海（徐乾學）所構，遂與予為仇。言予不肯上奏章，所云面奏，皆詐耳。映海又復至予處，為陳言。予曰：「予非憚章奏，恐無濟於事耳。」東海云：「君不必求其有濟，但上章奏，為朋友之事畢矣。」予曰：「信若此乎？」東海曰：「然。」予云：「予作疏稿，恐有不盡心，君可為我代作一稿。」徐即成。予一字不移，寫上。上對北門云：「李某何為饒舌？」不喜者久之。

姚總制爲姚啓聖，浙江紹興人；康熙十七年五月授爲福建總督；李武定爲李之芳，浙江總督，山東武定人。姚、李二人皆爲平定福建的要角。李光地既能爲張雄脫罪，獨不及於陳夢雷；及至陳夢雷欲隨其入京，始作此言，則所謂「同年中最相善」一語，明見李不顧交情，且亦爲謀擺脫陳夢雷糾纏的一種手法，小人肺腑如見。

徐乾學爲李光地代擬的奏稿，見「清史列傳」李光地傳：

臣舊同官原任編修陳夢雷者，當耿逆之變，家居省會，有七旬父母，不能脫逃，及賊以令箭白刃逼脅伊父，夢雷遂為所折，勒授編修，固辭觸怒，改降戶曹員外，託病支吾，律以抗節捐軀之義，其罪固不能辭矣，獨其不忘君父之苦心，經臣兩次遣人到省密約，真知確見，有不敢不言者。

當耿逆初變，臣遯迹深山，欲得賊中虛實，密報消息，臣叔日程潛到其家探聽，夢雷涕泣言，隱忍偷生，罪當萬死，然一息尚存，當布散流言，離其將帥，散其人心，庶幾報國家萬一，臣叔回述此話，臣知其心之未喪也。

至十四年正月，耿鄭二人連和，臣聞國家方行招撫之令，因遣人往，約其或勸諭耿逆歸誠，或播流言離間二人之好，使大兵得乘機進取，夢雷言敵勢空虛，屢欲差人抵江浙軍前，迎請大兵，奈關口盤詰難往，因詳語各路虛實，令歸報臣，此臣密約兩次，知其心實有可原者也。

此臣入京，始聞因變亂阻隔，訛傳不一，有逆黨希圖卸擔，信口誣揑者；甚有因藩下偽學士陳昉姓名，誤指為陳夢雷者。

今皇上削平叛亂，明正是非，使陳夢雷果為偽學士，甘心從逆，是狗彘之流，臣雖手刃之市朝，尚有餘恨；今大兵凱旋在即，陳夢雷託病被降情節，親王將軍一一可問。至兩次受臣密約，皆在患難之中，冒死往來之跡，非容旁人質證；臣若緘密不言，其誰能知之？臣斷不敢為朋友而欺君父，伏惟睿鑒。

此疏不言李光地曾潛赴福州，已爲之留餘地，因而不能不一字不移，照抄上奏；但一達御前，以聖祖之英明，自然洞悉眞相，原來李光地是逃在深山之中做忠臣；蠟丸中所報「賊中虛實」，皆出於身在虎口的陳夢雷所陳述。然則三年來一直不說，豈無冒功賣友之嫌？李光地負陳夢雷，得此形同「親供」之一疏，乃成鐵案。

「北門」指明珠，時方兼領步軍統領；謂「上對北門云：『李某何爲饒舌？』不喜者久之。」此則未必。事實上是聖祖正喜有此一疏，得持李光地之短，使其死心塌地而效忠勿替；這由後來處置李光地「奪情」一案的手腕，可以想像得之。

至於徐乾學之爲陳夢雷硬出頭，雖有抱不平之意，而實際上另有兩大作用。一種是方當舉鴻博之後，天下名士，雲集都下；對陳夢雷的「絕交書」，無不以好奇之心關注，徐乾學此舉，足以令人稱快，在無形中得一此人可資倚恃的印象，有助於造成徐乾學領袖士林的地位。

再一種是明珠打擊索額圖的手段。其時索額圖、明珠並荷上眷，皆爲權臣，而積不相能。「清史稿」明珠傳：

> 與索額圖互植黨，相傾軋，索額圖生而貴盛，性倨肆，有不附己者，顯斥之，於朝士獨親李光地。明珠則務謙和，輕財好施，以招來新進，異己者，以陰謀陷之，與徐乾學等相結，索額圖善事皇太子；而明珠反之，朝士有侍皇太子者，皆陰斥去。

索額圖自是由平闓親貴盛讚李光地，因而不排此一漢人。索既親李，則李如大用，必助索攻明珠；所以摧折李光地，即爲明珠打擊索額圖，而陳夢雷之得以不死，確出於明珠之力；但如無李光地一疏，明珠亦無由措手。

現在要談康熙偃武修文，一代鉅典的「己未詞科」。據劉廷璣「在園雜志」，自康熙十七年正月二十三日明詔舉「博學鴻詞」科後，內外薦舉到京的博洽之士，共五十九人：

十八年三月初一日，除老病不能入試外，應試者五十人。先行賜宴，後方給卷，須題「璇璣玉衡賦」「省耕二十韻」，試於弘仁閣下，試畢，吏部收卷，翰林院總封，進呈御覽。讀卷者李高陽相國霨，杜寶坻相國立德，馮益都相國溥，葉掌院學士方藹。取中一等二十名，二等三十名，俱令纂修明史，勅部議授職銜。部議以有官者各照原任官銜，其未仕進士、舉人，俱給以中書之銜，其貢、監生員布衣，俱給與翰林待詔，俱令修史。

其未試年老，均給司經局正字，聖恩高厚，再敕部議。部覆奉旨：邵吳遠授為侍讀，湯斌、李來泰、施閏章、吳元龍授為侍講，彭孫遹、張烈、汪霦、喬萊、王頊齡、陸柔、錢中諧、袁佑、汪琬、沈珩、米漢雯、黃與堅、李塏、沈筠、周慶曾、方象瑛、錢金甫、曹禾授為編修。

倪燦、李因篤、秦松齡、周清原、陳維崧、徐嘉炎、馮勖、汪楫、朱彝尊、邱象隨、潘耒、徐軌、尤侗、范必英、崔如岳、張鴻烈、李澄中、龐塏、毛奇齡、吳任臣、陳鴻績、曹宜溥、毛升芳、黎騫、商詠、龍燮、嚴繩孫授為檢討；俱入翰林。其年邁回籍者，杜越、傅山、王方穀、朱鍾仁、申維翰、王嗣槐、鄧漢儀、王昊、孫枝蔚俱授內閣中書舍人。

凡被薦徵者，自爲碩學鴻儒，但對出處進退，功名利祿的觀念，卻大不相同，態度上大致可分爲三等：上等是堅不應試，或堅不受祿；中等是得失看得不重，聽其自然；下等是極其熱中，未薦唯恐不薦，已試唯恐不第。上等、中等中人流傳了好些逸聞韻事，下等中人則製造了好些醜行笑語。

先談上等中人，當時遺老的領袖是顧亭林，自是蒐羅巖壑之士的第一目標；幸虧他的外甥「三徐」——徐乾學、元文、秉義，都爲貴顯；徐乾學既爲明珠的門客，又爲明珠之子，清朝第一大詞人納蘭成德的業師；而納蘭又爲極受寵信的御前侍衛，因此，顧亭林輕易得脫網羅。

顧亭林的好友傅青主，亦在被徵之列，吳翠鳳「人史」記：

傅徵君山（按傅青主名山）、康熙已未，詔求博學，鴻儒當事競薦，青主以老病辭。強之再三，乃令其孫執鞭，乘一驢車，至崇文門外，稱疾野寺。八旗自王侯以下及漢大臣之在朝者，履滿其門。堅臥不起，朝廷遂聽其還鄉。

是年應試中選者，其人各以文學自負，又復落拓不羈，以科第進者，前後相軋，疑謗旋生，不能久於其任。數年以後，鴻儒掃跡於木天矣。天下莫不嘆徵君貞志邁俗，而有先見之明。

吳記別有深意，而稍得實；他書記傅青主皆謂傅青主入郡，棲野寺達官過訪，以「衰老不能爲禮」，命子傅眉應接。刑部尚書魏象樞，爲傅青主山西同鄉，以其老病上聞，復與馮溥密疏請免試而授官，因特賜中書。馮溥迫傅青主謝恩，今賓客多方勸說，最後用板輿抬人，望見午門傅青主淚涔涔下，馮使人掖之而起，望闕謝恩。

傅青主仆於地上，魏象樞打圓場說：「好了，好了！謝過恩了。」次日即歸，大學士以下皆出城送之。傅青主當眾聲明：「使後世妄以劉因輩賢我，且死不瞑目矣。」按：劉因爲元末高士，屢徵不起，謚文靖。傅青主不甘與劉因並列，似乎人品極高；其實名心未淨，「霜紅龕集」者中有書札，有詩，有雜記，言被徵事，足見其未能忘情。

眞正高士是李二曲；「清史稿」李顒傳：

李顒、字中孚、又字二曲，盩厔人。二曲者、水曲曰盩、山曲曰厔也。布衣安貧，以理學倡導關中。關中士子多宗之。父可從、為明材官，崇禎十五年，張獻忠寇鄖西，巡撫汪喬年總督軍務，可從隨征討賊；臨行抉一齒與顒母曰：「如不捷、吾當委骨沙場；子善教吾兒矣。」遂行。兵敗死之顒母葬其齒，曰「齒塚」。

時顒年十六，母彭氏日言忠孝節義以督之；顒亦事母孝，饑寒清苦，無所憑藉，而自拔流俗，以昌明關學為己任。有饋遺者，雖十反不受；或曰：「交道接禮，孟子不卻。」顒曰：「我輩百不能學孟子，即此一事不守孟子家法，正自無害。」先是顒聞父喪，欲之襄城求遺骸，以母老不可一日離，乃止。既丁母憂，廬墓三年，乃徒步之襄城，覓遺骸不得，服斬衰晝夜哭。

知縣張允中為其父立祠，且造塚於戰場，名之曰「義林」。……康熙十八年，薦舉博學鴻儒，稱疾篤；舁床至省，水漿不入口，乃得于假。自是閉關，宴息土室，惟昆山顧亭林至，則款之。

李二曲與孫夏峰、黃梨洲，在清初並稱爲三大儒；李與富平李因篤、郿縣李柏，又號稱「關中三李」。「清史紀事初編」記：

李因篤，字天生，更字孔德，號子德，富平人，諸生。究心經世之學，明季嘗走塞上求勇敢士，入清屢北游雁門，南游三楚，皆有所圖。欲師事顧炎武不可，乃為友；炎武在山東以啟禎詩選作傳，事為人告發入獄，因篤走三千里脫其難，名日高，與李顒、李柏稱關中三李。康熙十八年召試博學鴻儒，授檢討；以母老乞養歸，講學於朝陽書院。

被徵不就者，尚有一人，不可不記；即實際篡修明史的萬斯同。「清史紀事初編」記：

萬斯同，字季野，號石園，鄞人。從黃宗羲游，年最少，得史學之傳。康熙十七年，詔舉博學鴻儒，有欲舉之者，力辭。明史之修，徐元文為總裁，欲薦斯同以布衣參史局；不就，乃延主其家，以刊修委之。張玉書、陳廷敬、王鴻緒，相繼為總裁，皆延之，客居京師江南館者二十年，輩成一代之史。卒於康熙四十一年，年六十。明史之成，本於王鴻緒史稿，實出斯同之手。

斯同晚而病目，與劉獻廷、錢名世同棲止，每旦獻廷出游，所聞有關於史事者，暮歸質於斯同，然後由名世奮筆紀之。然則助斯同以有成者，名世也。斯同最有史識，博采舊聞，一以實錄為準，唯囿於黨見，明季是非，或有未盡當者。然二百九十三年之事，君相之經營創建，與有司之所奉行；文人學士之風尚源流，終賴之以有考焉。

孟心史作「己未詞科錄外錄」，引傅青主的「雜記」，嘲笑與試者「專以輕薄爲快意」，這樣「但以鄙薄傲得意諸公」，見得「其意中究尚有制科之見存」，品格不及顧亭林、黃黎洲，誠爲持平之論。相形之下，反不如孫枝蔚來得率眞可愛。此人字豹人，籍隸陝西三原，後來在揚州做鹽商，「千金散盡還復來」，而終於棄去，折節讀書；晚年不免游食。舉博學鴻詞詩，年及五旬，鬚眉皆白。

「文獻徵存錄」記其事云：

以布衣取博學鴻儒，辭以老病，不許。吏部集驗於庭，年老者授銜使歸，尚書見枝蔚鬚眉皆白，曰：「君老矣！」對曰：「未也，我年四十時即若此。且我前以老求免試，公必以為壯；今我不欲以老得官，公又以為老，何也？」尚書笑之。卒受中書舍人銜回籍。賦詩云：「一官如籠鶴，萬里本浮鷗」。

又鄭方坤「詩鈔」附孫枝蔚小傳云：

康熙己未歲，舉博學鴻儒科，時大司寇徐公乾學，通賓客，盛聲氣，士之攀騏驥而附鱗翼者，莫不幸趨門下，京師為之語曰：「萬方玉帛朝東海，一片丹誠向北辰。」東海，徐郡也。豹人恥之，屢求罷不允，趣入詩，不終幅而出。天子雅聞其名，命賜銜以寵其行。部擬正字。上薄之，特予中書舍人。始豹人以年老求免試不得，至是詣午門謝，部臣見其鬚眉皓白，戲語曰：「君老矣！」豹人正色曰：「僕始辭詔，公曰：不老。今辭官，又曰老。老不任官，亦不在辭乎？何旬日言歧出也！」部臣遜謝之。

此記中稍有未諦，「天子雅聞其名」的「布衣」，非孫枝蔚，而爲李因篤、姜宸英、嚴繩孫、朱彝尊，合稱「四布衣」。姜宸英字西溟，浙江慈谿人，古文名家。本來韓菼與葉方藹相約，薦舉姜西溟應鴻博，以葉方藹宣入禁中，兩月未得回家；韓菼獨舉，則已過期。「四布衣」中有三布衣被舉；但江蘇薦舉的布衣潘豐，亦有重名，於是復寫「四布衣」。

朱竹垞撰嚴繩孫墓誌云：

詔下，五十人齊入翰苑，布衣與選者四人，除檢討；富平李君因篤、吳江潘君來；其二，予及君也。君文未盈卷，特為天子所簡，尤異數云。未幾，李君疏請歸田養母，得旨去。三布衣者，騎驢入史君，卯入申出，監修、總裁，交引相助。越二年，上命添設日講官知起居注八員，則三布衣悉與焉。是秋，予奉命典江南鄉試，君亦主考山西。比還，歲更始，正月幾望，天子以逆藩悉定，置酒乾清宮，飲讌近臣，賜坐殿上。樂作，群臣依次奉觴上壽。

依漢元封柏梁台故事，上親賦昇平嘉讌詩，首倡「麗日和風被萬方」之句，君與潘君同九十人繼和，御製序文勒諸石。二月，潘君分校禮闈卷。三布衣先後均有得士之目。

而館閣應奉文字，院長不輕假人，恆屬三布衣起草。二十二年春，予又入值南書房，賜居黃瓦門左；用是以資格自高者，合內外交搆，逾年，予遂註名學士牛鈕彈事，而潘君旋坐浮躁降調矣。君遇人樂易，寬和不爭，以是忌者差少。尋遷右春坊右中允，兼翰林編修，敕授承德郎，時二十三年秋七月也。冬典順天武闈鄉試。事竣，君乃請假，天子許焉。

按：嚴繩孫字蓀友，無錫人，有神童之目；被徵時已將六十，以年老辭，不許；到京自陳因疾不能應試，四請終不許。赴試時，不作賦，僅賦「省耕詩」八韻而出，自以爲必遭擯落，得遂初衷，乃聖祖久聞其名，謂「史局不可無此人」，因取在二等之末。毛西河「科制雜錄」記：

折卷後，上曰：「詩賦韻亦學問中要事，何以都不檢點？賦韻且不論，即詩韻，取上上卷者亦多出入，有以冬出宮字者，有以東韻出逢濃字者，有以支韻之旗誤出微韻之旂字者。此何說？」

眾答曰：「此緣功令久廢詩賦，非家絃戶誦，所以有此，然亦大醇之一疵也，今但取其大焉者耳。」上是之，遂定為五十卷。

按：聖祖此言，皆有所指，「冬韻出宮字」者為潘耒；「東韻出逢，濃字者」為李來泰；「支韻之旗誤出徵韻之旂字者」為施閏章。

施閏章字愚山，清初詩壇巨擘之一，道德文章官聲，皆有可稱；而當時頗有用世之志，故不免熱衷，「愚山年譜」中收示子一札云：

試卷傳出，都下紛紛訛言，皆推我為第一名。久之，半月後方閱卷。我絕不送卷與內閣諸公。初亦暗取在上上卷，列三五名中。後因詩結句有「清彝」二字，嫌觸忌諱，竟不敢錄。得高陽相國爭之曰：「有卷如此。何忍以二字棄置？此不過言太平耳。倘奉查詰，吾當獨任之。」於是姑留在上上卷第十五。又推敲停閣半月，則移在上卷第四。皆此二字作祟也。今上傳案出，又改上上為一等，上卷為二等矣。我平日下筆頗慎，獨此二字不及覺，豈非天哉！

孟心史於此一段公案，有極平實的評論，他說：

愚山詩文，自是一代作家，豈以試場得失為輕重。然據此自述，得失之見，愚山頗不免。其旗字誤書為旂，雖傳為話柄，試場實未以為去取標準。而卷中疵累，乃為「清彝」二字。此二字在乾隆朝，竟可因此與大獄，殺身緣坐，罪及家屬。文字之獄，類此者多矣。

試官既已挑出，在乾隆朝必不敢取，甚且如趙申喬之糾戴名世，非惟棄置，並特參以媚一人。愚山固死有餘罪，有憐才之試官，與之同罪，或尤加重焉。高陽當日，竟願獨任其咎，以成愚山之名，實為好士之特出者。然亦終未以為嫌，則聖祖無意於此等忌諱，而同朝亦無以攻訐圖利者。此則開國淳樸氣象，必不能得之於雍、乾之世，亦不能得之於康熙晚年，南山集獄起之日矣。（按當日寫卷必為清夷二字，故觸忌耳。）

至於三布衣之招忌，原因甚多，但不外「爭名奪利」四字。其中朱竹垞尤爲重要目標；他之降官，據陳康祺「郎潛記聞」云：

竹垞先生直史館日，私以楷書手王綸自隨，錄四方經進書。掌院牛鈕劾其漏洩，吏議鐫一級，時人謂之美貶。

此是故意予以打擊，眞正的原因是得罪了高士奇。「榕村語錄」卷十五云：

一日（高）語予曰：「如此等輩，豈獨不可近君，連翰林如何做得。」予曰：「如此等人，做不得翰林，還有何人可做，次耕略輕些，至朱錫鬯還是老成人。」高往年還在監中考，為我所取，稱老師，是日便無復師生禮，忿然作色曰：「什麼老成人？」將手鑪竟擲地大聲曰：「似此等還說他是老成人，我斷不饒他。」

高士奇與徐乾學在三藩之亂前後，皆以深得帝眷，招權納賄，黨同伐異手段詭譎無比。當時有「萬方玉帛朝東海，十國金珠貢澹人」之謠，高士奇字澹人，號竹窗，又號江村，杭州府人；他的身世及發跡之始是個謎。

有的說他在報國寺廊下賣字糊口，爲祖澤深所見，薦與索額圖家奴門下作客；復轉薦與索額圖；有的說他爲明珠家司閽者課子，有一天明珠急於要寫幾封信，一時無人，司閽囑高士奇前往，因得受知於明珠；有的說他爲人書禁門內關廟匾額：「天子重英豪」，駕出偶見，賞其雅切莊重、書法亦佳，因召入內廷供奉。此三說未知孰是，但起家得力於書法，當無可疑。清朝書家，高士奇不在其列，所謂「書法佳」，不過寫得一手勻整的楷書而已。

高士奇的爲人，汪景祺「西徵隨筆」有記：

高文恪之與索額圖，固有德無怨者也。索額圖死於宗人府，籍沒貲財，全家受禍，皆高為之。索以椒房之親，世又世貴，待士大夫向不以禮，況高是其家狎友。其召之幕下也，頤指氣使，以奴視之。

高方苦饑寒，得遇權相，拜跪惟謹，殊以為榮。後高受知先帝，遊歷顯官，而見索猶長跪啟事，不令其坐。且家人尚稱為「高相公」，索則直斥其名，有不如意處則跪之於庭而醜詆之。高遂頓忘舊恩而思剚刃於其腹中。

癸未年，高隨駕北上，時高已叛索而比明珠矣。往謁索於其家，索袒裸南向坐，高叩頭問起居；索切齒大辱及父母妻子，高免冠稽顙不敢起，若崩厥角泥滿額。總兵曹曰瑋在京候補，先帝命索飲食之；高見索時，曹侍立簾外，思曰：「高知我見其情狀，必遷怒於我矣。」遽引疾歸。

索有門客曰江黃者，紹興人，索之委任十倍於高。高雖攬重權，江視之蔑如也。其時儀同開府於高稱門生者，指不勝屈；而江僅以弟畜之，高不勝憤，遂欲殺江以除索，而江不免。

江死之日，高已告歸，方渡江，忽曰：「江老且至矣。」口中喃喃若與人晤對而謝過者，即目不見一物，抵平湖不數日死。或曰：「大學士明珠既與定計殺江以除索，然於高仇頗深，因餞而毒之，如俗所謂慢藥者。」

按：此記前半猶可，中記高士奇「欲殺江以除索」，則近乎奇談了，江黃應爲「江潢」，「清史稿」索額圖傳：

（康熙）四十二年五月，上命執索額圖交宗人府拘禁……江潢以家有索額圖私書，下刑部論死。……尋索額圖死於幽所。

觀此可知，江潢及索額圖皆死於康熙四十二年五月以後，而高士奇則已前歿。「清史記事初編」記高士奇的履歷。是：

康熙初由暨生供奉內廷，賜第西安門內。

十七年以典密諭詩文勤勞賜金，……為都御史郭琇嚴劾，休致回籍。

三十三年再值南書房。

三十六年告終養，擢詹事。

四十一年再起禮部侍郎，未赴官，是年終。

據此，則高士奇不但死在索額圖獲罪之前，且三十六年即已告終養，根本亦未捲入康熙三十八年廢嫡的糾紛。

至於高士奇之與朱竹垞作對，由於朱竹垞的兩首七絕，諷刺了高士奇；而高士奇之爲朱竹垞所輕，則由於高士奇及一陪侍聖祖讀書，身分類似「書僮」的勵杜訥，以「同博學鴻儒試」得授翰林。

孟心史在「己未詞科錄外錄」中記：

其詩言「漢室將將出群雄，心許淮陰國士風。不分後來輸絳灌，名高一十八元功。」此謂鴻博之外，復有同鴻博、學問不足道而知遇特隆也。

又云：「片石韓陵有定稱，南來庾信北徐陵。誰知著作修文殿，物論翻歸祖孝徵。」此尤可知其為士奇發矣。

按：「片石韓陵」應作「海內文章」。以祖孝徵比作高士奇，自爲高士奇所恨，無怪乎以「風流罪過」降官。

孟心史又記潘豐云：

稼堂建言有風采，尤招嫌忌，故得處分尤重。嘗應詔陳言：「請除越職言事之禁，京官復舊制，並許條陳；外官條奏地方災荒，督撫不肯題招，雖州縣逕得上聞；台諫許風聞言事，有大奸貪，不經彈劾，別行發覺，併將言官處分。」

且謂：「建言古無專責，歷代雖設台諫，其實人人得上書言事。梅福以南昌尉言外戚；柳伉以太常博士言程元振；陳東以太學生攻六賊；楊繼盛以部曹攻嚴嵩」等語。索額圖、明珠相繼用事，大官多承順之不暇，一詞臣如此建曰，得不謂之浮躁輕率乎？

說他「輕率浮躁」，似有未當。潘豐是血性男兒，既舉鴻博，並爲詞臣，則盡其本份的言責，庶幾無忝所職；故不覺其言之激切。潘氏兄弟爲顧亭林所賞識，人品學識皆爲第一流，而境遇至苛。闡潛表幽，吾輩有責；略記潘氏兄弟生平於此，以見明朝遺民志節之不可及。

潘氏兄弟吳江入，兄名檉章，字力田，明朝諸生；入清不仕，與同郡吳炎，議私修明史，購得明朝實錄，旁蒐諸家詩文，窮年兀兀，早夜不倦；顧亭林、錢牧齋皆深許其人，力贊其事，惟以史事浩繁，歷十餘年未就。

檉章先刻「今樂府」，以示作書之意。又作「國史考異」，亭林服其精審；牧齋以所撰「太祖實錄」辨證，亦遠不及。按：「國史考異」共六卷，高皇帝（洪武）三卷；讓皇帝（建文）一卷；文皇帝（永樂）二卷，於建文出亡之謎，多所闡發，爲史學名著之一。

至康熙元年，而有吳興莊氏史獄。此案牽連名士極多；吳炎、潘檉章列名「參閱」，亦遂不免。是獄死者七十餘，眷屬充軍，株連不下千人。潘檉章有「虎林軍營漫成」四首，即爲羈押杭州獄中，授命前所作。死年三十八歲。

潘豐字次耕，號稼堂，晚號止止居士。其兄檉章罹禍時，稼堂年方十七；檉章被磔，嫂沈氏戍邊，有孕在身，稼堂徒步相送，至燕山，生遺腹子而不育，即日引藥自決。稼堂後從顧亭林遊，因得識徐乾學兄弟，爲所牽引，而應鴻博之試，實非其志。顧亭林集中，與稼堂者甚多，有一札云：

承諭負笈從遊，古人之聖潔，僕何敢當？然心中惓惓，思共朝夕，亦不能一日忘也。而頻年足跡所至，無三月之淹，友人賦以二馬二騾，馱裝書卷，所雇從役，多有步行，一年之中半宿旅店，此不足以累足下也。

按：此乃潘稼堂欲執贄稱弟子；而顧亭林亦未堅持，招往山西開墾。下云：

近則稍貲本於雁門之北，五台之東，應募墾荒同事者二十餘人，闢草萊、披荊棘而立室廬于彼。……足下倘有此意，則彼中亦足以豪，但恐性不能寒，及家中有累耳。

顧亭林遨遊四方，別有所謀，雖墾荒而不能久居其地，思招稼堂爲之主持其事。觀此可知亭林之引重。稼堂專精經史詞章以外，曆算音韻，亦多通曉，著「類音」八卷，足與亭林音學五書，相輔而行。顧亭林的私孰弟子無數，但受業的門生僅得三人：潘豐、陳芳績、毛今鳳，而以稼堂爲尤得亭林眞傳。亭林遺作如「日知錄」、詩文集皆稼堂所刻；惟「天下郡國利病書」則以卷帙繁重，未及開雕而卒，年六十三。

康熙開博學鴻詞制科，在政治上的最大作用，即爲籠絡士林；雖顧亭林、黃藜洲等幸而獲免，得終其遺民志節，但如潘稼堂等人，居然亦入彀中，並參史局，爲新朝所用，不能不說是聖祖識見過人；而鴻博一舉，爲極高的政治藝術。

但平天下爲一事，治天下又爲一事；使遺民志士不復反清爲一事，而使百姓能安於袵席又爲一事。三藩亂平，聖祖於武功則取台灣、靖蒙古、定西藏；文治則崇理學、興文教、移風俗，皆爲開百餘年盛運的大舉措，而其中關鍵，尤在治河。

中國的大川，向來稱爲「江淮河濟」，號爲「四瀆」。載籍中凡稱「河」者，皆指黃河；但明清治河之河，則兼指運河。清纂治河巨著「行水金鑒」有「兩河總說」一篇，占篇幅九卷。兩河爲「南北之喉咽，天下之大命」，其關乎國計民生尤重之一事，即在通漕運。漕運自古有之，「禹貢」於各州下，皆有達河之路，「達於河」即爲通黃河以達京師。漢漕仰於山東，唐漕仰於江淮；北宋都汴梁，四衝之地，本非建都所宜，究其實際，亦無非遷就南漕。東南爲膏腴之地，南漕如果不能北運，危亡立見。

明末中原赤地千里，北方殘破；而南方金陵的繁華，遠過六朝，即因漕運的中斷，形成苦樂不均的兩個世界。因而，聖祖自幼即立志，以通漕運爲只許成功，不許失敗的三件大事之一。

通漕運即須治河；此爲一事的兩面。按：元都北平，始終海運；至元中開會通河，歲運不過數十萬石。明朝除遼餉仍由海道以外，大部份漕舟經由長沙涉寶應、高郵諸湖，絕淮入黃河，經會通河，出衛河、白河，溯大通河以達京師，每年南漕北運者，達四百萬石。但終明之世，沒有將一條南北運道，籌出長治久安之計，因爲顧慮太多；其中之一是鳳陽爲朱明祖陵所在。

「兩河總說」述其困擾云：

> 淮、泗水相迫州祖陵在焉。河決而南，則逼祖陵；抑而北，則妨運道；引而東，河、淮交注，又慮有清口、海口之壅。順之則水直洩而漕竭；逆而堤之，則此塞彼決，而漫散為禍。蓋二百四十年，智臣謀士，彼善於此者則有之，未有能使橫流奠安，永為百世之畫者也。

及至明末，外有遼東之患，內有流寇之禍，調兵籌餉，幾無寧日，不可能顧到治河。到得李自成決河以灌開封，人禍加重天災，河患更劇。清兵入關，不及兩月，即著手治河，第一任河道總督爲楊方興；在任十四年，所居僅蔽風雨，布衣蔬食，四壁蕭然。孟心史謂：

> 其為治河名臣者，第一係廉潔；第二即勤懇。廉潔則所費國帑，悉數到工；勤懇則視工事為身事，可以弭河患者，無不留心。除力所不及外，不至以玩忽肇禍。有此二者，其收效恆在徒講科學者之上。蓋雖精科學，仍當以廉潔誠懇為運用科學之根本也。

這般評論，相當精到，古今皆準。而聖祖之主持治河，所以有超邁有明二百四十餘年之成就者，即在不獨能任用廉潔誠懇的河臣；更能以科學的原理，親自加以指導。

清史稿「河渠志」，開宗明義即言：

中國河患，歷代而然。有清首重治河，探河源以窮水患。聖祖初，命侍衛拉錫，往窮河源，至鄂敦塔拉，即星宿海。高宗初復遣侍衛阿彌達往，西踰星宿，更三百里，乃得之阿勒坦噶達蘇老山。自古窮河源，無如是之詳且確者。

探本窮源即為科學的方法。按：上記時間有誤，聖祖遣人探河源，事在康熙四十年，「清史稿」卷二八四舒蘭傳，記聖祖遣內閣侍讀舒蘭偕拉錫往探河源云：

諭曰：河源雖名古爾班索里瑪勒，其發源處人跡罕到。爾等務窮其源，察視河流自何處入雪山。邊內凡流經諸處，宜詳閱之。

舒蘭等於四月間自京師出發，至星宿海為七千六百餘里，九月還京覆命。五個月之間，往還一萬五千餘里，誠爲壯舉；此則君臣氣魄雄偉，一路供應無缺，方得成功。大致時逢盛世，常有此類令後人不敢想像之事。

舒蘭即繪圖以進，以諭廷臣：

朕於古今山川名號，雖在邊徼遐荒，必詳考圖籍，廣詢方言，務得其正，故遣使至崑崙，目擊詳求，載入輿圖。

即如黃河，源出西塞外庫爾坤山之東，眾泉煥散，燦如列星；蒙古謂之鄂瑞塔拉；西番謂之索里瑪勒；中華謂之星宿海，是為河源。匯為札稜、鄂稜二澤，東南行，折北；復東行，由歸德堡、積石關入蘭州，其原委可得而縷析也。

按：探河源之舉，起於永定河淤塞；康熙四十年三月，御經筵，張鵬翮請以治河方略纂集成書，爲聖祖所斥；其言如此：

朕於河務之書，罔不披閱。大約坐言則易，實行則難；河性無定，豈可執一法以繩之？編輯成書，非但後入難以傚行，即揆之己心，亦難自信。

天子富有四海，但天下的疆界何在；海內有何名山大川；交通物產如何？做皇帝的未必明瞭，尤其是明末諸帝，養在深宮，長於婦人閹寺之手，菽麥亦且不辨，遑論天下形勢？而清朝諸帝則不然；尤其是聖祖，不但知識豐富，更能以理論指導行動；復以行動印證理論，是極其科學的態度，此不能不說是湯若望、南懷仁等人，對中國的一項貢獻。

聖祖好學，他的治河的學識，大部份得自河臣的啓迪。清朝自入關之後，河臣得人，爲最可慶幸之事。

楊方興以後有朱之錫，自順治十四年至康熙五年，卒於任上，在事約十年，鞠躬盡瘁，死而後已。地方大吏奏陳朱之錫遺績云：

之錫河十載，綢繆旱潦則盡瘁昕宵；疏濬隄渠則馳驅南北。受事之初，河庫儲銀十餘萬，頻年撙節，見今貯庫四十六萬有奇。及至積勞攖疾，以河事孔亟，不敢請告，北往臨清，南至邳宿，夙病日增，遂以不起。

當時稱黃河爲神河；而朱之錫歿後，則爲河神。乾隆時順應民意，封「佑安助順永寧侯」神號；民間稱之爲「朱大王」。朱之錫以後，三易河督，皆不得力；至康熙十六年，以安徽巡撫靳輔調升爲河督，方得繼美楊、朱且又過之。

孟心史「清代史」論靳輔云：

輔任總河在康熙十六年。時吳三桂叛，諸藩降將響應，兵事極棘，河道不治，先後潰決，淮黃交病，水浸淫四出，下河七州縣，淹為大澤，淮水全入運河，清口涸為陸地。十六年正略有轉機，中原已無動搖之象，而輔以先任皖撫，帝獎其實心任事，急欲治河，遂授為河道總督。輔到官即用度形勢，博採輿論，為八疏同日上之。

按：靳輔「爲八疏同日上之」，事實上是一整套的治河計劃，而所以分爲八疏，則是須先想到各部院的職權不同，便於分別交議，如用人，必由吏部；如經費，必由戶部；如徵料必由工部。

至於總論全局一疏，爲治河的方針，自經靳輔提出，聖祖同意，成爲不易的原則，此即：「治河當審全局，必合河道、運道爲一體，而後治可無弊。」這就是說治黃河必兼治運河。

歷來言治河，多著重在漕船經行之處；倘非漕船所經，則決口不問，以致河道日壞，復又影響運道。欲明其間的因果關係，必須先明黃河的特性。

黃河的特性是「挾泥沙以俱下」，黃河之黃，即言河水裹沙以行，混濁之色。水流入海，沙沉於底，河身因淤而淺，最爲大病；因此，必賴各支流的清水加強其衝擊之勢，河水始能挾沙入海。這有個專用的術語，名之曰「刷」，水流湍急，始發生「刷」的作用；但湍急則又不利於行舟，黃河的麻煩在此。

但湍急不利於行舟，可以利用天時、地利及其他人爲的技術，化險爲夷；唯有河水之勢平後，泥沙日漸淤積，河身日淺，乃爲大患，所以治河之要，在於濬深河床，靳輔治河，即以此爲下手之處。

談到此處，須先向讀者交代，當時的黃河，自河南滑縣以東，與今不同，當時是迤邐向東南，經徐州、宿遷、泗陽，在淮陰西南與淮河交會，其地名爲清口，自此出海，淮黃不分。

至於南北向的運河，自揚州、寶應、淮安上達淮陰，爲東西向的黃河隔斷，漕船自清口入黃河後，須向西行一百八十里，再折而往北，復入運河，此一段運道，名爲「借黃」，風濤之險特甚。由此可知清口附近，黃、淮、運交會，水性不同，方向各異，功用有別，而要兼顧安瀾濟運三重目的，其難可知。

「清史稿」河渠志二、論清口云：

> 夫黃河南行，淮先受病，淮病而運亦病。由是治河、導淮、濟運之策，群萃於淮安清口一隅，施工之勤，糜帑之鉅，人民田廬之頻歲受災，未有甚於此者。蓋清口一隅，意在蓄清敵黃，然淮強固可刷黃；而過盛則運堤莫保。淮弱末由濟運，黃流又有倒灌之虞。

是故治河必兼治淮。靳輔任事之初，同日上八疏，雖以濬深清口爲主，但同時亦頗重築堤，因非淮強不足以刷黃；而堤防之加高加寬（術語謂之「增卑培厚」），即以防淮之強，兼有「束水攻沙」之用。

築堤之土，即爲濬深河床，自河中挖出之土；但其他材料及人工，費用甚鉅，總計需銀二百十四萬八千有奇。其實三藩兵事方亟，軍需浩繁；欲籌此一筆鉅款治河，頗費周章。

靳輔的建議是，先令直隸、江南、浙江、山東、江西、湖北及各州縣，借徵康熙二十年的田賦十分之一，工成後由淮揚被水田畝，涸出收穫，及運河通行經過商貨徵稅補還。借徵田賦省分，定如上六省，是因爲此六省受戰火的影響較小，而又較爲富庶之故。

至於施工計劃，預定二百日完工，日用民伕十二萬三千。而建議以方當軍興、募夫太多，未免擾民。聖祖命靳輔修正計劃，因定期限爲四百日，運土改用車馱、募夫可減至四分之一。奏准動工，如期於康熙十八年竣事。治河既竟，下河七州縣水退田出，除丈量發還原業主以外，餘田打算行屯田法，於是爭權奪利的糾紛出現了。

在此先要介紹一位奇士，此人名陳潢、杭州人，善於治水；爲靳輔的幕友，「八疏」即出其手。施工亦由陳潢督察，他之主張行屯田法，不但爲了彌補公款，兼備防河經費，而且亦以安插兩河游食貧民，其策甚善。

及至築廬分界，歸者日多，市面漸漸熱鬧之時，地方上的土豪劣紳，糾糾私占公地，開墾牟利；靳輔公事公辦，極力清釐。土豪劣紳各有背景，於是地方上奸民造謠；朝中便有人攻擊靳輔。

孟心「史清史稿」云：

十八年如期工竟，急謀增賦，議淮揚已漸有涸出地畝，除丈量還民外，餘田可以屯田法。時論以為有礙民業，乃不直輔，而所修之工，亦有小決處，河水亦未盡復故道。輔自請處分，部議當奪官，帝命輔戴罪督修。部議又以決口令輔賠修；帝以賠修，非輔所能任，不允。此皆帝之能用才，不聽有司以文法困之也。

既而議者謂：「下河被水，輔乃築堤堵水不使下。何不就下河濬使出海，而及蓄水高處，既徒拂就下之性；又以下河所淍地、規屯田之利以病民？」劾輔甚厲。劾之者皆正人，若于成龍、湯斌皆是。

按：其時于成龍已升任直隸巡撫；孫在豐則以工部侍郎奉派經理開濬海口；慕天顏爲漕運總督。

據靳輔所陳，足以反映當時朋黨之風之盛。郭琇原非純臣，自入御史台後，頗受徐乾學的影響；其間又牽涉到聖祖對明珠的裁抑，此中因果爲別一事，留待後述。

這裡所要指出的是，郭琇之於靳輔，並無多大惡感，但以靳輔爲明珠及明珠親信戶部尙書佛倫所支持；疏中特言屯田擾民，實爲間接攻擊佛倫，因屯田爲戶部所管。至於江南士紳隱占田畝，若有靳輔在，決不能如願，因而活動同鄉京官，不惜抹煞靳輔安瀾之功，務欲去之，是則眞是李鴻章所說的「吳兒無良」了。

關於隱佔田畝，靳輔自必加以揭發；他說：

夫河臣之職與督撫不同。督撫統攝地方諸務，稍一興利除弊，易以見德；河臣頻年奔走河濱，以挑築為務，上費帑金，下役民力，最易招尤致謗。而臣之負謗，更因屯田之清丈隱佔。

隱佔田畝，唯山陽最多，有「京田」、「時田」之分。時田一畝納一畝之糧，係小民之業；京田四畝納一畝之糧，皆勢豪之業。臣清丈沭陽、海州、宿遷、桃源、清河五屬，得三百萬畝，至山陽終不能丈，以山陽鄉紳多也。臣不顧眾怒，致仇謗沸騰；使中傷臣者，更得以藉口。

按：桃源即泗陽；清河即淮陰，亦稱清江浦；山陽則為淮安。靳輔在說明招怨由來以後，復以河務為言：

然臣任事十餘年，凡僱夫、挑築、買辦物料，皆給發現銀，雖淮陽各屬隱占田畝諸人，怨臣至深者，亦不能指摘也。伏念河工一事，成之甚難，壞之甚易；自康熙六年，兩河潰決，歷經數河臣治之十餘年，終無一效。臣受任之初，群議蜂起，百計阻撓，賴皇上不惜帑金，兼授方略，兩河得以復故。正須綢繆善後，而諸臣合計交攻，必欲陷臣殺臣而後已，全不顧運道民生大計。

當此眾口鑠金之際，即皇上欲終始保全，無如諸臣朋謀陷網之密佈！倘蒙聖駕再巡，親閱隄工；更命重臣清丈隱佔地畝，則臣與諸臣之功罪是非立分，臣身負重劾，萬死一生，幸得入覲，恐天威咫尺，不得盡吐所欲陳，謹繕疏密奏。

於此可見，靳輔是在被圍剿的嚴重情勢之下，當時雖已決定等直隸巡撫于成龍自湖北查案回京以後，在乾清門特開御前辯論，但一張嘴何能爭得過大家，所以採取了先發的措施。聖祖於康熙二十三年親閱河工時，已深知治河非靳輔不可，無奈眾怒難犯，聖祖如斷然支持靳輔，則圍攻靳輔者，皆將處分，而且明珠、佛倫的勢力，亦可能復起，因此不得不作權宜之計，暫且委屈靳輔。

「清史列傳」本傳，記其事云：

疏入，上諭閣臣曰：「近因靳輔被劾，議論其過者甚多；靳輔若不陳辯朕前，復何所控告耶？此疏並下九卿察議。」

三月，上御乾清門，命輔與于成龍、郭琇各陳所見。于成龍言海口必應開濬；郭琇言屯田奪民產業。

上曰：「屯田之事，因取民餘田，小民實皆嗟怨。靳輔當亦無可置辯。」輔奏：「問者河旁田畝，盡被水淹，臣任事後，將決口堵閉，兩岸築堤，河流故道無有衝決之患，數年水淹之田，盡皆涸出。臣民間以原納租稅之額田，給予本主；其餘丈出之田，作為屯田，抵補河工所用錢糧，因屬吏奉行不善，民怨是實，臣無可辯，唯候處分。」上曰：「各省民田，未有糧不濫於納之額者，若以餘田作屯，豈不大擾民乎？屯田不行，無可復議。」

到得辯論應該濬海口還是築堤的問題，靳輔又落了下風。靳輔所持的理由是，下河七州縣爲盆地，形如釜底，開海口雖可洩水，但更有海水倒灌之虞。此爲靳輔在下河七州縣繞了一個大圈子，親自勘察所得，他人不知，說服力就弱了。

相反地，于成龍反對築堤，說堤高一丈五尺，民居在其下，一旦堤潰河決，無數百姓，將飽魚腹。這個說法，極易打動人心，因此御前辯論裁決，交九卿會議；結果是于成龍的主張成立。靳輔、陳潢都被奪職。聖祖當然知道，靳輔是委屈的；但既交廷議，即不能不尊重公意。此爲聖祖開明的一面，至於爲靳輔舒氣，則另有手段。

其實由駱馬湖至清口的中河，甫告竣工；聖祖密遣御前侍衛開音布、馬武實地視察，得到的報告是，中河商船絡繹不絕，人人稱便，而且稅收增加。於是聖祖宣諭，攻擊靳輔之言大多不實；恢復原職。

按：靳輔治河，本乎明朝潘季馴的遺意。潘季馴以爲「黃河性悍而質濁，河水一石六斗泥；以四斗之水載六斗之泥，非極湍悍迅溜不可。水分則勢緩，勢緩沙停，沙停則河飽，河飽則水溢，水溢則堤決，堤決則河爲平陸。」因此，他之治河以築堤束水，借水攻沙爲第一要義。靳輔評爲萬世不易之理。

至於靳輔的理論，較潘季馴尤爲精深透澈者，在於「量入爲出」四字。這一句連文盲都知道的成語，在治水上是一個放四海而皆準；歷萬世而不變的法則。

其言如此：

天下至柔莫如水，然苟不得其平，則雖天下之至剛者不能禦。平水之法如何？量入為出而已。今使上流河身至寬至深，而下流河身不敵其半，或更減而半之，勢必潰決。

此言入多出少則河患生。因此靳輔的治河，除了築堤束水、借水攻沙以外，更多開引河，多建減水壩；以期蓄清敵黃。當河水盛時，有引河可資容納；黃河水緩則開閘以清水攻黃沙。

當靳輔被圍剿時，也正是朝中黨爭最激烈之時，但現在有種種跡象顯示，這些黨爭是聖祖因勢利用，有意無意加以操縱，所以是非不易明白。

自康熙親政之初，至三藩之亂既平以後的二十多年，聖祖利用黨爭，制抑權臣的過程，大致如下：先是四輔臣專政；利用索額圖誅鰲拜，一舉收政。及至索額圖專擅，又利用明珠以分其權；於是索額圖門下如高士奇等，都倒向明珠。

明珠的死黨是湖北大冶人稱爲「余相爺」的余國柱；徐乾學與明珠的關係亦很深，他是納蘭成德的業師，納蘭的「通志堂經解」實在是由徐乾學及他的門客所編纂。

到得明珠權重，漸有難制之勢；徐乾學便唆使他的同年郭琇嚴劾明殊、余國柱，以及明珠的另一死黨佛倫。現在不明瞭的是，究竟爲徐乾學窺探意旨，故爲迎合，還是聖祖的授意？但徐乾學此舉，亦如高士奇之背叛索額圖，頗爲士林所齒冷。又傳湯斌之死亦與徐乾學有關。「榕村語錄」卷十五，曾記其事；李光地與徐乾學是死對頭，所記自不免誇張，且有歪曲：

> 湯之入也，上意甚重之。北門（明珠）大冶（余國柱）知東海（徐乾學）與之為難；上意方向東海之學問，因湯內召以擋徐。湯為大冶同年，又不甚露鋒稜如魏環溪，故二君欲借一用。
>
> 徐恐出己上，遂必擠之下石，即發動海關事。值廷議，東海先語湯云：「今日之事，蘇州數百萬生靈，懸於老公祖，主此議者非老公祖而誰？」湯云：「某已進來，何力之有？」徐曰：「雖然，老公祖皇上倚重，又新在新方上來，知此事之切者，莫如老公祖。合郡生靈，敢以相屬。」

按：湯斌爲清朝理學名臣之首；此公字孔伯，號荊峴，別號潛庵。河南睢州人；順治九年翰林，外放爲潼關道，又調江西嶺北道，已頗有政績。丁憂服闋，入蘇門山從孫奇逢受業，爲入室子弟。

康熙十八年舉鴻博，授侍講，升內閣學士；二十三年繼余國柱爲江蘇巡撫。地方官自督撫至州縣，前後任的關係，異常密切，前任有虧空，有未了之事，有所安插的私人，都靠後任彌補維持；余國柱貪名久著，而湯斌則不獨清廉，刻苦尤爲人所難能。湯斌在蘇州的遺聞逸事甚多；摭述清朝野史所載數事，以供談助：

湯文正公斌撫江蘇，日給惟菜韮。一日閱簿，見某日市隻雞，愕問曰：「誰市雞者？」僕叩頭曰：「公子。」大怒，召子便跽庭下，責之曰：「汝謂蘇雞值賤如河南邪？汝思啖雞，便歸去，惡有士不嚼菜根而能自立者！」並笞其僕而遣之。

某日，遇壽辰；薦紳知湯絕饋遺，惟裝屏為壽，辭焉。啟曰：「汪琬撰文在上。」乃命錄以入，仍返其屏。

內擢去蘇，敝簏數肩，不增於舊。惟二十一史則吳中物；湯指謂祖道諸人曰：「吳中價廉，故市之。然頗累馬力。」其夫人乘輿出，有敗絮墮輿前，見者為泣下。

吳人於湯有「三湯」之稱。三湯者，豆腐湯、黃蓮湯、人參湯。蓋人參雖亦如豆腐湯之清，黃蓮湯之苦，而有益元氣也。

湯斌在蘇州，大革余國柱的秕政；余國柱的私人，只要貪污有據，或參或革，毫不容情。因此，余國柱恨極了湯斌，如欲去之而後快；因而舉薦湯斌以禮部尚書管詹事府書，爲太子允礽的師傅；湯斌又薦耿介爲少詹，此公字介石，河南登封人，與湯斌同年，又在蘇門山同學。曾官直隸大名道，丁母憂後，即不再復出，篤志躬行，主持嵩陽書院；以湯斌之薦復起，授太子讀。太子其時已成頭號紈袴，如何得能受湯、耿這班道學先生之教？明珠、余國柱薦湯斌入侍東宮，便是居心不良。

至於李光地所言廷議關稅事，發生在廿六年二月；「東華錄」：

戶部奏：滸墅關監督桑額任內除徵收正額外，溢銀二萬餘兩。得旨：設立榷關，原欲稽察奸宄，照額徵收，以通商賈。桑額徵收額課，乃私封便民橋，以致擾害商民。著該衙門嚴加議處。關差官員，理應潔己奉公，照例徵收；嗣後有不肖官員，希圖肥己，種種強勒額外橫徵，致害商民，亦未可定。爾部通行嚴飭。

按：關差在明朝由戶部及工部司官派充，一年一任，到期派員瓜代，利益均沾。入清收歸內務府專差；上諭內的「關差官員」，實指上三旗包衣。桑額即桑格，正白旗包衣出身；此時以江寧織造兼領滸墅關監督。他本姓馬，與曹寅爲姻親；曹雪芹之母馬氏，不是他的女兒，就是侄女。

大陸上的紅學專家，曾根據拙作談曹家親戚的線索，爲桑額作過考證，但他不知道桑額是回族；正白旗包衣中有個「回子佐領」。

在康熙朝，上三旗包衣派任差使，「揩油」是聖祖所容許的；其他地方官亦然。但他有個原則，「揩油」要爲百姓辦事。聖祖察吏，愛民而清廉爲第一等；不清廉而能實心辦事，較之雖清廉而才具平庸，前者反爲好官；又「揩油」又不能辦事，則出黜落。桑額溢徵關稅，乃由「封便民橋」而來，故不能容許。

「榕村語錄」續記：

梁真定（按：梁清標，河北正定人）天真爛漫，即發此論，湯老先生宜主此議。湯遂云：「與民爭利的事，豈有與地方有益的？但只得其人還好；若不得其人，四處巡攔，害民無窮。」回奏，大家含糊，也不入此一段言語，不過是閒論語。

東海入南書房，即增飾此一段入在皇上耳，謂湯言此事，民甚勞苦。上召明公（按：指明珠）云：「湯某是道學，如何亦兩口？彼進京時，予問以海關事，彼云無害。今日九卿議，如何又說害民？你問他。」

湯被傳問，在途，大治附耳云：「有人害年兄，到閣只可申說，得其人便無害」語。湯如其言以對；明公即云：「我曉得了。是了，公請回。」時予正為內閣學士也。

明又將此語回奏，上以為是，大怒東海；著人切責云：「都是你蘇州鄉紳，欲做買賣，恐添一關，於己不便，上年公家之利；下漁小民之利，不肯設此，而又賴湯斌說害民。湯斌何嘗有此語？他說：得其人便無害。原是，天下何事不是不得其人便有害？」

徐健庵絕不慌，曰：「湯如何賴得，九卿實共聞之。不然，可問梁清標；若此語是臣造的，難道他在蘇州出告示安慰百姓，上有鈐的印，也是臣造得不成。」上問云：「告示何在？」健庵云：「臣家就有。」上云：「你明日帶告示來。」

按：「上以爲是，大怒東海，著人切責」，以及徐乾學的回奏；皆由余國柱「附耳」一語而來。李光地語氣中，暗指此爲徐乾學的設計，未免過誣。以下又述告示呈進後的經過情形：

明日果將此送進，上大怒云：「原來假道學是如此！古人善則歸君，過則歸己。如今的道學，便是過則歸君，善則歸己。」

按：聖祖所以震怒，據說湯斌內調時，三吳士庶，攀轅堅留；湯斌出告示撫慰，有「愛民之心，救民無術」之語。此則措辭自有不妥，但召見責備時，亦非不可解釋，無奈湯斌拙於言詞，唯磕頭認罪，自此失聖祖的信任，未幾而歿。

李光地謂此告示爲徐乾學所呈進，以陷湯斌。稽諸史實，衡諸情理，殊有不然，第一、徐乾學方收物望，而湯斌於其鄉有恩，倘陷湯斌，則爲恩將仇報；徐乾學於湯斌有何深仇大恨，而甘作此犯天下大不韙之事？第二、湯斌歿後，徐乾學爲撰神道碑，盛推其道德、學問、政事，首言碑銘爲應湯斌之子之請而作；如湯斌果爲徐乾學所害，其家人何得乞仇人諛墓。第三、當時有謠：「齊罵武昌余閣老，黑心讒言害殺忠良」。第四「湯斌歿後一年，郭琇嚴劾明珠、余國柱，出於徐乾學的指使；郭琇原任吳江縣令，以能革心改過，爲湯斌所薦舉；徐嗾郭劾明、余，自有爲湯斌報仇之意。

按：徐乾學爲湯斌所撰神道碑，出於姜宸英代筆，中有數語云：

公在吳時，已有不便公所為者；以為形己之短而忌之。

此則明明指出，忌湯斌者余國柱。方苞撰「湯司空逸事」（按：湯斌後由禮尚調工尚，故稱之爲「司空」）云：

十一日下晡，招鄉人某官與語；客退獨坐一室，向晦語家人：「吾腹不寧。」夜半遂歿。

意在言外，似乎湯斌之死，並非善終，此爲無可究詰的一重疑案。

湯斌雖死，徐乾學與明珠、余國柱之爭未已；而聖祖則隱然操縱，以期相互制衡。其時徐乾學、徐元文兄弟，皆居高位，門下甚盛，若不裁抑，有尾大不掉之勢，因爲聖祖反過來又利用明珠制徐乾學。

另一回合的衝突，在「長生殿」那重公案，鄧文如「清詩記事初編」，考證洪昇獲罪事甚精確，謂「成獄則由黨爭」；此案中獲罪者有洪昇、趙執信、查愼行，皆有緣故：

先一年戊辰（康熙二十七年），乾學使郭琇劾明珠、余國柱罷相，然明珠猶得交領侍衛內大臣酌量任用，勢未全圯，故欲借國卹演劇再撼之。洪昇集中有寄大冶余相國詩云：「八口羈棲屢授餐」。又云：「身微真愧報恩難」。其親厚可知。愼行則為明珠教其子若孫者，故皆不能免。執信度必與掌院徐元文迕，因亦為乾學所惡。

這一回合，徐乾學兄弟仍未能打倒明珠及余國柱；未幾而有副都御史許三禮嚴劾徐乾學所引起的糾紛。副都御史許三禮奏劾徐乾學一案，爲黨爭中的一場混戰，是非曲直，無從分析。聖祖本以操縱黨爭，作爲駕馭的手段；至此看情勢有形成明朝萬曆、天啓年間朝局的趨勢；因而在康熙三十年下了一道上諭，結束黨爭；他說：

「朕崇尚德教，蠲滌煩苛，凡大小諸臣，素經拔擢者，咸思恩禮卜逮，曲全始終。即或因事放歸，罷咎罷斥，仍令各安田里，樂業遂生。

乃近見各官內外間有彼此傾軋，伐異黨同，私怨交尋，牽連報復，或己所銜恨，反囑人代糾，陰為主使；或意所欲言，而不直指其事，巧陷術中，雖業已解職投閒，仍復吹求不已。株連逮於子弟；顛覆及於身家，甚且市井奸民，亦得借端陵侮，蔑紀傷化，不可勝言。朕總攬機務已三十年，此等情態，知之最悉。

夫讒譖娼嫉之害，歷代皆有而明末為甚，公家之事，置若罔聞；而分樹黨援，飛誣排陷，迄無虛日。朕於此等背公誤國之人，深切痛恨，自今已往，內外大小諸臣，應仰體朕懷，各端心術，盡蠲私忿，共矢公忠。倘仍執迷不悟，復踵前非，朕將窮極根株，悉坐以交結朋黨之罪。」

此諭講得非常透徹，提出的警告又非常嚴重，所以立即收獲效果。

康熙三十年後，進入全盛時代，其特色爲大興文教：康熙一朝所纂撰作的書籍、經學有易、書、詩、春秋四纂；小學有康熙字典、音韻闡微；輿地之學有製皇輿表、皇輿全圖；理學有朱子全書、性理精義；類書有佩文府、淵鑒類函、分類字錦、圖書集成等，供人蒐討故實，百世不廢。此外如全唐詩、古文淵鑒、歷代賦彙、唐宋元明四朝詩選、以及藝術譜錄志乘之類，篇帙之富，蒐羅之廣，冠絕前代；後世則乾隆號稱「天子右文」無不能及。

至於聖祖的天算之學，實不愧爲所謂「絕學」；因爲以帝皇而能領導這樣一門至今仍爲高深學問的天文曆算，實在是曠古絕今。清朝一代的算學，以宣城梅氏爲最著。梅文鼎於康熙三十四年，以布衣謁帝；「清史稿」記其事，極其生動。

乙酉二月南巡，光地以撫臣扈從，上問宣城處士梅文鼎焉在？光地以尚在臣署對。上曰：

「朕歸時，汝與偕來。朕將面見。」

按：梅文鼎於康熙二十八年至京，謁李光地；其時李方任通政使。上之好者好之，爲做官的要訣，所以留梅文鼎在家，虛心求教。卅三年正月由兵部侍郎放爲順天學政，四月聞母喪；上諭在任守制，而李光地奏請給假治喪，他打算得很好：「往返九月，於本年十二月抵任，並日夜之力，歲科兩試，可以看閱周詳，報緩無誤」。於是言路交章論劾，而以彭鵬一疏，嚴於斧鉞，謂其十不可留；責爲「貪位忘親」；因而建議：

光地當聞命絕不一辭，則忍於留矣！皇上即罰其忍，使之在京守制，以動其市朝若撻之羞，光地忘通喪而假易以暫，則安於久矣！皇上即罰其安，使之離任終喪，以為道學敗露之恥。伏乞皇上察光地患得患失之情，破光地若去若就之局，不許赴任，不許回籍，春秋誅心，如臣所請。

此其誅心之論，聖祖有意包容李光地，而終於不能。李光地於三十五年服闋，仍任順天學政；三十六年調工部侍郎，留任學政，三十七年十二月任直隸巡撫；康熙四十四年乙酉，仍在任上，所以稱之爲「撫臣」。

四月十九日，光地與文鼎伏迎河干，清晨俱召對御舟中，從容垂問，至於移時。如是者三日，上謂光地曰：「曆象算法，朕最留心，此學今鮮知者；如文鼎真僅見也。其人亦雅士，惜乎老矣。」連日賜御筆扇幅，頒賜珍饌。臨辭，特賜「績學參微」四個大字。

越明年，又命其孫縠成，內廷學習。五十三年，縠成奉上諭：「汝祖留心律曆多年，可將律呂正義寄一部去，今看，或有錯處，指出甚好。夫古帝有「都俞吁咈」四字，後來遂止有都俞；即朋友間亦不喜人規。觀此皆是私意，汝等須竭力克去，則學問長進。可併將此言寫與汝祖知之。」恩寵為古未有。

那末，聖祖有沒有缺失呢？當然有的。他好名，此非缺點，但與臣下爭名，即不免爲盛德之累；有時又不免自信過甚，失之於苛，如處置「張先生」——「朱三太子」一案，實不必不留子遺地斬草除根。凡此都還不算嚴重；最大的缺失是姑息太子，爲他自己帶來身後的骨肉倫常之變。

聖祖多子，不下於明太祖，正式命名者，即有二十四子。第二子胤礽，生於康熙十三年；孝仁皇后所出。孝仁爲索尼之女，索額圖之妹；生胤礽難產而崩。聖祖因母憐子，明年立爲太子；長得英俊聰明，益爲孝莊太后及聖祖所寵愛，因而自幼養成驕縱之習。加以索額圖不敵明珠；惟冀嫡親外甥的太子，早正大位，爲他復仇，所以對太子格外巴結，那就越發縱容得無法無天了。

聖祖嘗諭群臣：

> 昔胤礽立為皇太子時，索額圖懷私倡議，凡服御諸物俱用黃色，所定一切儀制，幾與朕相似。驕縱之漸，實由於此。索額圖誠本朝第一罪人也。

此則聖祖昧於責己之言。索額圖「懷私倡議」。誠然有之；但聖祖又何以不早加糾正？其諭群臣又云：

> 朕以其賦性奢侈，用凌普為內務總管，以為胤礽乳母之夫，便其徵索，凌普更為貪婪，包衣下人，無不怨憾。

此爲姑息的明證；而失愛則始自二十九年七月，聖祖親征噶爾丹，途中得病，太子侍疾無憂色。開始有所管教，則起自三十六年，太子廿四歲，爲晚已晚。「清史稿」理密親王胤礽傳：

三十五年二月，上再親征噶爾丹，命太子代行郊祀禮，各部院章奏聽太子處理。事重要，諸大臣議定啟太子。六月，上破噶爾丹還，太子迎於諾海河朔；命太子先還。上至京師，太子率群臣郊迎。明年，上行兵寧夏，仍命太子居守；有為蜚語上聞者，謂太子暱比匪人素行遂變。上還京師，錄太子左右用事者於法，自此眷愛漸替。

四十一年春天，聖祖南巡，太子隨行，至德州，太子得病；聖祖停止南巡而回鑾，留太子在德州養病。當然此病不輕，不任舟車之勞，所以留在德州；而聖祖回鑾，即恐太子因此不治，而東宮之歿，說不定可以動搖國本，是故須回京坐鎮。其實索額圖已於前一年告老；此時復召至德州，照料太子。至四十二年四月，索額圖忽遭嚴譴。此諭專以索額圖爲對象，詞語吞吐不明，但索額圖當然心照不宣，其言如此：

家人告爾，留內三年，有寬爾之意，而爾背後怨尤，議論國事，結黨妄行，舉國俱係受朕深恩之人，若受恩者半，不受恩者半，即俱從爾矣。去年皇太子在德州時，爾乘馬至皇太子中門方下，此即是爾應死處。

爾自視為何等人耶？朕欲遣人來爾家搜看，恐連累者多，所以中止。若將爾行事指出一端，即可正法。念爾原係大臣，朕不忍；今爾閒住，又恐結黨生事，背後怨尤議論，著交宗人府拘禁。

所謂「若受恩者半，不受恩者半，即俱從爾矣。」這話極其費解。孟心史的論斷，能得眞相；他說：

若非舉國受恩，即可俱被誘惑而去，據此情罪，直是與帝互爭天下。天下非索額圖所能有，共為代太子謀早取大位明矣！其下忽又掩重道，但責以德州侍疾時，乘馬失禮於太子，即是死罪，與上說大異。又云，若搜看其家，恐多連累，則又非失禮而有犯逆；且不可使有連累，則顧忌甚切，自屬為太子地矣。

索額圖不久死於禁所。至四十七年八月，太子有「異舉」，聖祖廢立；情緒激動，爲其平生第一大刺激。

「朝鮮實錄」中留有眞相：

康熙四十七年八月，上行圍，皇十八子胤祄疾作，留永安拜昂阿，上回鑾臨視。胤祄病篤，上諭曰：「胤祄病無濟，區區稚子，有何關係？至於朕躬，上恐貽高年皇太后之憂，下則繫天下臣民之望，宜割愛就道。」因啟蹕，九月乙亥，次布爾哈蘇台，召太子；集諸王大臣諭曰：「胤礽不法祖德，不遵朕訓，肆惡虐眾，暴戾淫亂，朕包容二十年矣！乃其惡愈張，僇辱廷臣，專擅威福，鳩聚黨與，窺伺朕躬起居動作。」

以下歷數爲胤礽毆辱的王公大臣，包括平郡王訥爾蘇在內，接著又說：

「皇十八子抱病，諸臣以朕年高無不為胤祄憂。胤礽乃親兄，絕無友愛之意。朕加以責讓，忿然發怒，每夜逼近布城，裂縫窺視。從前索額圖欲謀大事，朕知而誅之。今胤礽欲為復仇，朕不卜今日被鴆，明日遇害，晝夜戒慎不寧。似此不孝不仁，太祖太宗世祖所締造，朕所治平之天下，斷不可付此人！」上且諭且泣，至於仆地。

胤礽既被廢，即日被執，交皇長子直郡王胤禔監禁。誅索額圖之子，及胤礽左右侍從數人，他無牽連。「朝鮮實錄」又記：

次日，上命宣諭諸臣及侍衛官兵：「……應誅者已誅，應遣者已遣。余不更推求，毋危懼。」上既廢太子，憤懣不已，六夕不安寢，召扈從諸臣涕泣言之。諸臣皆嗚咽。

話雖如此，聖祖潛意識中始終不能消除姑息之念，因而又有怨詞，說「觀胤礽行事與人大不同，類狂易之疾，似有鬼物憑之者」。因爲他有這樣的說法，引起了另一場嚴重的糾紛；於此，我有「獨得之秘」，可以解釋雍正對怡親王胤祥好得出奇的來龍去脈。

聖祖回京後，命設氈帳於上駟院側，安頓胤礽；又命皇長子胤禔與皇四子胤禛監守。接著頒廢太子的詔書，宣示天下；並撰文告天地、太廟、社稷。據孟心史考證，此文爲聖祖所親撰；特錄之如下：

臣祗承丕緒四十七年餘矣！於國計民生，夙夜兢業，無事不可質諸天地。稽古史冊，興亡雖非一轍，而得眾心者未有不興；失眾心者未有不亡。臣以是為鑒，深懼祖宗垂貽之大業，自臣而隳；故身雖不德，親握朝綱，不徇偏私，不謀群小，事無久稽，悉由獨斷，亦惟鞠躬盡瘁，死而後已；在位一日，勤求治理，不敢少懈。

不知臣有何辜？生子如胤礽者，不孝不義，暴虐慆淫，若非鬼物憑附，狂易之疾，有血氣者豈忍為之？胤礽口不道忠信之言；身不履德義之行，咎戾多端，難以承祀。用是昭告昊天上帝，特以廢斥，勿致貽憂邦國，痛毒蒼生。

抑臣更有哀籲者：臣自幼而孤，未得親承父母之訓，惟此心此念，對越上帝，不敢少懈。臣雖有眾子，遠不及臣，如大清歷數綿長，延臣壽命，臣當益加勤勉，謹保始終。如我國家無福，即殃及臣躬，以全臣令名。臣不勝痛切，謹告。

按：自「臣雖有眾子」以下云云，確非詞臣所敢擬，可信爲聖祖親筆，但文字經侍從潤飾，則亦無疑。王氏「東華錄」不載此文，惟云：「翰林院奉敕撰之文，不當帝意，自撰此文。」翻成清文時，以鞠躬盡瘁，語出「出師表」而改譯；聖祖諭以「不可改！不可以爲此係人臣語；人君實更應鞠躬盡瘁。」

太子即廢，上諭「諸皇子中，如有謀爲太子者，即國之賊，法所不容。」其實皇八子胤禩謀之最力，因而獲罪。到了十月間，皇三子胤祉檢舉喇嘛巴漢格隆，爲皇長子胤禔魘廢太子事，掀起極大風波。據「清史稿」胤禔傳：

四十七年九月，皇太子即廢，胤禔奏曰：「術士張明德嘗相胤禩必大貴，如誅胤礽，不必出皇父手。」上怒，詔斥胤禔凶頑愚昧，並誡諸皇子勿縱屬下人生事。胤禔因喇嘛巴漢格隆魘術，厭廢太子，事發，上命監守，尋奪爵幽於第。

此中有許多省略的文字，聖祖既命皇長子胤禔及皇四子胤禛監守胤礽，則魘術事發，同負監守之責的胤禛，何得無失察之咎？事實上是胤禔及胤禛同謀，及至事敗，由皇十三子胤祥為胤禛頂罪；或者胤祥亦為同謀，事敗絕不牽涉胤禛。這當然是推論；但雍正對此案雖盡掩其跡，但從他處透露出來的一大秘密，足以推知眞相。

這一大秘密，研究清史者從未道過，此即胤祥在聖祖生前，始終未曾封過；證據是雍正封胤祥為怡親王時曾有上諭，說當年他們封爵分府時，曾各獲「錢糧二十三萬兩」，現照成例撥給。如果怡親王當初曾經封爵分府，當然領過這筆錢糧；既然領過，自無須再撥。由此可知，怡親王在康熙時未曾受封。

未受封的原因，即以獲重罪圈禁高牆；至雍正即位後，第一件事即是釋放胤祥，並封之為怡親王，恩遇之隆，無與倫比，即所以崇功報德。當時年長諸皇子，胤禛則與胤禔有勾結，事實上是利用胤禔。皇三子胤祉則親太子，與胤禛是在敵對地位。胤禛奪位後，借故修怨於胤祉，原是有由來的。

與於太子之廢，聖祖原疑心「似有鬼物憑之者」，恰有魘勝一事發作，可說去了聖祖的心病，是故廢而又立。「東華錄」載：

上幸南苑行圍，遘疾還宮，召胤礽入見，使居咸安宮，上諭諸近臣曰：「朕召見胤礽，詢問前事，竟有全不知者，是其諸惡，皆被魘魅而然，果蒙天佑，狂疾頓除，改而為善，朕自有裁奪。」……召胤礽及諸大臣同入見，命釋之；且曰：「覽古史冊，太子既廢，常不得其死。人君靡不悔者；所執胤礽，朕日不釋於懷，自今召見一次，胸中乃疏快一次，今事已明白，明日為始，朕當霍然矣。」……上疾漸癒。四十八年正月，諸大臣復疏請（復立太子），上許之。三月辛己復立胤礽為太子。

胤礽第二次被廢，在康熙五十一年十月；「清史稿」本傳僅於聖祖誅尙書耿額、齊世武時諭言：「胤礽不仁不孝，徒以言語貨財，屬此輩貪得諂媚之輩，潛通消息，尤無恥之甚。」實際上是本性未改，愈趨下流。

朝鮮「肅宗實錄」有一段記載，較為得實：

太子經變之後，皇帝操切甚嚴，使不得須臾離側，而諸弟在外閒遊，故恨自己之檢束，猜諸弟之閒逸，怨恨之言，及於帝躬。

而皇帝出往熱河，則太子沉酗酒色，常習未悛，分遣私人於十三省富饒之處，勒徵貨賂，責納美姝，小不如意，訴讒褫罷。皇帝雖知其非，不得已勉從。而近則上自內閣，下至部院，隨事請託，必循其私而後已。

皇帝自念年邁，而太子無良；其在熱河時，部院諸臣，曾受太子請託，屈意循私之人，鎖項拘囚。回鑾後，放置太子於別宮去。

更可注意的是，第二次廢太子時的硃諭：

前次廢置，情實憤懣；此次毫不介意，談笑處之而已。

由「且諭且泣，至於仆地」，到「談笑處之」，前後心情迥不相侔的緣故，可作分析如下：

一、聖祖自道「胤礽儀表學問才技，俱有可觀」，滿心以爲神器有託，不想「行事乖謬，不仁不孝」，不能承受祖宗締造、自身辛苦治平的天下，數十年心血，付之東流，痛惜之情，非言可喻；而猶不死心，以爲一時「鬼物憑付，狂易成疾」，而適有皇長子魘勝之事發作，證實了他的想法，因而復生希望，以爲「狂疾頓除」，所以「改而爲善」，乃復立之爲太子。

二、聖祖以爲胤礽之迷失本性，由於與群小爲伍，習於下流，所以親自督教。而在「不得須臾離側」之中，對於胤礽的一切，獲得了深刻的瞭解，漸漸發現，胤礽不但無法改過向善之心，而且根本無人君之度。「勒徵貨賂，責納美姝，小不如意，訴讒褫罷」，已令人敢怒而不敢言；而促成聖祖二次廢立的決心者，實在於「上自內閣，下至部院，隨事請託」的行徑，自輕自賤如此，一旦即位，滿朝皆是朋比爲奸、夤緣圖利之人，朝綱不肅，號令不行，必致失國而後已。在漫長的兩年中，聖祖對胤礽的期望由熱而冷，由冷而灰；父子之情早絕，視爲陌路，聽其自生自滅，胤礽的一切既毫不縈心，自然就能「談笑處之」了。

做一個皇帝，好壞是另一回事；最基本的是要做得下去。而要做得下去的唯一憑藉是言出必行；能殺人、能活人、能令人富貴，亦能令人貧賤；然後可以從心所欲，駕馭臣下。因此保持君權的絕對性，爲統治天下的不二法門。胤礽根本認不清這點，失去了做皇帝的最基本、最必要的條件。這個道理，揣摩得最透徹的是皇四子胤禛；以下談世宗，但仍須自二次廢立以後，聖祖的打算說起。

六、世宗——雍正皇帝

當第二次廢太子時，聖祖心目中已經有了繼承的人選。他以後所作的一連串安排，看起來相當理想，但結果是他在泉台之下所萬想不到的，猶如明太祖那樣，設立「大本堂」有計畫地培養「賢君」；封藩邊疆以造成「鐵桶江山」，但想不到太子朱標因「惡補」而不永年。傳位長孫而禍起蕭牆，最後天下落入燕王之手，他的計畫完全落空了。

聖祖共生三十五子，正式以「胤」字排行者二十四子；大封二次，第一次在康熙三十七年三月，他四十五歲生日以前，封皇長子胤禔爲直郡王、皇三子胤祉爲誠郡王、皇四子胤禛、皇五子胤祺、皇七子胤祐、皇八子胤禩，俱爲貝勒。皇六子胤祚爲胤禛的同母弟，早殤。

第二次在康熙四十八年十月，封皇三子胤祉爲誠親王、皇四子胤禛爲雍親王、皇五子胤祺爲恆親王、皇七子胤祐爲淳郡王、皇十子胤䄉爲敦郡王、皇九子胤禟、皇十二子胤祹、皇十四子胤禱（音齊，義同福），俱爲貝勒。

以上引自「清史稿」聖祖本紀，關於胤禱部份，與事實不符。而首先指出者皇十三子胤祥未封，即因爲胤禎頂罪後正圈禁高牆。而皇十四子本名並非胤禱，爲胤禎，禱乃世宗即位後所改；初封亦非貝勒，而爲恂郡王。此人正是聖祖心目中可承大統的愛子；亦爲皇四子胤禛的同母弟。

胤禎於兄弟中最爲聖祖所鍾愛，有一事可爲明證；「聖祖實錄」卷二百三十四：

康熙四十七年九月二十九日，上召諸皇子入乾清宮，諭曰：「當廢胤礽之時，朕已有旨，諸阿哥中，如有鑽營謀為皇太子者，即國之賊，法所不容。廢皇太子後，胤禔曾奏稱胤禩好。春秋之義，人臣無將，將則必誅。大寶豈人可妄行窺伺者耶？胤禩柔奸性成，妄蓄大志，朕所深知。其黨羽早相邀結，謀害胤礽。今其事皆已敗露，著將胤禩鎖拿，交與議政處理。

皇九子胤禟語皇十四子胤禱（禎）云：「爾我此時不言何待？」胤禱奏云：「八阿哥無此心，臣等願保之。」上震怒，出所佩刀欲誅胤禱。皇五子胤祺，跪抱勸止；諸皇子叩首懇求。上怒少解，命諸皇子撻胤禱，將胤禟、胤禱逐出。

澳洲墨爾缽大學教授，清太宗長兄褚英之後的金承藝兄，舉此以爲胤禎獨蒙聖祖鍾愛之一證，吾亦云然。

金承藝在「胤禎：一個帝夢成空的皇子」（收入中研院近代史研究所集刊第六期）一文中，又舉另一證；談到康熙五十七年胤禎受命爲撫遠大將軍，他說：

在明清史料中丁編中「給撫遠大將軍、王、胤禎敕書稿」的原文是：「皇帝勅諭王、胤禎……特命為撫遠大將軍」，而世宗實錄中在雍正元年初時的卷一和卷四裏，也有數處仍然留著

「大將軍、王、胤禱」的字樣，可知康熙四十八年十月被封為貝山固子的胤禎，他在五十七年拜命撫遠大將軍之前，已經晉封王爵了，足證胤禎在皇三子胤祉……皇十子胤䄉封王後不久，其他兄弟尚未封王時，他已晉封王爵。

當然，胤禎這種深得父皇青睞的事，也是世宗不願後代人知道的，所以一律自實錄中把它刪除了，因此，胤禎究竟在康熙四十八年至五十七年，這十年間，何時晉封王爵，我們已無法知道了。不過這卻又是胤禎為聖祖器重、鍾愛的證據之一。

我的看法是，胤禎始封即爲郡王，而非貝子（按：「清史稿」聖祖本紀作貝勒）晉封。因爲皆爵應有特殊原因，通常須建有殊勛，始得晉封王位；而在此十年間，胤禎並無傑出表現可資獎勵；倘無故晉封，則無異表示儲位在玆，而此正是聖祖當時力求避免之事。

至於雍正元年初時的「世宗實錄」中，仍留有「王、胤禱」的字樣，當是明詔改胤禎爲胤禱。以後，復又藉故將胤禎恂郡王降爲貝子，至太后崩，復又賜還恂郡王名號。後來頒行「大義覺迷錄」時，爲了要表示聖祖輕視胤禎，因而改爲初封貝子；若謂初封郡王，則「輕視之說，豈能成立？」不過這一來須連帶改去降封貝子的痕跡，否則豈非自明其爲撒謊？

胤禎得聖祖鍾愛，毫無疑問。而所以得寵者，最初的原因是天性最厚，格外友愛；只看救胤禩一節；一聽胤禟的話，毫不遲疑地出頭求情，可知其餘。

以後天心默許其繼承統緒，此亦為重要原因之一。聖祖諸子，鈎心鬥角，黨同伐異，手足如仇敵的情形，作父親的看得很清楚；繼位者倘不得人，必致束甲相攻。只有胤禎做皇帝，以其敬兄友弟的本性，才能調和其間。想不到皇位偏偏落在他認為最不宜繼統的皇四子胤禎手裡；一切苦心安排，適得相反的效果，聖祖泉下有知，必不瞑目。

於此，我先須作一檢點，當聖祖發現胤礽根本不是瑚璉之器，考慮為天下擇君時，其年長諸子，夠資格繼位的有那些人？第一個是皇三子胤祉，他比胤礽小兩歲，從小親密；據世宗後來上諭，當第一次廢太子後，胤祉儼然以儲君自居。其時招納文士，修書講學，頗有太平天子的模樣；是聖祖所考慮的人選之一。

其次，自然是皇四子胤禛，他最深沉；形跡絲毫不露。但知子莫若父，聖祖說他「喜怒無常」；人君而喜怒無常，必妄殺無辜。同時他的刻薄，以及講究邊幅，令人望而生畏，不樂親近，只可能成為暴君而不可能成為仁君；此所以我說，聖祖最不願胤禛繼位。

以下皇五子胤祺平庸；皇七子胤祐有殘疾，皆不足以言；皇八子胤禩鑽營最力，但結成黨羽，則擁立者多，將來恃功而驕，成尾大不掉之局，四顧命的跋扈及索額圖的一意孤行，在聖祖是非常痛苦的經驗，所以胤禩決不可能繼位。

如上所敘，唯一夠資格的是皇三子胤祉。但亦僅僅夠格，並不理想；聖祖心目中理想的繼位者，應有這樣的條件：

第一、仁厚，能得民心。

第二、賢明而非精明，能知人、用人並能容人。

第三、年齡不能大，亦不能小。將老則精力衰頹；年輕則恐不能沉著。繼位時以將入中年爲最理想。

第四、須能充分了解他的治平之道，方能體述志，完成他的理想。

第五、須爲弟兄所愛護；始能免鬩牆之禍。

就以上五個條件而論，唯一能入選的，只有皇十四子胤禎。尤其是第五個條件，爲胤禎所獨有。聖祖當然知道，皇四子胤禛自命不凡，任何人當皇帝，他都不會服貼；但胤禛既爲同母弟，他就覺得委屈，也只好算了。其次是年齡問題。這又要分兩個層次看，第一個層次是繼位者本身的年齡；第二個層次是繼位者下一代的年齡。這一個問題可說自有天下以來，從未消失過，亦從未解決過。繼統之君以三十五歲左右，思想成熟，精力飽滿時爲最理想；假定享國二十五年，六十歲去世，而生子在二十歲前，則嗣君四十開外，已嫌逾齡。

明朝光宗即位，未及改元而崩，即充分說明了嗣君年齡不宜太大的道理。所謂「國賴長君」，是成長之長，非年長之長。當然，子多可擇賢而立，又當別論。

另一種情況正好相反，得子甚晚，及至去世，冲人繼位，必非國家之福。胤禩之決不可立，即因他在康熙四十七年時，尚未有子；倘繼位而終無子，或晚年得一子，別無選擇，終必危及天下。似此皇帝生子或早或晚，繼統之君，或長或幼，年齡失調的困擾，每每成爲亡國的肇因。聖祖對歷代得失，瞭然於胸，深思熟慮，假定他自己壽至七十，則生於康熙二十七年的胤禎爲三十七歲，正當盛年，頗爲理想。

這兩個條件——本性、年齡出於天生，非可強求。至於其他條件，是可以培養的。聖祖培養胤禎，有公開與秘密的兩種方法。

他晚年常召集諸王大臣析示爲政之道，最重要的一次是康熙五十六年十一月二十一日，在乾清宮東暖閣的長諭；此諭在他身後，發生了正反兩面的大作用，玆分段引錄，並作必要的詮釋如下：

上御乾清宮東暖閣，召諸皇子及滿漢大學士、九卿、詹事、科道等人。諭曰：「朕少時天稟甚壯，從未知有疾病；今春始患頭暈，漸覺消瘦，至秋月塞外行圍，蒙古地方水土甚佳，精神日健，容貌加豐，每日騎射，亦不覺疲倦。回京之後，因皇太后違和，心神憂瘁，頭暈頻發。有朕平日所欲言者，今特召爾等面諭。

按：此諭載「東華錄」，肫摯懇至，情文並勝；由最後「此諭已備十年」云云，可知是一口宣的書面上諭。

自古得天下之正，莫如我朝，太祖太宗，初無取天下之心，嘗兵及京城，諸大臣咸奏云當取，太宗皇帝曰：「明與我國素非和好，今取之甚易；但念中國之主，不忍取也。」後流賊李自成破京城，崇禎自縊，臣民相率來迎，乃翦滅闖寇，入承大統。昔項羽起兵攻秦，後天下卒歸於漢，其初，漢高祖一亭長耳。元末陳友諒等並起，後天下卒歸於明，其初，明太祖一皇覺寺僧耳。我朝承席先烈，應天順人，撫有區宇，以此見亂臣賊子，無非為真主驅除耳。

按：自順治入關時起，清朝即謂天下取自李自成，於明朝不但非敵國，且滅李自成有爲明帝復仇之功，吳三桂請兵有功，不別爲封賞，即於軍前晉平西侯吳三桂爲平西王，示人以崇禎既亡，攝行天子之權之意。入據京城後，以禮葬崇禎及后妃、兩公主；安置宮眷。但對所謂「太子」，概不承認，假固是假，眞亦是假。康熙二十八年南巡，聖祖曾請奠明孝陵；三十八年南巡，御書「治隆唐宋」，勒碑陵前：隱然表示，受明禪讓。

及至世宗即位，更訪得正定府知府朱之璉，爲明太祖第三子代王之後，封爲一等侯世襲，承祀明陵，隸鑲白旗。乾隆十一年定封號爲「延恩侯」，自朱之璉十一傳而爲朱煜勛，入民國後，仍稱「侯爺」。張相安「南園叢稿」記於民國八年，訪東直門內羊管胡同「侯邸」云：

邸無門額，類尋常百姓，即其家人婦女，亦皆旗下裝束也。顧刺既投，侯不即出見，先見其西席常某，因就詢侯之家世，則侯自二百年來，世皆單丁，今其族屬，惟有弟一叔一，弟尚小，與侯同居，叔則居東門外，食馬甲俸，而又無子。侯之俸，歲領於財政部，約八百元；別有祭田數十頃，亦用以瞻家。

侯有子一人，即西席所教者。窺其案上所有書，則皆市井所傳玉匣記，七俠五義等也。已而老嫗傳言：「侯爺來矣！」視其年可三十餘，狀貌粗肥，面帶酒肉氣。寒暄既畢，問以出自何支？何年受封？傳幾代？乃皆茫然，不能舉其世數；至鳳、泗、孝陵，且並遠近所在而亦昧之。索觀譜牒，則支吾其詞，而卒請俟之異日。

此爲末路王孫之另一型態。至張相文所言「鳳、泗」陵，最近至洪澤湖中出現；外電報導，語焉不詳，有爲之附帶作一說明的必要。

來自東京的電訊中說：「明代第一位皇帝的陵寢，明太祖陵最近由洪澤湖中露出，三百年來首次出現在陽光下。……根據報導，這座被淹沒的明代帝王陵寢，位於江蘇省泗洪縣，歷史的記載，顯示這座陵寢建於南京洪武帝陵寢之前，因以『明代第一陵』聞世。」又說：「明朝中葉，淮河的水開始流入洪澤湖，一六七八年，亦即清代康熙在位的第十七年，這座陵寢整個沒入水中，三百年來從未露面，直到最近的乾旱。」

按：既云「建於南京洪武帝陵寢之前」，則非明太祖之陵可知。究其實際，乃安徽鳳陽西南十二里，明太祖父與祖的葬處，一名熙陵，一名獻陵，俗稱皇陵。崇禎十六年正月，流賊破鳳陽（承天府），殺戮之慘，前所未有；皇陵亦遭破壞。康熙十六年、十七年，江淮大水，但皇陵「整個沒入水中」則未之前聞。中共所發表、發現古蹟古物的消息，常須打個問號。此事既發生在康熙年間，當別爲之考，此不贅。

自黃帝甲子至今，四千三百五十餘年，稱帝者三百有餘，但秦史以前，三代之事，不可全信；始皇元年至今，一千九百六十餘年，稱帝而有年號者，二百一十有一；朕何人歟！自秦漢以下在位久者，朕為之首。

古人以不矜不伐、知足知止者為能保始終，覽三代而後，帝王阼作久者，不能貽令聞於後世；壽命不長者，罔知四海之疾苦，朕已老矣！在位久矣！未卜後人之議論如何？而且以目前之事，不得不痛哭流涕，豫先隨筆自記，而猶恐天下不知吾之苦衷也。

按：此指廢太子而言；「豫先隨筆自記」即留以貽嗣君的一本做持帝的「教科書」。世宗後來的治績，某些地方，幾出於藍；無疑地得益於這本教科書非淺。

自古帝王多以死為忌諱，每覲其遺詔，殊非帝王語氣，並非心中之所欲言，此皆昏瞀之際，覓文臣任意撰擬者，朕則不然！今豫使爾等知朕之血誠耳。當日臨御至二十年，不敢逆料至三十年；三十年不敢逆料至四十年；今已五十七年矣！

尚書洪範所載：一曰壽；二曰富；三曰康寧；四曰攸好德；五曰考終命。五福以考終命列於第五者，誠以其難得故也。今朕年將七十，子、孫、曾孫百五十餘人，天下粗安，四海承平，雖不能移風易俗，家給人足，但孜孜汲汲，小心敬慎，夙夜不遺，未嘗少懈，數十年來，殫心竭力，有如一日，此豈僅勞苦二字所能概括耶？

按：此段記憶，既得意，亦沉痛，隱然以不獲「考終命」爲憂，則其內心因立儲問題所蘊蓄之煩惱可想而知。

又按：古今帝皇，在康熙以前，以梁武帝八十六歲爲最高，但臨死索蜜亦不可得；其次爲宋高宗八十一；唐玄宗七十八，此兩太上皇，皆爲勢所迫，不能不禪位，唐玄宗之南內淒涼，不僅以思念玉環之故，亦父子之間自有隔閡之故；宋高宗甚至無子，迫於公議，竟不能不選太祖之後爲子，退處德壽宮後，孝宗所爲多與高宗相反，如即位未幾，即詔復岳飛原官，以禮改葬，凡此均使上皇難堪。

故雖壽終，亦不得謂之考終命。聖祖所懼者，亦正在此；其後對有復請立廢太子的大臣，不惜誅戮，如朱天保，即恐太子既復，進一步即是迫帝退位。果眞如此，恐欲爲唐玄、宋高而不可得。

前代帝王或享年不永，史論以為侈然自放，沉於酒色所致；此皆書生好為譏評，雖純全盡美之君，亦必抉摘瑕疵。朕為前代帝王剖白，蓋由天下事繁，不勝勞憊之所致也。諸葛亮云：「鞠躬盡瘁，死而後已」，為人臣者，惟諸葛亮一人而已。

按：據此可證第一次廢太子時，親書祭告社稷之文，出於親筆，惟經詞臣潤飾；此文亦然。

若帝王仔肩甚重，無可旁諉，豈臣下所可比擬？臣下可仕則仕、可止則止；年老致政而歸，抱子弄孫，猶得優游自適。為君者勤劬一生，了無休息，如舜雖稱無為而治，然身歿於蒼梧；禹乘四載，胼手胝足，終於會稽，似此皆勤勞政事，巡行周歷，不遑寧處，豈可謂之崇尚無為，清靜自持乎？

按：此段敘做皇帝的苦楚，爲獨一無二的經驗，爲他人所想像不到。聖祖每年四月奉太后避暑熱河行宮；九月回鑾，而此四、五月之中，政務有非於行在所能解決者，皆於九月到年底，日夜趕辦，以免積重難返。

聖祖末年上諭，屢誡群臣，要實心辦事，始能爲帝分勞；如奏請節勞，殊不知節無可節，此徒託空言，最爲厭聞。

易遯卦六爻，未嘗言及人主之事，可見人主原無宴息之地，可以退藏。鞠躬盡瘁，誠謂此也！昔人所云，帝王當舉大綱，不必兼綜細務；朕心竊不謂然。一事不謹，即貽四海之憂；一事不謹，即貽千百之世患。不矜細行，終累大德，故朕每事必加詳慎。

此言君臣勞逸不同，帝王無可諉之肩仔，為前人所未道。「一事不謹，即貽四海之憂，一時不謹，即貽千百世之患」，眞為閱歷有得之言；三百年來，國事不必反復者而大反復，總緣不能如康熙之謹，聖之為聖，洵為不愧。

即如今日留一二事未理，明日即多一二事矣；若明日再務安閒，則後日愈多壅積。萬幾至重，誠難稽延，故朕蒞政，無論鉅細，即奏章內有一字之譌，必為改定發出，蓋事不敢忽，天性然也。五十餘年，每多先事綢繆，四海兆人，亦皆載朕德意，豈可執不兼綜細務之言乎？

聖祖注意細節一絲不忽，如蘇州織造李煦於康熙四十八年七月進請安摺、附奏江南提督張雲翼病故；硃批：「請安摺子，不該與此事一處混寫，甚屬不敬。爾之識幾個臭字，不知那去了？」

按：此非忌諱之故，乃禮制所關。但究屬細故，所以信筆罵一句，也就算了。世宗馭下，每在此等處下功夫，以察察為明，甚至借題發揮，訓斥累千百言而不止；倘其人適為所惡，則可小題大作，課以「大不敬」之罪。

朕自幼強健，筋力頗佳，能挽十五力弓，發十三握箭，用兵臨我之事，皆所優為。然平生未嘗妄殺一人，平定三藩，掃清漠北，皆出一心運籌；戶部帑金，非用師賑濟，未敢妄費，謂此小民脂膏故也。所有巡狩行宮，不施采繢，每處所費不過一二萬金，較之河工歲費，三百餘萬，尚不及百分之一。

此則名心未淨，不免自炫，但大致亦爲實情。

幼齡讀書，即知酒色之可戒；小人之宜防，所以至老無恙。自康熙四十七年大病之後，過傷心神，漸不及往時；況日有萬幾，皆由裁奪，每覺精神日逐於外，心血時耗於內，恐前途倘有一時不諱，不能一言，則吾之衷曲未吐，豈不可惜，故須於明爽之際，一一言之，可以盡一生之事，豈不快哉！

人之有生必有死，如朱子之言，天地循環之理，如晝如夜；孔子云，居易以俟命，皆聖賢之大道，何足懼乎？

於此可知，第一次廢太子時，聖祖何以激動不已；因爲天下後世計，一切須從頭打算，而可付託者，一時不得其人，內心焦急，無可名狀。此不獨當時臣下，無論賢否，均無法了解其心境；即後世治史，不觀聖祖自述，亦不能明其激動憤懣至於仆地之故何在？

近日多病，心神恍惚，身體虛憊，動轉非人扶掖，步履難行。當年立心以天下為己任，許死而後已之志：今朕躬抱病，怔忡健忘，故深懼顛倒是非，萬幾錯亂，心為天下盡其血；神為四海散其形，即神不守舍，心失怡養，目不辨遠近；耳不分是非，食少事多，豈能久存？

況承平日久，人心懈怠，福盡禍至，泰去否來；元首叢脞而股肱墮，至於萬世隳壞，而後天災人害，雜然並至，雖心有餘而精神不逮，悔過無及，振作不起，呻吟床榻，死不瞑目，豈不痛恨於未死。

此段自敘心境，沉痛異常。以創業之主而爲太平天子，有此頹傷的自述，自古罕見；亦足見聖祖的深謀遠慮，可惜見得到做不到。

且看他對古人的評論：

昔梁武帝亦剏業英雄，後至髦年，為侯景所逼，遂有臺城之禍；隋文帝亦開剏之主，不能預知其子煬帝之惡，致不克全終。又如丹毒自殺，服食呑餅；宋祖之遙見燭影之類，種種所載疑案，豈非前轍皆由辨之不早，而且無益於國計民生？漢高祖傳遺命於呂后；唐太宗定儲位於長孫無忌，朕每覽此，深為恥之。

按：按所引漢高祖、唐太宗的故事，徹底透露他個人的心事與做法，實爲後來導致雍正奪位的肇端；須作解說，先明其典。聖祖曉此故事，乃從「資治通鑑」得來；「漢紀四．高帝十二年」載：

上擊布（黥布）時，為流矢所中，行道，疾甚。呂后迎良醫。醫人見曰：「疾可治。」上謾罵之曰：「吾以布衣提三尺取天下，此非天命乎？命乃在天，雖扁鵲何益！」遂不使治疾，賜黃金五十斤，罷之，呂后問曰：「陛下百歲後，蕭相國既死，誰合代之？」上曰：「曹參可。」問其次，曰：「王陵可；然少戇，陳平可以助之。陳平知有餘，然難獨任。周勃重厚少文，然安劉氏者必勃也，可令為太尉。」呂后復問其次，上曰：「此後亦非乃所知也。」

何以見得聖祖曉此故事，從「資治通鑑」中來？其前即相國蕭何以長安地狹，請以上林苑撥充民田；漢高祖大怒，以相國入獄，群臣爲之求情，漢高祖答以：「吾聞李斯相秦皇帝，有善歸主，有惡自與。今相國多受賈豎金，而爲之請吾苑以自媚於民，故繫治之。」及赦蕭何，而當蕭何入謝時，他又說：「相國休矣！相國爲吾民請苑，吾不許；我不過爲桀、紂主，而相國爲賢相。吾故繫，欲令百姓聞吾過也。」此即湯斌因「愛民有心，救民無術」八字獲罪的由來。

唐太宗立儲的波折，亦記載於資治通鑑「唐記」，初立長子承乾爲太子，承乾既長，有足疾，且頑劣異常。魏王李泰想取而代之，而「國舅」長孫無忌，極力稱讚他的外甥晉王李治，終於說動了太宗，以儲位改付晉王。

但晉王庸弱，不足以有天下；太宗想改隋煬帝之女所出的吳王李恪，竟密謀之於長孫無忌，他說：「公勸我立雉奴（李治乳名）；雉奴懦，恐不能守社稷，奈何！吳王恪英果類我，我欲立之，何如？」長孫無忌堅持不可，太宗只得作罷。及至李治即位爲高宗，先於永徽四年有骨肉之禍；殺兩王、兩公主、三駙馬，吳王恪無辜被牽累；長孫無忌明知此事，竟借刀殺人。

後來更有武則天之禍，高宗子烝父妾，拔「武才人」於尼寺，幾乎天下不保；推原論始，不能不說是爲長孫無忌所誤。聖祖之視索額圖，猶如長孫無忌，處置特嚴，自非無故。

漢高祖、唐太宗皆為歷史上有數的英主，一則「傳遺命於呂后」；一則「定儲位長孫無忌」，而聖祖「深為恥之」者，很明白表示了他的想法，凡此用人立儲的大計，只可宸衷默定，不可宣之於人。此對胤禎來說，是一大啓示。

續引原文，並加論述：

或有小人希圖倉卒之際廢立，可以自專；推戴一人，以期後福，朕一息尚存，豈肯容此輩乎？朕之生也，並無靈異；及其長也，亦無非常。八齡踐祚，迄今五十七年，從不許人言禎符瑞應，如史冊所載景星、慶雲、麟鳳、芝草之賀，及焚珠玉於殿前，天書降於承天，此皆虛文，朕所不取，惟日用平常，以實心行實政而已。今臣鄰奏請立儲分理，此乃慮朕有猝然之變耳。死生常理，朕所不諱，惟是天下大權，當統於一；十年以來，朕將所行之事，所存之心，俱書寫封固，仍未告竣。立儲大事，朕豈忘耶？天下神器至重，倘得釋此負荷，優游安適。無一事攖心，便可望加增年歲矣！諸臣受朕深恩，何道俾朕得此息肩之日也。

此段反覆強調，一息尚存，大權在握，不容分理，更談不到旁落。至於立儲的問題，任何人無置喙的餘地。而且強烈地暗示，在他生前不會宣布儲位；一旦駕崩，親筆所書遺詔，將會解釋他所以選定某皇子接位的緣故，而且會有極詳細的指示位，應該如何統治天下。體會到聖祖的心境，則「或有小人，希圖倉卒之際廢立，可以自專；推戴一人以期後福，朕一息尚存，豈肯容此輩」的嚴厲告誡，反而變成提醒了雍親王胤禛，欲取大位，惟在「倉卒」之際。

而聖祖既以「漢高祖傳遺命於呂后；定儲位於長孫無忌」爲可恥，以及「天下大權，當統於一」的宣示，則務當隱默韜晦，勿使弟兄間有任何人疑心他亦在覬覦大位。

胤禛之奪位，設謀深刻無比；以致一旦隆科多口啣天憲，宣遺命「傳位于四阿哥」時，多智如胤禩，竟致無法作出任何反應；等到心理上能夠接受「皇位竟落入四阿哥之手」這一事實時，已錯失了最寶貴的得以提出異議的時機，是則誠親王之示得天下，豈非聖祖多言之失？

朕今血氣耗減，勉強支持，脫有誤萬機，則從前五十七年之憂勤，豈不可惜？朕之苦衷血誠，一至於此；每覽老臣奏書乞休，未嘗不為流涕。爾等有退休之時，朕何地可休息耶？但得數旬之頤養，保全考終之死生，朕之欣喜，豈可言罄？從此歲月悠久，或得如宋高宗之年，未可知也。

此言做皇帝的苦楚，實非過言。從「但得如旬之頤養，保全考終之死生」以及「從此歲月悠久，或得如宋高宗之年」，隱約暗示，到相當時期，將禪位皇子，己則如宋高宗退居德壽宮。

朕年五十七歲，方有白鬚數莖；有以烏鬚藥進者，朕笑卻之曰：「古來白鬚皇帝有幾？朕若鬚眉皓然，豈不為萬世之美談乎？」初年同朕共事者，今並無一人；後進新升者，同寅協恭，奉公守法，皓首滿朝，不謂久矣，亦知足矣！

按：聖祖親政之時，年未弱冠，當時共事的大臣，至少亦年長二十歲，自然「全無一人」。

朕享天下之尊，四海之富，物無不有，事無不經；至於垂老之際，不覺寬懷瞬息，故視棄天下如敝屣，視富貴如泥沙也。儻得終於無事，朕願已足。願爾等大小臣鄰，念朕五十餘年太平天子，惓惓丁寧反復之苦衷，則吾之有生考終之事畢矣！此諭已備十年，若有遺詔，無非此言。披肝露膽，罄盡五內；朕言不再。

在聖祖以爲經此長諭，皇子中有人謀爲儲位者，可以死心；大臣中有人思擁立以取富貴者，應除妄念。不道康熙五十七年，仍有兵部侍郎朱都訥子，翰林院檢討朱天保奏請復立胤礽爲皇太子，謂胤礽「仁孝」，且有「聖而益聖，賢而益賢」之語。朱天保的本意倒不壞，當時明珠次子，納蘭成德之弟揆敘，挾其雄厚的財力，擁護皇八子胤禩，風傳有謀害胤礽的可能；倘能復立，性命可保。但奏疏中措詞失當，以致聖祖震怒，在湯山行宮親鞫朱天保，牽連多人，正法的正法，充軍的充軍，革職的革職，爲立儲糾紛最後的一大案。

自經此案，聖祖對儲位的佈置，益形積極，到得這年冬天，派皇十四子恂郡王胤禎爲撫遠大將軍，便等於揭曉謎底了。

恂郡王派爲大將軍，是在康熙五十七年十月十二日，同月二十六日上諭議政大臣等：

> 十四阿哥既授為大將軍，領兵前去，其纛用正黃旗的纛，照依王纛式樣。簡親王之子永謙，令其帶伊父之纛前往。將上三旗侍衛，派出三十員。莊親王之護衛，既於一切之處，俱不行走，如其護衛並親軍中，有情願告往效力者，爾等親加揀選奏聞。弘昉屬下之人，亦著照此。凡有子弟出兵之王等外，其不出兵之王等，亦令各選護衛三員；貝勒、貝子各二員；公等各一員，隨十四阿哥前往效力。

按：簡親王雅爾江阿爲鄭親王濟爾哈朗之後，向爲鑲藍旗旗主，令「永謙帶父之纛前往」，即表示鑲藍全旗，均歸大將軍指揮；此外莊親王博果鐸，十皇子胤禔次子昉，屬下護衛並無差使，亦皆派往前方效力。

其餘諸王，除派兵者外；不派兵的應派屬下貝勒、貝子、公及護衛至前方，此表示八旗全部兵力均在「大將軍、王」節制之下。而准用正黃旗纛，既代表代天子親征；亦表示正黃旗將撥歸「大將軍、王」。此非詔示天下，神器有歸而何？

及至出師有期，聖祖親自詣「堂子」行禮，祝告祖宗；並祭旗，此爲親征之禮。十二月十二日恂郡王陛辭離京，「聖祖實錄」載：

> 撫遠大將軍胤禱（禎）率兵起程，上命內閣大臣，頒給大將軍敕印於太和殿。其出征之王、貝子、公等以下，俱戎服，齊集太和殿前。其不出征之……並二品以上大臣等，俱蟒服，齊集午門外。大將軍胤禱上殿，跪受敕印，謝恩。行禮畢，隨奉敕印出午門，乘騎出天安門，由德勝門前往。諸王、貝勒、貝子、公等，並二品以上大臣，俱送至列兵處。大將軍胤禱，望闕叩首行禮，肅隊而行。

這一段記載中，最值得注意的是：第一、以前命將出征，皆在午門外賜敕印，而這一次是在太和殿；第二、大將軍出午門，乘騎出天安門，皆爲正門；第三、自京中出征，照例出德勝門，取「德勝」的口采，門外即所謂「陳兵處」。

如皇帝不出長安右門親送，即派內大臣至德勝門外相送；而這一次既無天子親送，亦無使節餞道，卻有諸王以下、二品以上的王公大臣至德勝門送行，這更充分表示，恂郡王此時的身分，是聖祖的替身；而王公大臣行的是送天子親征的禮節。前引恂郡王出征儀節，根據雍正所修「聖祖實錄」，已有貶損，推想當時禮節之隆重，過於實錄所載。

因此，恂郡王之奉派爲撫遠大將軍，用親征的禮節，等於明白詔告，恂郡王即爲太子。此是形式上的意義；實質上的意義有二，第一、訓練恂郡王，讓他有一個統御上實習的機會，從而了解如何將將，以及作戰之難及士卒之苦；第二、準噶爾雖在康熙三十六年親征平服，但未徹底解決。全由恂郡王得收全功，不但表示他能繩其祖威；而且有大功而得天下，亦足使兄弟心服。

爲了助恂郡王成功，聖祖早就暗中有了佈置，此即識拔年羹堯，爲恂郡王之佐，試看清史稿年羹堯傳，所載其經歷：

一、（康熙）四十八年，擢四川巡撫。

二、四十九年川陝總督音泰疏劾年羹堯，上命留任。

三、五十六年，準噶爾部策妄阿喇布泰襲西藏，年請親赴潘協理軍務，上嘉其實心任事。

四、五十七年，上嘉羹堯治事明敏，巡撫無責兵責，特授四川總督兼管巡撫事。

按：準噶爾部策妄阿喇布泰作亂，聖祖在康熙五十四年即宣佈，將派大將軍，心目中已定為恂郡王；及至培養年羹堯，確知他有致勝的把握，授以總督之任，才宣詔以恂郡王為撫遠大將軍。其以年為大將軍的助手，用意至為明顯。

然則年羹堯又是什麼人呢？清史稿說他是「鑲黃旗漢軍」，那是「抬旗」以後的事；實為鑲白旗包衣，當雍親王初封貝勒分府時，年家所隸屬的這個包衣佐領，即撥歸使用。所以年羹堯實為雍親王的家奴。年羹堯雖為雍親王門下，但起初的關係極壞，年在四川時，曾因箋啓的稱呼不合家奴的規矩，為雍親王所痛斥。

「文獻叢編」留有雍親王手函原文，呵詆甚厲，兩人暗中有所勾結，始於何時，已不可考；推測當在年父遐齡進女為雍親王側妃之後。

按：孟心史謂，聖祖晚年，內則信任隆科多，外則重用年羹堯，為世宗入承大統鋪路。現在有好些資料，為孟氏當日所未見，所以他的名著「清世宗入承大統考實」，頗有可以補充之處，茲就我的判斷，條舉如下：

一、自康熙四十七年，聖祖大病，五十一年第二次廢太子時，即已選定皇十四子恂郡王胤禎為繼承人。聖祖認為皇位歸於胤禎，可能唯一不能心服的，即是他的同母兄皇四子雍親王胤禛，因而頗假以詞色，在熱河有獅子山賜園；又命皇十六子胤祿生母，密妃王氏撫養其第四子弘曆於宮中，凡此均是籠絡，亦即是對其不得皇位之憾的補償。

二、雍親王城府深刻無比，觀其即位後的行事，我深深懷疑，他即使不敢向聖祖進言，亦必在生母德妃面前作過極誠懇的表示，願盡一切力量，助同母幼弟成平定青海、西藏的大功；而德妃則必陳之於聖祖。

看後來德妃成了太后，此為天大的喜事，但德妃不受尊號，不受表賀，不願移宮，最後竟致自殺，此不僅因鍾愛幼子，為之不平；實有一種受了大騙，上了大當，而抑鬱難宣的痛恨在內。

三、關於年羹堯的作為，後世只渲染其治軍之嚴，並有些近乎神話的傳說，以致「年大將軍」令人有望之如天人之概。細細考查，此人並沒有什麼了不起的才具；否則亦不致連世宗那些令人肉麻的迷湯都分辨不出來，被灌得如中酒一般，沉醉不醒，自速其死。因此，在康熙年間，所受天語褒讚，無非雍親王故意替他說好話的結果。

除了隆科多、年羹堯以外，世宗之得位，還得力於一個人，此即馬齊。查清代徵獻類編「宰輔年表」，馬齊於康熙三十八年拜相，至四十五年成為首輔。四十八年以擁護皇八子罷相，專管鄂爾斯（俄羅斯）貿易事。至五十五年二次入閣，仍為首輔，職銜是武英殿大學士兼戶部尚書；此因皇八子胤禩，傾心擁護恂郡王，所以馬齊亦得復起。

由此看來，可以發現兩點：第一、當然論大臣資格，以馬齊為首；第二、馬齊與胤禩的關係，異常密切，進退榮辱相共。那知這樣的一個人，竟為雍親王暗中通了款曲。世宗用心之深沉；手段之厲害，於此可見。

按：馬齊一家在雍正乾隆間，貴盛無比。順治、康熙年間，世家鉅族最煊赫者為佟家，號稱「佟半朝」；至是，馬齊家接踵而起，不可不特為介紹。

馬齊姓富察氏，先世在太祖時，即隸屬於鑲黃旗。他的祖父叫哈什屯，順治初年為議政大臣；其時多爾袞掌權，滿州大臣不附者極少，哈什屯是其一。多爾袞殺豪格後，其黨還要殺豪格的第四子，即後來襲爵時的富綬，由於哈什屯力救得免。所以富察氏在順治親政後，即被列為最忠誠，可與議機密大事的重臣之一。

哈什屯的長子叫米思翰，亦即是馬齊之父，在康熙初年，不附四輔政大臣；聖祖親政未幾，即被授為戶部尚書，列議政大臣。他很精明，而且勇於任事，對集財權於中央，建立一套統收統支的出納制度，是有很大的貢獻。撤藩議起，他與明珠堅決支持聖祖的決定；明珠時為兵部尚書，調兵籌餉，彼此合作無間。及至用兵，宣稱「軍需內外協濟，足支十年，可無他慮。」聖祖敢於放手行事，即因有一掌兵權，一掌財權的明珠與米思翰，成為左右手之故。

米思翰死時才四十三歲，其時吳三桂勢正猖狂、耿精忠及尚可喜長子皆叛，廷議追咎主張撤藩諸臣，聖祖不允。事定，屢次稱道米思翰；因爲如此，米思翰四子，皆獲重用。

米思翰的長子叫馬斯喀，康熙二十八年爲內務府總管，領侍衛內大臣，三十五年親征噶爾丹時，授爲平北大將軍，頗有戰功。

米思翰第三子名馬武，久任侍衛。清初的侍衛，與後來純爲宿衛者不同；在御前當差，口啣天憲，參與密勿，地位頗爲重要。但亦有視如世僕、親如家人者，馬武兼兩者而有之，世宗幼時，提攜扶抱，頗爲盡心；世宗之得能勾結馬齊，即由此關係而來。

馬武之弟名李榮保，官至察哈爾總督；四兄弟中，他最平庸，但後來以他的子孫最爲興旺。此因李榮保爲孝賢皇后之父；雍正五年，世宗要李榮保成爲兒女親家後，與馬齊的關係，更爲密切穩固。馬齊爲米思翰次子，由廕生授爲工部員外，走的是文臣的路子；自內閣侍讀學士外放山西藩司，居官勤愼；聖祖曾命九卿舉督撫清廉如于成龍者，馬齊即爲其中之一。不久內召，升爲左都御史，並爲議政大臣，又調兵部，調戶部，在對俄交涉及親征噶爾丹兩事上，很發生了一些作用。

大致明珠罷相後，聖祖即以馬齊爲代；卅八年授武英殿大學士時，御書「永世翼戴」的匾額以賜。說聖祖中年以後，滿州大臣中最信任的是馬齊，應該不錯。

四十七年廢太子後，聖祖的矛盾心情，無人瞭解；其時胤禩已成氣候，后父佟國維奏請速定儲位。於是聖祖召滿漢文武大臣，集議暢春園，何人爲太子？當時支持胤禩者，有佟國維及長子，亦即隆科多之兄鄂倫岱；遏必隆第五子，孝昭仁皇后之弟阿靈阿；明珠次子揆敘；王鴻緒及馬齊等。

聖祖臨時傳諭：「馬齊毋預議。」這是一個暗示，因爲馬齊是胤禩的死黨，人所皆知，令馬齊毋得預議，自然是不希望選胤禩。但馬齊事先已當眾揚言，阿靈阿又密書「八」字傳觀，因而公舉了胤禩。

聖祖此舉原是敷衍國舅兼「國丈」的佟國維，不想弄假成眞，大拂聖祖之意，要推翻已成定局，必興大獄，而佟國維父子、阿靈阿等，皆爲國戚，殊難處置；迫不得已，只好拿馬齊來開刀；四十八年正月，召群臣垂詢，何人先舉胤禩？大家都指都統巴琿岱；巴琿岱說漢大臣張玉書先舉；張玉書便道破眞相，首先倡議者爲馬齊。

「清史稿」本傳記其事云：

上曰：「馬齊素謬亂，如此大事，尚懷私念，豈非為異日恣肆專行計耶？」馬齊復力辯，辭窮先出。

翌日，上諭廷臣曰：「馬齊效用久，朕意欲保全之，昨乃拂袖而出。人臣作威福如此，罪不可赦。」遂執馬齊及其弟馬武、李榮保下獄。王大臣議斬馬齊；馬武、李榮保坐罪有差；盡奪其族人官。上不忍誅，命以馬齊付胤禩嚴錮；馬武、李榮保並奪官。

此爲聖祖殺雞駭猴的作用，既罪馬齊，召佟國維嚴加詰責。四十九年馬齊及兩弟並皆復起。二次廢太子後，馬齊等人皆無舉動；因爲胤禩已決定將他的全部力量，投向恂郡王胤禎。而雍親王胤禛，則於此時開始向隆科多下工夫。據金承藝的考證，聖祖計劃在七十歲生日時禪位於恂郡王。聖祖生於順治十一年三月十八日，八歲踐祚；至康熙六十二年三月十八日，滿七十歲。不想恂郡王到手的皇位，在不到半年的工夫，竟爾失去；其時恂郡王的困惑，大概跟賈寶玉發現他娶的不是林妹妹，而是寶姐姐時，差相彷彿。

雍親王得位不正，只從他大有「此地無銀三百兩」之意的年號「雍正」，便思過半矣。至於得位經過，須從官書、野史、外邦記載三方面參校勘查，始能得實。官書最標準的自是「世宗實錄」，記康熙六十一年十一月十三日情事如下：

一、丑刻，聖祖疾大漸，遣官馳召上（按：指雍親王）於齋所，且令速至。隨召誠親王允祉……皇十三子允祥，尚書隆科多至御榻前，宣諭曰：「皇四子胤禛人品貴重……著繼朕登基，即皇帝位。」

二、上聞召馳至，趨進寢宮，聖祖告以病勢日臻之故。是日，上問安，進見五次。

三、戌刻，聖祖賓天，上哀痛號呼，擗踴不已，尙書隆科多進曰：「大行皇帝，深惟大計，付授鴻基，宜先定大事，方可辦理一切喪儀。」上慟哭仆地，好久，乃起。

以上據實錄摘抄，起碼可以證實一點：胤祥在聖祖賓天時，並無封號；若有封號，不能只稱「皇十三子」。事實上胤祥此時身在高牆，根本未到暢春園。至於雍親王，既已奉召前來，問安五次，聖祖自必有慰勸其好自爲之之語；應該是早就知道他是嗣君了。即或不然，弟兄中豈得不相告；隆科多豈得不透露？誰知不然；他是聖祖既崩，方知已得大位。

「大義覺迷錄」云：

「其夜戌時，龍馭上賓，朕哀慟號呼，實不欲生。隆科多乃述皇考遺詔，朕聞之驚慟，昏僕於地。」

於此可知，實錄已發覺上諭自述得位的經過，忒嫌不合情理，已加刪改。

「實錄」又載：

一、趨至御榻前，撫足大慟，親爲聖祖更衣……時王大臣恭議殯殮大禮，宜奉大行皇帝還宮。

二、命淳郡王允祐守衛暢春園，固山貝子允祹至乾清宮敷設几筵。十六阿哥允祿，世子弘昇，肅護宮禁；十三阿哥允祥，尚書隆科多備儀衛，清御道，上親安奉大行皇帝於黃輿，攀依號哭，欲徒步扶輦隨行。諸王大臣以大行皇帝付託至重……。請上前導以行……至隆宗門跪接黃輿。

按諸實際情形，是隆科多先驅入城；途中遇見皇十七子，後封果親王的胤禮。雍正八年五月初七，怡親王胤祥薨，初九日有一道盛稱「失此柱石賢弟，德行功績，難以枚舉」的上諭，其中有一段：

又如果親王在皇考時，朕不知其居心，聞其亦被阿其那等引誘入黨；及朕御極後，隆科多奏云：「聖祖皇帝賓天之日，臣先回京城，果親王在內值班，聞大事出，與臣遇於西直門大街，告以聖紹登大位之言，果親王神色乖張，有類瘋狂。聞其奔回邸第，並未在宮迎駕侍候」等語。朕聞之甚為疑訝，是以差往陵寢處，暫以遠之。怡親王在朕前，極稱果親王居心端方，乃忠君親上，深明大義之人，力為保奏。朕因王言，特加任用；果親王之和平歷練，臨事通達，雖不及怡親王，而公忠為國，誠敬不欺之忱，皎然可矢天日。是朕之任用果親王者，實賴王之陳奏也。

再看「大義覺迷錄」所述，聖祖召隆科多面授末命時，除誠親王等在御榻前外，其餘皇子的下落：

是時惟恆親王胤祺以多至，命德孝東陵行禮，未在京師；莊親王胤祿、果親王胤禮、貝勒胤禑、貝子胤禕，俱在寢宮外侍候。

如果胤禮在「寢宮外侍候」，則決無不知已傳位皇四子之理。於此可知，說召誠親王至御榻前宣諭「皇四子人品貴重」云云，無其事。而胤禮一聞胤禛登大位，驚而欲瘋，其緣故不難推想：第一、太出意外；第二、素知胤禛嚴刻，他做了皇帝，只怕沒有好日子過。

然則隆科多何以首先回城？自然是勒兵觀變。隆科多久任步軍統領，管轄左右兩翼總兵，負拱衛京畿的重任；雍正五年十月王大臣公議隆科多四十一款重罪，其欺罔之罪云：

聖祖仁皇帝升遐之日，隆科多並未在皇上御前，亦未派出近御之人，乃詭稱伊身帶匕首，以防不測，欺罔之罪一。

狂言妄奏，提督之權甚大，一呼可聚二萬兵，欺罔之罪二。

時當太平盛世，臣民戴德，守分安居，而隆科多作有刺客狀，故將壇廟桌下蒐查，欺罔之罪三。

「未在皇上御前」之語，經雍正自行辯正，說：「皇考升遐之日，大臣承旨者，惟隆科多一人」。看身帶匕首，以防不測，及蒐查壇廟桌下之語，則雍正得位不正，怕有人欲得而甘心之情事可想。

私家記載，以「永憲錄」差能得實。這部書是研究雍正奪嫡、屠弟殺「功臣」等史實者必讀之書。作者名蕭奭，揚州人，生平事蹟無考。書成於乾隆十七年，自序中有「小臣伏處草茅」之語，可見未仕；而實爲一有心人，此書在清朝當然是禁書，鄧文如藏有抄本，自跋釋書名的涵意云：

既名「永憲」，當畢雍正一朝之事，乃僅至六年八月為止。原序以「三年無改為辭，然不止三年，何也？」繼乃悟作者蓋有深意存焉，與之罪獻帝者，弒父、逼母、奪嫡、殺功臣數端，大義覺迷錄斷斷剖辯者，亦此數端，此書於阿、塞、年、隆諸大獄，所述綦詳。

且謂文覺禪師為助惡者，文覺無考。予於查為仁「蔗塘未完稿」，得其所為序，頗有文筆，是與道衍堵才而不得志於時；遁入彼教，而又不安於釋者也。諸獄株連，大約至六年而止，故以為限斷。然則永憲者，永其惡也。雖未明言，而其意則可尋耳，豈非信使乎？

又論此書之價値云：

每恨官書所記，與事實相去恆遠，使多得類此之信，史之徵信為不難矣，而惜其不可得也。取材多本邸抄、雜以聞見，嘗持較實錄，字句小異；以雍正上諭內閣一書，不同於實錄例之，知實錄經後來潤色，此書所記，尚不失真。又於當時人物，美惡並陳，可謂直筆，間有小眚，不足為病。

按：道衍即助燕王奪姬天下的姚廣孝。「文覺禪師爲助惡者」，我亦於此書始得聞，文覺爲蘇府人；乾隆即位後，驅逐回籍，限步行回江南，亦深惡其「助惡」，故有此罰。

「永憲錄」起於康熙六十一年；「冬十一月壬午朔」至甲午爲十一月十三日，記「戌刻上崩於暢春苑（園）下注：

上宴駕後，內侍仍扶御鑾輿入大內。相傳隆科多先護皇四子雍親王回朝哭迓，身守闕下：諸王非傳旨不得進。次日至庚子，九門皆未啟。

乙未午刻，傳大行皇帝遺詔……命領侍衛內大臣總理鑾儀衛事，嗣三等公馬爾賽，提督九門巡捕三營統領，兼領藩院尚書隆科多，武英殿大學士兼戶部尚書馬齊輔政。

上引短短兩條記事，透露了三個秘密：

第一、自乙未至庚子凡六日，九門未啓，內外交通隔絕。這是中文著作中，獨一無二的史料，異常珍貴，但虛實難知；幸好當時住在海甸的外籍教士，留有著述，證實確有其事。

第二、「身守闕下，諸王非傳令旨」不得進。此以前條文之實在，亦可信其爲眞。

第三、馬爾賽輔政，只見於此，王氏「東華錄」只記：「命貝勒胤禩、十三阿哥胤祥、大學士馬齊、尚書隆科多總理事務。」世宗實錄同，但乙未，即聖祖賓天第二日，頭一條記事爲：「遺領侍衛內大臣公馬爾賽告祭奉先殿。」

根據以上分析及前引記載，爲之作一研判：當聖祖崩後，隆科多口傳末命，以皇四子即位；

當諸皇子錯愕莫名時，皇四子已控制了下列情況：

一、御璽，推想是在馬齊手中。

二、全副儀衛，此由馬爾賽所掌管。按：清初鑾儀衛的編制，與明朝錦衣衛完全相同，惟不掌詗緝之事。

三、大行皇帝遺體。

四、京城。

五、大內及妃嬪宮眷。

六、警衛部隊。

這些條件，已足夠使皇四子登上皇位，並維持一時的穩定。按其行事的程序是：首先由隆科多，擁護皇四子入京，「佔領」了京城；馬爾賽以領侍衛內大臣的身分，護送大行皇帝回宮。到京以後，一面閉城警戒出入；一面在內務府高牆中放出十三阿哥胤祥。而當時總理事務的，只有馬爾賽、隆科多、馬齊三人。

在這種情況下，以胤禩爲首，照聖祖意志，擁護皇十四子的一方，可說束手無策。他們有相當的兵權，但無法行使；這些握有兵權的人是：

一、正黃旗滿洲都統，皇十子敦郡王胤䄉。

二、正白旗滿洲都統皇十二子胤祹及恭親王常寧次子滿都護。
三、鑲紅旗滿洲都統貝子蘇努。
四、鑲藍旗滿洲都統輔國公阿布蘭。
五、領侍衛內大臣二等公阿爾松阿。

胤䄉爲溫僖貴妃所出；妃爲孝昭仁皇后之妹，都是一等公遏必隆之女；阿爾松阿則爲遏必隆的孫子，所以胤䄉與阿爾松阿爲表兄弟，都可說是皇八子胤禩與皇十四子胤禎的死黨。雍正對他們的痛恨，僅次於對皇八子胤禩，皇九子胤禟。胤祹爲皇十二子，一聞四阿哥得位，驚惶失措有如瘋狂，則其爲擁護十四阿哥者，不言可知。

後由胤祥斡旋，得封履郡王，則爲向四阿哥輸誠的酬報。與胤祹共同管理正白旗的滿都護，爲聖祖胞弟恭親王常寧第二子，初襲貝勒，爲擁護皇八子的有力分子；雍正四年六月，宗人府參奏：「貝勒滿都護之屬下諾岷爲山西巡撫時，不將塞思黑（胤禟）屬下，爲首行惡之太監李大成等嚴究，顯滿都護指使黨庇，應將滿都護革去貝勒。」得旨：「滿都護革去貝勒，授爲固山貝子。」

按：諾岷即首創耗羨歸公者。如果他有宗人府所參奏的情事，必不爲雍正所容；而竟仍能安於位，自然是出賣了滿都護之故。

得信任。

蘇努亦爲雍正所深惡之人。他是褚英長子安平貝勒杜度之孫，爲聖祖之侄而年長於聖祖，頗

雍正即位後，曾加籠絡，由貝子晉封貝勒，但蘇努態度不變，革爵充軍，死於戍所，而雍正仍以其爲「黨亂助逆之罪魁，雖經身死，應照大逆律，戮屍揚灰。」

按：蘇努與兩江總督查弼納爲兒女親家，據「永憲錄」，雍正二年三月，查弼納奉召，馳驛到京；五月初「赴圓明園請聖安，奏對忤旨，上九鍊綁出宮，命果郡王胤禮訊問結姻蘇努」。第三天即逮蘇努及其第七十之子孫，共五十餘人。而查弼納用爲內務府總管，兼鑲紅旗都統，即蘇努之原職。

所謂「三木之下，何求不得?」既「九鍊綁出」，查弼納又何敢不出賣親家！以天子而施酷吏的手段，則田文鏡之流之得雍正寵信，亦必然之理。

阿布蘭爲蘇努胞侄，曾首告廢太子利用醫生用礬水寫字，對外秘密通信；雍正亦素惡其人，但認爲此人毫無骨氣，可以利用；治隆科多時，即在阿布蘭身上作文章。雍正二年閏四月十四，有一道關於阿布蘭的上諭，爲實錄所不載；而實可窺知皇十四子將繼大統，爲公開的秘密，錄之如下：

阿布蘭雖係宗室，朕素不深知。在皇考時，伊於委任之事，尚為勉力；廉親王（胤禩）又於朕前保奏，朕因特加殊恩，晉封貝勒，賞給佐領，又令總理事務……阿布蘭自任用以來，並不實心效力，而且素行卑污，前大將軍胤禵（禎）自軍前回時，伊特出班跪接；從來宗室公於諸王阿哥，並無此例也。

按：康熙六十一年正月初五，聖祖在乾清宮舉行千叟宴；宴畢御東暖閣，召大學士以下諸大臣賜坐，「閒談舊事」；三月十八萬壽，往年常辭朝賀，這一年卻坦然而受，又親祀於奉先殿，凡此皆為將禪位的跡象。

而前一年十月召「大將軍、王」回京，據「永憲錄」記：曾命誠親王、雍親王領內大臣郊迎；實明示繼統有人。如謂從來宗室於諸王、皇子無跪接之例；則兩兄且為親王，受命領內大臣出郊迎弟，又有何前例可援？

宗人府建立碑亭、翰林院所撰之文，阿布蘭以為不佳，另行改撰，並不頌揚皇考功德，惟稱讚大將軍胤禵（禎），擬文勒石。朕即位後，伊自知誣謬，復行磨去。

此更為「大將軍、王」將繼大統的明證。宗人府立碑、翰林院撰文，自是奉旨記敘「大將軍、王」的戰功，昭重後世。阿布蘭當是承聖祖面諭辦理，否則何敢如此膽大妄行。末兩語尤顯實情，阿布蘭何以在聖祖時不「自知誣謬」？原來當時並不「誣謬」；誣謬者弟之皇位為兄所奪，則此類似「神功聖德碑」的記功碑，何可再樹於宗人府？

總結以上諸人的分析，可知雍正搶盡先著，擁護皇十四子的兵馬甚多，但城門既閉，隔絕在外，所賴以行使兵權的印信旗牌，以及調兵遣將時下達命令的通訊系統，均無法運用。當危疑震撼之際，往往一言可定天下，如果不能及時作出適當的反應，則乾坤已定，舉兵便是作亂。一著錯、滿盤輸，正此之謂。

至於閉城的另一作用，是為了防止諸王通信至前方；大行皇帝的哀音，傳至前方者用「清」字，而胤禎與胤禎的音譯，毫無分別。前方將士或者以為接位者是皇十四子；加以有年羹堯的箝制，「大將軍、王」欲有所動作，亦實在很難。

進一步分析，雍正奪位後，起初是用的籠絡的辦法，如胤禩封為廉親王；胤祹封為履郡王；廢太子之子弘皙封為理郡王；兵部尚書白潢拜相；阿布蘭受爵等等。有的受籠絡，有的不受籠絡；而後來治罪特苛諸人，如阿爾松阿、蘇努以及隆科多的長兄鄂倫岱等人，或者有實際的反抗行動，但其詳已不可考了。

雍正最信任的人，除了怡親王胤祥以外，大臣中共四人，鄂爾泰、田文鏡、李衛、張廷玉，應該特別作一介紹。

「清史」本傳：

鄂爾泰字毅庵，西林覺羅氏，滿洲鑲藍旗人，世居汪欽，國初有屯泰者。以七村附太祖，授牛彔額真。子圖捫事太祖，縱戰大凌河……授備御世職，雍正初，祀昭忠祠，鄂爾泰其曾孫也。

敘其先世，不言其父；而宗室奕賡作「寄楮備談」有一條云：

鄂爾泰四十尚充侍衛，有句云：「看來四十還如此，雖至百年亦枉然。」後不數年，節制七省軍務，出將入相，故後諡文端，配享太廟，亦奇人也。父名鰲拜，故終身箋柬，只書「頓首」，不書「拜」字。

此記甚奇。鰲拜獲罪於康熙初年，鄂爾泰應尚未生，奕賡何得有此記？及檢「清史列傳」，始知鄂爾泰父名鄂拜，曾官國子監祭酒。又雍正「硃批諭旨」，四年六月二十日鄂爾泰一摺云：

「竊臣先世，自從開國，代沐皇恩，至先臣鄂拜，雖歷儒官，歷階祭酒，依然寒素。」

知「清史列傳」所記不誤。「清史稿」本傳謂鄂爾泰任內務府員外時，世宗在藩邸，偶有所屬，鄂爾泰拒而不與；即位後召謂：「汝爲郎官拒皇子，其執法甚堅。」因而賞識，雍正元年放雲南鄉試主考；考差完畢，即特授江蘇藩司。此一異數，必有原故，但已難稽考了。

雍正三年十月擢「雲南巡撫，管雲貴總督事」，並特召述職，十二月初赴任，十九日抵湖北襄陽云：

臣質本庸材，身遭異數，百日留京，六蒙召見，疊荷我皇上天高地厚之恩。訓誨儼若嚴師，矜憐宛如慈父。

但自雍正二年九月初四以後，約一年三個月，並無摺奏；此必是有不便宣布之處。而鄂爾泰離京未幾，年羹堯即由杭州被捕到京，因而可以想像得到，在此一年多的辰光中，鄂爾泰對年羹堯的形跡，以及在江南寄頓財產等等，必有詳盡的報告。特召至京，五日六召見，亦無非談年羹堯而已。

鄂爾泰生平的事業，惟在「改土歸流」一事。土者土司，流者流官。邊遠之地曰流；設官治理，以政府掌握控制權爲第一要義，然後漸次開發，此種有別於正常編制的行政官稱爲「流官」。所謂「改土歸流」，即土司所保有的自治權，收歸中央之謂。「清史紀事」本末卷三十，敘平苗云：

苗族種名不一。在四川者曰猓；在兩廣者曰獞、曰黎；在湖南、貴州者曰猺；在雲南者曰猓、曰野人。其語言風俗既與中國絕異，故中國自元明以來，設有宣慰、宣撫、招討、安撫、長官等土司。

又有土府、土州縣，其長皆得世襲，握自治權，蓋欲仍其舊俗，官其酋長以羈縻之也。順康以來，襲明舊制，分設土官，然苗民不知耕作，專以劫殺為生。土官又以積威，苛斂虐使，恣為不法，故苗族常為邊患，而於雲貴為尤甚。

「苛斂虐使」以致激起邊患的因果關係，在李衛當雲南鹽道時，曾於雍正二年二月，有一奏摺說得簡明扼要：

邊省漢猓雜居，山多路險，易於藏奸，前此各土司之克遵王化者，皆受貪官詐騙，不一而足。強悍負固者，任其殺害搶掠，不敢過問。淳無勸，而頑無懲，邊省之不能綏靖，職是故耳。

淳良的土司不得獎勵；頑劣的土司未受懲罰，亦由土司握有自治權，地方大吏欲獎欲懲，每嘆無所措手；同時既無行政上管轄的責任，則多一事不如少一事。一旦發生叛亂，派兵征剿，事平復仍其舊，這種不徹底的管理制度，自非有如世宗者，所能容忍；因此，鄂爾泰一建改土歸流之策，大獲讚賞，亦在意中。

「清史紀事」卷三十又敘：

雍正四年，鄂爾泰巡撫雲南，建策改土歸流，因極言從前以夷治夷之失計。然欲改土歸流，非大用兵不可，宜悉令獻土納貢，違者剿，世宗覽疏大喜曰：「朕（之）奇臣也。此天以卿賜朕也。」命進呈生年月日，召赴養心殿，手鑄三省總督印付之。

按：此記殊有未諦。鄂爾泰先以雲南巡撫管理總督事；雍正四年十月眞除。在鄂爾泰未到任以前，貴州種家苗，已作亂二十餘年，貴州巡撫石禮哈主剿，以用兵不易而止；繼任巡撫何世基主撫，撫亦無效。因命鄂爾泰提出意見。

「清史稿」鄂爾泰傳載其雍正四年一疏，爲整理西南疆土基本藍圖。雲貴川黔四省接壤之區，漢苗雜處，地理人事並皆複雜，自明朝以來，以姑息求無事；以聖祖之雄才大略，而亦不敢輕易插手；世宗用鄂爾泰求得徹底解決，雖以後有事與願違之處，但論其本心，不能不謂之偉圖。

世宗固能幹父之蠱；鄂爾泰亦確具名匠之資格，他之配享太廟，與張英是完全不相同的。

鄂爾泰在此一奏疏中所提出的論據及計劃，不易了解；因爲改土歸流後，地理方面頗有變遷，必須參考「讀史方輿紀要」，才知道他說的是怎麼一回事？茲撮敘大概如下：

> 雲貴大患，無如苗蠻，欲安民，必制夷；欲制夷，必改土歸流。

此言必須撤消苗人的自治權，歸政府管轄，才能制夷安民。目標是很清楚的；但改土歸流有許多困難，其一是地形上的限制：

苗疆多與鄰省相錯，即如東川、烏蒙、鎮雄，皆四川土府；東川距雲南四百餘里，去冬烏蒙攻掠東川、滇兵擊退，而川省令箭方至。

按：此言東川、烏蒙、鎭雄之「軍民府」（即所謂「土府」）在地形上，由於位處金沙江以南，距成都較遠，一旦有事，鞭長莫及；反而雲南得以就近照管，故烏蒙攻東川，爲滇兵平服，而四川用兵的令箭方至。

烏蒙距雲南省城亦僅六百餘里，錢糧不過三百餘兩，取於下者百倍，一年四小派，三年一大派；小派計錢，大派計兩。土司娶子婦，土民三載不敢婚；土民被殺，親族尚出「墊刀」數十金，終身不見天日。

東川雖已流，尚為土目盤據；文武長寓省城，膏腴四百里，無人敢墾。若改隸雲南，俾臣得相機改流，可設三府一鎮。此事連四川者也。

這一段話，包含三個要點：

一、土司橫徵暴斂，土民負擔百倍於正課。土司娶兒媳，大索民家；以致土民三年之中不敢婚娶，搜括已窮，所以不敢辦喜事，否則必舉債，而此債一舉，不知何日得以清償。又土民被殺，土司不特不爲之申冤，反須親族爲強項者即凶手出「墊刀錢」，此種暗無天日的情形，倘不改革，何足以言太平？

二、東川距成都過遠，則四川文武想管東川，亦是力不從心；以致膏腴之地數百里，廢置不墾。

三、如上分析，則改隸於雲南，相機改土歸流，置於政府控制之下，使土司不敢胡作非爲，不特解民倒懸，且得地盡其利。

這個看法，無比正確。試看地圖，東川、烏蒙、鎭雄之地，爲雲貴高原北面的開端，與金沙江以北的四川盆地，毫無關聯，自以改隸雲南爲是。世宗旋即詔如所請，東川即今雲南會澤、巧家兩縣；烏蒙改爲昭通府；鎭雄降爲直隸州，隸於迤東道；筆者曾祖父，曾爲此官。

以下又論廣西、雲南土府的利弊；而最要者爲論貴州苗疆：

貴州土司，向無鉗東群苗之責，苗患甚於土司，苗疆四圍幾三千餘里，千三百餘寨，古州踞其中，群塞環其外，左有清江，可北達楚；右有都江，可南通粵，盤據梗隔，遂成化外。如欲開江路，通黔粵，非勒兵深入，偏加剿撫不可，此貴州宜治之邊夷也。

按：古州即今榕江。所謂「苗疆」，亦稱苗嶺；而實非山嶺；貴州本爲渾然整體的高台地，以水流侵蝕，割裂成塊，自河谷遙望的巍然罔阜，其實不過塊狀高台。古州爲其中最大的一塊窪地，榕樹最多，大百數圍，蔭蔽百畝。

氣候較一般盆地更壞，春末夏初，即熱不可耐；三伏則猶如置身蒸籠中；而冬至後陰寒，亦非重裘不暖。因爲地形特殊，氣候惡劣，草木野獸腐積之氣，鬱而不散，逐成毒瘴，更成化外。

臣思前明流土之分，原因煙瘴新疆，未習風土，故因地制宜，使之嚮導彈壓，今歷數百載，以夷制夷，即以盜治盜。苗猓無追贓抵命之憂，土司無革職削地之罰；直至事上聞，行賄佯結，上司亦不深求，以為鎮靜；邊民無所控訴。若不剷蔓塞源，縱兵刑財賦，事事整理，皆非治本。

此段論議，極其透徹；簡言之，即爲納入法治，欠債還錢，殺人償命，本爲進入文明社會最基本的共同觀念；如竊盜可不追贓，殺人無須抵命，即根本無法律可言；既無法律約束，則「兵刑財賦，事事整理」，無非旋興旋滅，不能形成制度，此所以必須改土歸流。

至於「土司無革職削地之罰」，則以土司既「無鉗束群苗之責」，自無功罪賞罰之可言。而土司之所以無鉗束群苗之責者，非不爲也，乃不能也。

貴州苗人，有三十餘種之多，其中宋家、蔡家、馬蹬龍家三族，本爲漢人，戰國時楚伐宋、蔡、龍三國，俘其民而流放至夜郎，乃與苗人雜處，而自有其風俗習慣。據說此三家苗知中原禮義，衣服、祭祀、婚嫁、喪葬，以及揖讓進退，一稟於周，猶存古風。「禮失而求諸野」，正此之謂。

改流之法，計擒為上，兵剿次之；令其自首為上，勒獻次之。惟剿夷必練兵，練兵必選將，誠能賞罰嚴明，將士用命，先治內，後攘外，實邊防百世之利。

話雖如此，鄂爾泰治苗仍以兵剿爲主。他很想做到「在一時須盡服其心；計百年須常懾其膽」，師武侯七擒孟獲的故智，但究非武侯，致有後患。不過，鄂爾泰的對手，亦非武侯當年之好相與；有「嚴緝黔省漢姦川販」一道密摺，洞見癥結：

黔省大害，陽惡莫甚於苗猓；陰惡莫甚於漢姦川販。蓋夷人愚蠢，雖性好劫掠，而於內地之事，不能熟悉，權謀巧詐，非其所有。惟一等漢姦，潛往黔寨，互相依附，嚮導引誘，指使横行，始則以百姓為利，劫殺捆擄，以便其私；繼復以苗猓為利，佯首陰庇，以佔其財。是虐百姓者苗猓，而助苗猓者漢姦；虐苗猓者亦漢姦也。

所謂「佯首陰庇」，即表面上向官府檢舉，冀得賞金，苗猓爲亂；暗中卻又通風報信，嗾使走避，勒索其財。兩面討好，左右牟利。漢姦爲川販爲主。苗疆未開通以前，多食川鹽；川鹽即由川販而來。先則販鹽，後則販人。鄂爾泰奏陳其情形如此：

川販即漢奸之屬，串通苗猓，專以捆略男女為事。緣本地既不便販賣，且不能得價，故販之他省，而川中人貴，故賣至川者居多；其往來歇宿，半潛匿苗寨，沿途皆有窩家，既可免官府之擒拿，又可通漢夷之消息……。

及其路徑既熟，呼吸皆通，不獨掠漢人之丁口，亦拐苗人之男婦，而苗人既墮其術中，遂終為所用。臣入境以來，深知二者之患，留心訪察，時欲窮其根株，猝難尋其巢穴，及長寨之役，知若輩多藏匿其中。

按：長寨即今貴陽以南，安順以東的長順，當時以阻撓官兵設營，由鄂爾泰指揮貴州提督馬會伯派兵剿平。鄂爾泰即乘此機會，搜捕川販：

隨乘此大舉，密令諸將中有才略者，細心訪緝，備討苗頑之名，為搜川販之計，合前後所獲男婦大小數百口。

這數百人中，要犯只十二名。鄂爾泰的處置是：第一、要犯嚴審，務求得其實情；第二、繼續蒐捕要犯；第三、情罪可原者盡行釋放。上此奏的目的是：請「令川省撫提（巡撫、提督）諸臣，按姓名居址，同心密緝，務期擒獲，盡絕根株。」

鄂爾泰處置此案，事前縝密周詳，臨事果斷迅速；事後細心檢點，這種徹底周延且不以本身已盡力為滿足的作風，最合世宗的脾胃，因而硃筆批示：

卿此心此行，不但當代督撫，聞之可愧；實可為萬代封疆大臣之法程。朕實嘉賴焉，勉之。上蒼照察，再無不倍增福壽、子孫榮昌之理。再兩江非卿不能整理，如朕之意，雲貴一切事宜，俟料理有頭緒時，還向卿要一可代之人；來兩江與朕出此一大力。可留心！但諸務不可因此旨而迫使為之。

嘉慰告誡，兼而言之；而商量用人，語意宛轉，此為世宗得父「待大臣如兄弟」遺訓之精義，而為駕馭臣下的一大手段。鄂爾泰自然感激馳驅，但不免操之過急。

那些土司、土目（小部落酋長）雖已受任為「土知府」、「土知縣」，但已不能做土皇帝；加以鎮守的武官，貪恣暴虐的居多，因而到了雍正八年六月，烏蒙首先起事，攻城劫殺總兵劉起元及知縣賽枝大，眷口亦竟不免。

一時東川、鎮雄等地苗猓，群起響應，殺官兵、奪軍糧、毀壞道路橋樑、屯聚作亂。鄂爾泰集兵一萬餘，命總兵魏翥國、哈元生、參將韓勛，分兵三路進剿，哈元生負責威寧一路，最為得力。此人行伍出身，為雍正親自識拔的武官之一；以後頗為得寵，「清史稿」本傳：

哈元生，直隸河間人，康熙間入伍，授把總。累遷建昌路都司，坐失察私木過關，奪官。雍正二年，命引見，發直隸以守備用，補撫標右營守備。貴州威寧總兵石禮哈，請以元生從剿狆家苗，有勞。

三年，補威寧鎮中軍游擊。烏蒙土知府祿萬鍾侵東川：鎮雄土知府隴慶侯助為亂。鄂爾泰檄元生會四川兵討賊；賊據險拒戰，元生冒矢石奮攻，克之。鄂爾泰上其功，上獎元生取狆家苗，克烏蒙，能效力，命以副將、參將題用，尋授霑益營參將。

六年，米貼苗婦陸氏為亂，鄂爾泰令元生往剿，破險設伏，擣其巢，獲陸氏……賚白金四千；遷元江副將。

七年，調黎平副將，擢安龍總兵。

八年，烏蒙復為亂，鄂爾泰令元生督兵出威寧，破賊數萬……躪賊壘八十里，遂克烏蒙。

鄂爾泰先對哈元生不無意見，以後看出雍正欲明其識人、用人，過於臣僚，因於此役，大表哈元生之功。雍正賞賚特厚。

「清史」刊哈元生傳：

捷聞，上深獎其功，賜戴孔雀翎及冠服，賞銀萬兩，仍交部優敘。九年二月擢雲南提督；九月諭曰：「雲南提督哈元生之母，年八十有六，未遇覃恩得受封典；哈元生宣力苗疆，懋著勞績，伊母身享大年，應加特恩，以彰慈孝。著照哈元生提督職銜，賞給伊祖父母封誥。」尋調貴州提督。

十年七月諭曰：「貴州提督哈元生，朕另有簡用之處，著馳驛來京陛見，並賞給公用銀三千兩，裝備衣裝。」十月至京召見，特解御衣以賜，命軍機處行走；並令回籍省親。十一月，貴州九股苗不法，命回黔督剿。

按：鄂爾泰於雍正九年七月，奉召入覲；十年正月大拜，由兵部尚書授保和殿大學士，加少保，入軍機。此時雍正決定對準噶爾加強用兵，留鄂爾泰入參機務以後，即調貴州巡撫張廣泗爲西路寧遠大將軍岳鍾琪的副手，而以鄂爾泰另一親信元展成撫黔；哈元生由雲南調貴州，以爲元展成之佐。

七月間，鄂爾泰奉旨督巡陝甘軍務；雍正打算遙制苗疆事務，需要有個熟悉情況的人在左右，以備諮詢，因而命哈元生在軍機處行走。但此舉實在抬舉得過分了些，哈元生雖驍勇善戰，但談不到什麼韜略；而且西瓜大的字識不得一擔，何能入贊綸扉，因而一「行」即「走」，先讓他回原籍省親，接著仍舊遣回貴州去打苗子。

二次收復烏蒙之役，殺戮甚慘，「刳腸截腿，分掛崖樹幾滿」，雖說是劉起元報仇，但亦爲鄂爾泰所授意。初意想學武侯，結果有如黃巢，以致伏下雍正十三年春復反之禍。鄂爾泰既慚且憤，然而無可如何，惟有引咎自劾；得旨：

卿才品優良，忠誠任事，歷簡用，未負朕恩，今以抱病虛羸，懇請罷斥，情詞皆實，著解大學士之任，削去伯爵，俾得悉心調攝。

既言「未負朕恩」，又以其「抱病虛羸」爲「情詞皆實」，則爲使鄂爾泰能「悉心調攝」計，解大學士之任已足；何又有懲罰性的「削去伯爵」？這話是說不通的；所以緊接在此處分鄂爾泰的上諭之後，還有爲他自辯的一大段話。於是，有一點值得注意的是，雍正之好辯，基本上是由於從小自他父皇處，獲得了一種講邏輯的教訓。

清代諸帝，除了穆宗（同治）以外，都讀書明理，此一「理」也，小半來自宋明理學；大半來自利馬竇、湯若望等人所傳播的西洋文化的基本精神。聖祖諸子，在信仰宗教、利用宗教方面，性向各異，所趨不同。

如皇九子胤禟，甚至受俄國東正教的影響；雍正則先佞佛，後又講道教修煉之術，但不論宗教信仰如何，皆講究邏輯則一：是故自覺道理在邏輯上講不通時，必有一番辯白；不管是否強辯，但總想以理折人，畢竟比不講理的皇帝要高明得多。

如鄂爾泰的情形，所謂「未負朕恩」，有忠實執行其命令的意味在內；然則苗疆出事，發號司令或核准其計劃者，自應負責；因而如此辯白：

至於古州苗疆，從前石禮哈等，皆曾奏請用兵，朕悉未行。及鄂爾泰為滇、黔總督，以此事必應舉行，剴切陳奏。朕以鄂爾泰居心誠直，識見明達，況親在地方，悉心籌劃，必有成算，始允所請，命其慎重辦理。

彼時苗民相率向化，成功迅速，朕心甚悅，特錫伯爵，以獎勛庸。乃平定未久，苗即數次蠢動；近則直入內地，煽惑熟苗，焚刧黄平一帶，地方居民受其擾害，朕詢問情由，鄂爾泰亦以出於意外之詞，是從前經理之時，本無定見；佈置未協所至，則朕昔時之輕率誤信，亦無以自解。

此爲自承過失，以下乃解釋鄂爾泰被削爵的理由：

國家錫命之恩，有功則受，無功則辭，乃古今之通議，今鄂爾泰請削伯爵，於情理相合。朕鑒其悃誠而俞允之，並請將前後情事，宣諭中外，以示吾君臣公而無私，過而不飾之意。

不久，鄂爾泰復授男爵；又不久，世宗暴崩，鄂爾泰爲顧命大臣之一。乾隆即位，仍受倚重，歿於乾隆十年，謚文端；由此一「端」字，得以看出高宗對他的印象。

鄂爾泰之爲世宗信任，原因可以考見；田文鏡之得寵，則多少是個謎。陳捷先教授曾有兩篇文章，專談田文鏡（見學海出版社印行的陳教授專著「清史雜筆」），對於他的家世，發跡經過，得寵原因，考證綦詳，撮述其家世如下：

田文鏡先世為奉天廣寧人，於清太祖創業時從龍，隸漢軍正藍旗。曾祖名有功；祖名養濟；父名瑞年，曾任兵部督捕司員外。

田文鏡生於康熙元年，二十二年出仕，任福建長樂縣縣丞；三十年左右任山西寧鄉知縣，四十四年陞任直錄易州知州。

按：據此，則田文鏡爲「佐雜出身」，所謂「風塵俗吏」，在正途出身的人看來，與胥吏無異；田文鏡當了二十多年的州縣官，必飽受歧視；後來之以「不容科甲」出名，其來有自。

康熙四十五年，內遷為吏部員外，升刑部郎中，轉監察御史，擢內閣侍讀學士。凡此皆為雍正在藩邸時的安排；田文鏡當初亦為雍親王門外，但雍正不肯承認。

雍正元年奉派告祭華嶽，覆命時面劾山西巡撫德音；德音因而去職。雍正元年九月，田文鏡奉派署理山西藩司。二年正月，調任河南藩司；同年八月署理河南巡撫；十一月真除。

雍正五年七月升任河南總督；並自正藍旗抬入正黃旗。六年五月，以「田文鏡自到河南，忠誠體國，公正廉明，豫省吏畏民懷，稱為樂土。山東吏治民風，宜加整飭，著田文鏡為河東總督。」七月十日加授太子太保。

雍正九年四月因病乞休，命來京調理；十月回河南，仍任河東總督。十年九月舊病復發，復請解任，得旨：「田文鏡著在任調攝，不必懇請辭退。」並命副總河孫國璽，協助田文鏡辦理總督事務。

十一月田文鏡復請，准予解任，十二月卒於河南；上遺疏復得旨：「田文鏡老成歷練，才守兼優，自簡任督撫以來，府庫不虧，倉儲充足，察吏安民，懲貪除暴，不避嫌怨，庶務具舉；封疆重寄，正資料理，前以衰病請解任調理，勉從其請，今聞溘逝，深為憫惜，應得卹典察例具奏。」賜祭葬，謚端肅，特命在河南省城建專祠，並入祀賢良祠。

但上諭中所謂「吏畏民懷」，只說對了一半，「吏畏」誠然有之；「民懷」則適得其反，在世宗崩後，便有人直陳河南百姓對田文鏡的感想。這是後話，暫且不提；此處先談他得寵的原因。照陳捷先教授的分析，共有五點：藩邸舊人；實心辦事；經驗豐富；操守廉潔；善迎上意。

以我的看法，最後一點是關鍵所在。

談到田文鏡之得寵，不能不提野史中所記載的「鄔先生」其人，據說鄔先生是「紹興師爺」，一天問田文鏡：「公欲爲名督撫耶？抑爲尋常督撫耶？」田文鏡答以「欲名」。鄔先生便提出一個條件：「須任我草一疏，疏中一字不能令公見。」田文鏡接受了；於是鄔先生草一密摺，嗚炮拜發，後來才知世宗欲除隆科多，苦於無人發難，而鄔先生投其所欲，乃使田文鏡大受寵信。野史所述，還有聽來似乎很離奇的情節，這是後來田鄔齟齬，鄔先生拂袖而去；自此，田文鏡上奏便常碰釘子，只好託人將鄔先生請回來。

鄔先生的條件是：每日須奉以五十兩的官寶一個，方始任事。田文鏡慨然許諾；聖眷乃復隆如初。後來這件事連世宗都知道了，曾在田文鏡請聖安的摺尾批示：「朕安。鄔先生安否？」這件事倒不是空穴來風，據先考證，據田文鏡自承：

臣兩任布政使，原無幕友，嗣蒙皇上天恩，畀臣巡撫重任，政務殷繁，必得一人檢查簿書；因有浙江人烏思道，係臣素所認識，聞伊覓食上蔡，臣隨延至臣署，……且臣所延之烏思道，不過令其查對文稿，核算錢穀而已。至於機密大事，以及進退人才，俱係臣親自裁決。

按：州縣幕友，向分錢穀、刑名兩路，皆有專職，向無相兼之例；何況巡撫衙門？烏思道如「核算錢穀」，就不會再管「查封文稿」；田文鏡是說了假話。捷先亦發現故宮博物院所藏田文鏡奏摺原件，前後字跡顯有不同；任巡撫後，「文字書法都清楚工整」，當出於烏思道之手。

更耐人尋味的是：雍正四年有一個摺子，世宗的硃批是：「此篇文字係出之自手耶？或請人代撰耶？何其辭之不達也。偶爾戲諭。」

田文鏡的密摺，有烏思道代筆，是大致可以確定的事實。可是世宗自己呢？他的硃批有沒有人代筆？實在亦很成疑問。照我的看法，亦是有的。這可以從情理上去判斷。

「雍正硃批諭旨」，刊行於雍正十年；御製自序中說：

內外臣已皆令其具摺奏事，以廣諮諏，其中確有可採者，即見諸施行；而介在兩可者，則或勅交部議；或密諭督撫酌奪奏聞；其應行指示開尋及戒勉懲儆者，則因彼之敷陳發朕之訓諭，每摺或手批數十言，或數百言，且有多至千言者，皆出一己之見，未敢言其必當，然而教人為善，戒人為非，示以安民察吏之方，訓以正德厚生之要，曉以福善禍淫之理，勉以存誠去偽之功，往復周詳，連篇累牘，其大指不過如是，亦既殫竭苦心矣。

此等奏摺，皆本人封達朕前，親自覽閱，親筆批發，一字一句皆出朕之心思，無一件假手於人，亦無一人贊襄於側，非如外廷宣布之諭旨，尚有閣臣等之撰擬也。

此一段本來是不必說的；但既然說了，我們亦不妨信其爲實。問題是，人的精力有限，他是否能夠負荷得下。且看他自己的陳述：

雍正六年以前，晝則延接廷臣，引見官弁，傍晚觀覽本章，燈下批閱奏摺，每至二鼓、三鼓，不覺稍倦，實六載如一日，此左右近侍及內直大臣所備知者。

世宗勤政，爲清朝諸帝之最，誠如所言，白天相當忙碌；但自傍晚至深夜，能不能處理得完那些奏摺，實在令人懷疑。

因爲直陳御前的密摺，都是機要大事；有些固然幾句話即可解決；有些卻非連篇累牘，說不清楚，譬如用兵、捕盜、河工、刑名等等，要說明其原委曲折，原摺有數千言之多者，而密摺以外，還有正式的題本，須參合來看；一晚上的工夫，能瞭解全部案情，研究透澈，已非易事，何況還要加上累千百言的批示？若說無人贊襄，是一件不可思議的事。問題是能夠代世宗批示密摺的是誰？照我的推測，應該是文覺。

「永憲錄」於雍正五年閏三月記魏廷珍獲咎事，附記文覺云：

廷珍字君弼，直隸景州，康熙癸己探花，精於算法，賦性骨鯁，屢遭訓飭而向用不衰。（雍正）十一年總督漕運時，上命國師文覺往南朝山，儀衛尊嚴等王公，所過地方，官員膜拜如弟子。至淮，督關年希竟首行此禮；大學士河督嵇曾筠，不得已從之。魏獨植立徜徉，且上疏言臣不能從佛法，上亦不之罪也。……文覺日侍宸扆，參密勿，上倚之如左右手。

是年臘七十，故有是舉，上深通禪旨，力闡宗風，從前弘覺等望重一時，皆聖心所不敢，因御製論說，曉示僧眾，凡名山古寺，皆內遣僧主之。十一年冬，詔華山主僧於次年入掌皇戒，集天下有學行僧考驗，與其選者以為榮。時華山佛宇天火災，敕江南督撫，不拘銀數，務復舊觀，自是三教殿廷，皆以鼎新。又令，凡廟宇山田，地方官清查，侵佔變賣者，許給半價贖回。

十三年冬，今上降諭，嚴飭僧人，其侍帷幄者皆放還山；文覺獨令沿途步行歸長洲，敕地方稽查管束，無致生事。傳聞隆、年之獄；阿、塞之死，皆文覺贊成，故聖心隱痛。

按：凡此世宗佞佛之事，「實錄」及「東華錄」皆不載，乃乾隆時所刪去。文覺既有「國師」之號，自應有詔書頒行天下，於今亦不可復見。「阿、塞」者指皇八子胤禩、皇九子胤禟，奉旨改名為阿其那、塞思黑，但並非豬、狗之意。

雍正十三年冬，已是乾隆即位以後；文覺在這年應該已七十二歲，罰他從江南步行回蘇州（蘇州府附郭三縣：吳、長洲、元和），以意度之，有深意在內；自「大義覺迷錄」刊行，宮廷骨肉之禍之慘，盡行暴露，大概當時都知道世宗疊興大獄，是受文覺蠱惑；兩年之前以國師身分往南朝山，用王公儀衛，寵逾常格，更為文覺曾建「殊勳」的明證，益使天下相信道路流言為不虛。乾隆罰其步行回南，當然亦是大新聞；前後榮辱不同，則榮有自來，辱亦有故，乾隆有在無形中為父補過之意，說來是很高明的手法。

如上所引，說文覺「日侍宸扆，參密勿，上倚之如左右手」云云，則代批硃諭，不是不可能之事。此外，我還可以提供一個證據，雍正八年夏秋之際，世宗曾生一場大病，此時硃批諭旨比較少，比較簡單，但並非件件如此，亦有案由複雜，批示至詳者，決非抱病之人所能為。於此，可以猜想到硃批諭旨作業的情況，即密摺先由文覺看過，摘要面奏，裁可復由文覺代批。非如此，不能出現世宗在病中猶有洋洋灑灑的長諭。

世宗不但佞佛，亦喜聞祥瑞。此亦為田文鏡迎合上意以致寵之一端。「永憲錄」於前引一條之下記：「河南總督田文鏡進瑞谷一莖十五穗，上嘉以忠成任事所感召。」有農業常識者都知道，如刻意培植這樣一莖「瑞谷」，並非難事。

「永憲錄」於此以譏刺的語氣記述：

文鏡每年必以休嘉入告。是年又奏路不拾遺，由是別省相效報聞。浙撫李衛復獻天生錦，言蠶吐絲而成；上謂必先畀其尺度，以蠶網絲，何謂天生？聖主明見如此。

此是世宗偶而識破作僞的伎倆。但基本上還是深信必有祥瑞；鄂爾泰亦常以此入奏，惟不如田文鏡之甚。在雍正五年這一年，花樣更多，正月初一便「恭報河清大慶」說：

豫省黃河，上自陝州，下至虞城縣，一千餘里，自雍正四年十二月初九日起漸漸澄清，至十六、十七等日，竟與湖淀清水無異。

據「東華錄」載，河道總督齊蘇勒、遭運總督張大有、副總河嵇曾筠等，亦分別奏報，「河水澄清二千里，期逾兩旬，爲從來未有之瑞。」康親王崇安因而奏請升殿受賀，似確有其事，世宗並特頒恩詔，大小官員，俱加一級。

但此外別無紀錄，時人詩文中未發現有此大好題目。「永憲錄」繫事於雍正四年十二月，復引明朝史事，含義極其深刻，其語如此：

黃河清在明正德至天啟凡六見，而萬曆四十八年八月十五日己時，臨鞏、蘭州之河流泛白，申刻澈底澄清，上下數十里，至十七日未時後方濁流。陝撫李起元以聞；論者謂此我朝開基之瑞云。

按：明朝自正德至天啓，國事敗壞，雖六見黃河清，亦復何用？而萬曆四十八年八月十五，則光宗甫接位半月；以福王生母鄭貴妃進美女四人，而於八月初十起得疾，至九月初一崩，在位僅得一月，竟未能改元。

後來因以萬曆四十八年八月以後，稱爲光宗泰昌元年。「論者以爲本朝開基之瑞」，則在明朝非惟不爲祥瑞，竟呈大凶的徵兆。

其實，田文鏡專以逢迎爲事，政績並不出色，此在雍正亦早就發覺，如九年二月時上諭：

上年山東有水患，河南亦有數縣被水，朕以田文鏡自能經理，未另遣員查賑。今聞祥符、封邱等州縣，有賣男女與山陝客商者；田文鏡近來年老多病、精神不及，為屬員欺誑，不能撫綏安插，而但禁其賣鬻子女，以避離散之名，是絕其生路也，豈為民父母者，所忍言乎？著刑部侍郎王國棟前往賑濟。

這是曲爲開脫。田文鏡此時其實無病，但上諭既有此暗示，不能不於四月間告病，詔命赴京養痾，但遷延久之，只七月間進京一行，旋即回任，始終還在河南。雍正十年正月底，世宗批田文鏡一摺云：

> 時當春令，虔求雨澤，濟農播種，斯為第一要務。近聞豫東兩省，吏治甚有不協；可傳諭岳濬，共相誡勗修省，更宜懲貪獎善，糾謬繩愆，以申明政教，訪民疾苦，料檢儲蓄，以先事預防，庶幾上格天心，化災為福。否則不亦有忝厥職，大負朕恩耶。

凡是遇到這種語氣，恩眷便在動搖了。所以田文鏡上疏竭力解釋並乞恩。所獲硃批是：

> 朕之聽聞，容或訛誤；上天監觀，豈有差忒？以卿在豫十年，統而計之，前數年之雨暘時若；近數年之水旱災荒，非明證歟？上天感應，分毫不爽於斯，不凜然敬畏，循省愆尤可乎？諒

卿居心，自應始終未渝，第恐精神減退於前，或被不肖屬員所斯蔽耳。百凡處加詳慎為之。

雍正察吏，以人禍必致天災；天災皆由人禍的法則來衡量。此中自有密切的因果關係，但所謂「上天監觀」、「上天感應」云云，在現在看，當然是不大科學的；而在當時，則臣下一聽世宗提到「上天」如何如何，內心無不恐懼，因爲接下來的就可能要遭「天譴」了。田文鏡最感苦惱的一件事是，境內既有「水旱災荒」，就不能再報祥瑞，失卻一種獻媚的工具，豈不糟糕？這一下，就眞的急病了。

眞的病了，卻又不敢報病，強自掙扎，希望出現一個豐收的年份，以蓋前愆。結果不負所望，眞是豐年。奏報得批：

覽奏，豫東秋成豐稔，河流順軌，蝗不為災，實出朕之望外，甚為欣慰。

乃至九月中再細報豐收詳數，說是「比往常大有之年，更爲倍獲。」硃批是：

以手加額覽焉，今歲直隸、豫、東三省秋成，實係望外之豐，乃上天非常嘉貺，大造洪恩，我君臣當愈加感戴，倍增敬畏也。

這是警告田文鏡，不可貪天之功；至此，田文鏡知道非去任不可了。

雍正十年十二月，田文鏡奏請解任，同月卒於任上；賜祭葬，謚端肅，特命在河南省成立專祠，並准入祀賢良祠。

至雍正十三年十一月，乾隆即位未幾時，戶部尚書史貽直奏稱：「河南開墾，捐輸累民，甚宜速罷，請特簡廉明公正大臣往撫綏查核。」得旨：

河南地方知田文鏡為巡撫總督以來，苛刻搜求，以嚴厲相尚；而屬員又復承其意旨，剝削成風，豫民重受其困。即如前年匿災不報，至於流離，蒙皇考嚴飭，遣官賑恤，始得安全，此中外所共知者。

乃王士俊接任河東，不能加意惠養，且擾亂紛更，以為幹濟，借開墾之虛名，而成累民之弊政，彼地方民風淳樸，竭蹶以從，罔敢或後，甚屬可嘉，然先後遭督臣之苛政，其情亦可憫矣。王士俊著解任來京候旨；並將此旨宣示豫民，咸使聞知。

此爲對河南百姓的安撫。又乾隆五年，有人奏請將田文鏡撤出賢良祠，上諭雖以此係「奉皇考允行，今若撤出，是翻前案」而未准，但明白宣示：

鄂爾泰、田文鏡、李衛皆皇考所最稱許者，其實田文鏡不及李衛；李衛不及鄂爾泰，而彼時三人素不相合，亦眾所共知也。

按：雍正好自詡知人之明，其實既不及其父、且不及其子。至於鄂、李、田三人素不相合，亦是雍正有意製造的矛盾；雍正上諭中屢次訓誡督撫應和衷共濟，乃是門面話，倘眞和衷共濟，必視爲相互勾結；此三人都懂雍正希望相互監視，各行其是的本意，所以積不相能。以現代的政治術語來說，謂之「單線領導」。這套伎倆後世惟李鴻章揣摩最深，淮軍將領、各不相下，即爲李鴻章所操縱，以防「合而謀我」。但到後來，仍是李鴻章自食惡果。此爲題外之語，表過不提。

田文鏡得寵的由來，說起來有些莫名其妙，據我的推測，大致如此：第一、田以雍邸舊人，在雍正奪正得位的過程中，曾出過大力，但此方面的史料，已盡皆泯滅，可能是在山西爲雍正作情報，皇八子、皇九子與皇十四子的交往情形，隨時都有密報；第二、田文鏡與文覺可能有密切關係，其中烏思道亦可能發生了特殊的作用；第三、田文鏡甘為鷹犬，雍正須整肅某人時，常指使田文鏡發難。

與田文鏡比較，李衛確是要比他高明得多。李衛亦是世宗居藩時所暗中賞識的人才之一。提起此人，筆者另有一份親切感；我知道李衛這個姓名，大概是在十二、三歲左右，有一次隨先父逛西湖，在岳墳上岸，此處有一座牌坊，司空見慣；那一次抬頭看坊額，始知「李衛」，官銜記得是浙江巡撫。

年長讀史，才知道他於雍正五年冬天，特授為「浙江總督管巡撫事」；總督本來只管軍務，所以軍興之際，遷設無常，但自康熙二十六年，三藩之變的善後事宜，全部結束，福建、浙江無分設兩督之必要，因而先裁浙江總督，繼命改福建總督為閩浙總督。及至雍正五年設浙江總督以授李衛，仍舊保留閩浙總督的名義，不倫不類，直到雍正八年始改稱福建總督；維持到乾隆三年，又復改回康熙二十六年的編制。

世宗好以爵祿為駕馭臣下的工具，因人設職之事，不一而定；雖口口聲聲「皇考遺規」，其實存著「朕即法度」的想法，有時並無制度可言。

李衛字又玠，徐州人，捐班出身，康熙五十六年授兵部員外，不久升戶部郎中；康熙六十一年外放直隸驛傳道，未幾聖祖賓天，世宗即位後，將李衛改為雲南驛監道，到任後謝恩摺云：

臣至愚極陋，蒙聖祖仁皇帝拔擢深恩，涓埃未報；更蒙皇上召見，特授今職。於雍正元年正月十二日恭請聖訓，跪聆之下，溫綸藹切，無微不燭。凡臣所欲陳之事，我皇上早已睿鑒，詳加訓誨，使天末微臣，有所遵守；且准臣越職謝恩，加以副使職銜，知遇之隆，知矣盡矣。臣惟有夙夜凜惕，竭蹶駑駘，矢志無欺，以仰副聖主擢用之至意。

由最後兩句，可知世宗擢用李衛，另有任務，而執行此任務，以「無欺」爲要，則爲世宗派赴邊陲作耳目，亦就可想而知了。

以下接敘到任後的情形：

臣於正月十九日出京，至五月十六日入雲南界之平彝縣，……二十二日臣至雲南省城，督撫設壇祈雨，臣先到總督衙門，密將面奉諭旨，傳與督臣高其倬，跪聆欽遵，感激涕零。又到巡撫衙門，亦遵將面奉諭旨，傳與撫臣楊名時，遂問皇上聖明所行之政，臣一一說知。

按：高其倬爲鑲黃旗漢軍，原籍遼陽。高家一門在漢軍中聲名卓著，其叔名天爵，官江西建昌知府，殉耿精忠作亂之難；天爵兩子，其位爲其倬堂兄，官至大學士；其佩爲其倬堂弟，以指畫知名於世。

高其倬康熙三十三年翰林，六十一年任廣西巡撫，世宗即位，擢升雲貴總督，是由於年羹堯的關係；他跟年羹堯是聯襟。此時世宗已對年羹堯大起戒心；或者說，一即位便有殺功臣之心，須預作部署，而安撫年羹堯的至親，即爲部署的步驟之一。李衛口傳密旨，即所以安撫高其倬，此由李衛奏報，高其倬「感激涕零」，可以想見一切。

當然，李衛被派到雲南，負有監督高其倬的任務；雍正二年，擢升藩司，兼管鹽政，雲南的人事財政，都掌握在他手裡，則不獨監視高其倬，亦可抑制其與年羹堯的聯絡。至雍正三年，年羹堯既敗；李衛的任務，完全達成，以與巡撫石禮唫不合，十月間調升爲浙江巡撫，先入覲，後赴任。

第二年春天始到杭州，密摺奏報：

抵杭州武林門，有署將軍鄂彌達，帶領副都統並八旗各官，同鹽臣謝賜履，織造孫文成，俱恭請聖安，至臣在京前後面奉諭旨，現在次第遵行，容俟確有見聞，查實看定，挨次奏覆。

其奉發跟隨年羹堯來浙之滿漢文武各官，共有二起，已遵照諭旨，發給咨文，令其彼此互解，勒限進京，業經起程。

由此可知，李衛升調浙撫，與年羹堯之貶爲杭州將軍，是世宗整套計劃中的一個重要部分。年羹堯隨時可殺，但殺了年羹堯，還要抄他的家，而年羹堯事先已多方寄頓財產，由於他跟李維鈞的關係密切，財產寄頓在浙江者甚多，特意調爲杭州將軍，則更是指點了一條寄頓的路子。

年羹堯當時還不以爲他會被殺，既調杭州將軍，則分寄各處的財產自必向浙江集中。那知這是世宗布下的陷阱，李衛在京「前後面奉諭旨」，無非如何搜查年羹堯隱匿的財產，所謂「查實看定」即指此而言。李衛在世宗眼中，是一頭聽話而管用的鷹犬；他的工作，一部分跟明朝的廠衛近似，在浙江巡撫任內，他除了協助專爲處理年羹堯一案而派到杭州，並接替繼年羹堯爲杭州將軍的鄂彌達以外，還經手過兩件大案。

第一件是查抄查嗣庭謀反大逆案。此案爲雍正朝有名的文字獄，相傳他放江西主考，出題「維民所止」，而「維止」二字乃雍正去頭之象，因罹鉅禍，此爲道聽塗說，不足爲信。「清詩紀事初編」卷七，敘此事較得眞相：

查嗣庭字潤木，號橫浦，嗣標弟，康熙四十五年進士，入翰林，官至禮部侍郎，雍正五年以怨望譏刺，死於獄中，仍戮屍梟示……詩凡匠不足存，且多壽詩及率爾酬應之作，論其工力視兩兄為遜。

按：查嗣庭兩兄，一爲查嗣璉字夏重，以牽涉於康熙中葉國喪之劇案中，被革去功名，乃改名愼行，字悔餘。號初白，於康熙四十二年復中進士。又一兄字德尹，著有查浦詩鈔。初白、查浦於詩皆有重名。

海寧州志文苑傳，謂嗣庭以隆科多薦得為內閣學士；又以蔡珽為禮部左侍郎……代皇子壽某云：「柳色花香正滿枝，宮庭長日愛追隨；韶華最是三春好，為近龍樓獻壽時。」皇子與所壽者，俱不知誰某。

按：此皇子若非皇八子胤禩，即皇子胤禟，此兩邸皆敬禮文士，如何義門即爲其上客。某則必爲隆科多；其時以后弟而爲領侍衛內大臣，故云「宮庭長日愛追隨」；生日當爲三月上半月，聖祖萬壽爲三月十八日，故云「爲近龍樓獻壽時」。

交通宮禁諸王，豈能免於雍正之時，而況曾為隆科多薦舉乎？乃知嗣庭殺身之禍在此。世傳嗣庭以試題遇害，嗣庭兩主鄉試……三題皆平正，……則所謂怨望譏刺，若維民所止為去雍正之頭，實齊東野語。

鄧文成所言，差近眞相，而猶未得其窾要。查嗣庭之被禍，實以由隆科多所薦，入値南書房爲雍正「述旨」；同時入値者尙有張廷玉，「大義覺迷錄」等皆出其手，竟以此配享太廟。而查嗣庭則薄世宗之所爲，不願作此等文字，且疑其洩密於隆科多，乃有滅門之禍。

查嗣庭之別有殺身之因，不關鄉試出題，可從前後兩個諭中，察出其矛盾，逮捕交三法司治罪的上諭，數其譏訕不敬的罪狀，爲之臚舉如下：

一、策題內「君猶腹心，臣猶股肱」，不稱元首，是不知臣上之尊。

二、在內廷之年，未進一言；海塘一事，令其條陳，而皆不可行，可知其於國家政事，從不關心。

三、日記康熙六十一年十一月十三日，則前書聖祖仁皇帝升遐大事，越數行即書其患病，曰：「腹疾大發，狼狽不可。」其悖禮不敬至於如此。

四、自雍正元年以後，凡遇朔聖朝會及朕親行祭奠之日，必書曰「大風」；不然則「狂風大作」；偶遇雨則書「大雨傾盆」；不然則「大冰雹」。其他譏刺時事、幸災樂禍之語甚多。

五、又於聖祖仁皇帝之用人行政，大肆訕謗：①以欽賜進士爲濫舉；②以戴名世之獲罪，爲文字之禍；③以趙晉之正法，爲因江南流傳對聯之所致；④以科場作弊之知縣方名正法爲冤抑；⑤以清書庶常復考漢書爲苛刻；⑥以庶常散館斥革爲畏途；⑦以多選庶常爲蔓艸；⑧以殿試不完卷黜革之進士爲非罪；⑨熱河偶然發水則書官員淹死八百人。

按：前四條皆欲加之罪；尤奇者日記爲個人生活的紀錄，據實而書，並不公開，無所謂敬與不敬。若謂遇皇帝賓天之日，連患病都不許，或雖患病，不得記個人病狀，以供日後查閱，世上豈有如此不講理之事？

至於謂譏訕聖祖的用人行政，亦可說是羅織入罪，試爲辨之：

一、欽賜進士非無因而至，必有人建議，故謂之「濫舉」。既言舉，可知所不滿者爲舉薦之人；並非聖祖。

二、戴名世之獲罪，自然是文字之禍；以文字得禍；禍起於文字，怎麼講皆無不通，何足爲罪？

三、趙晉與主試江南，以作弊正法。當時有「趙子龍一身是膽；左邱明雙眼無珠」之對，上聯謂趙晉公然納賄，了無顧忌；下聯謂副主考左必蕃不勝衡文之任。聖祖據此聯徹查，分別定罪，此正為重視民隱的表現，何得謂之譏訕。

四、方名，湖廣保康人，官山陽令時，派充鄉試房考，賄中鹽商程光金坐斬，捐銀贖罪。查嗣庭謂其「冤抑」，當有所知；或者正因其「冤抑」，故得捐銀贖死罪。

此外關於選庶吉士的各種議論，充其量亦只是批評制度上的缺失，談不到訕謗；與汪景祺「天子揮毫不值錢」之譏聖祖好以御筆賜臣下，豈可等量而觀？

今按：世宗在李衛奏報蒐查李維鈞財產的密摺之後，特作硃諭：

> 諭浙江將軍鄂密達、巡撫李衛知悉：
>
> 爾等接到諭旨，鄂密達立委副都統傅森，李衛選差可信屬官，一同星速馳至查嗣庭家，將所有一應字跡，並其抄錄書本，盡行蒐出，封固送部。搜查之時，即牆壁窟穴中，亦必詳檢無遺，倘致遺漏風聲，伊家得以預行藏匿，惟於爾等是問。

於此可知，世宗顯然在查嗣庭的日記中，發現線索，可能有秘密文件藏於家中；這個文件極可能是查嗣庭據實記載世宗奪位經過，打算流傳後世，以為信史，所以諭旨中有「牆壁窟穴中，亦必詳檢無遺」的指示。

據李衛十月二十五日奏報：「所有一切字跡、抄錄書本，以及往來書札筆錄、不論片紙零星，凡有可查者，盡數密加封固，遵旨解部。」結果可確信其無甚收獲，因爲同年十二月停浙江鄉會試上諭中只說：

查嗣庭日記於雍正年間事無甚詆毀，且有感恩戴德語，而極意謗訕者，皆聖祖仁皇帝已行之事。

此已在細擬李衛所呈自查家抄得的書籍文件以後，倘有所得，則別起一案，將興株連極眾之大獄。唯其無所得，所以在雍正五年五月定罪時，只能在查嗣庭的日記中大作文章。而眞正有關係的，只得兩句話：

繕寫上諭、即私誌以己為作；欽奉諭旨，敢私議以為難行。

私議以爲難行，自是日記中語。其時查嗣庭已死於獄中，是否爲世宗恐公開審訊時，查嗣庭或者會在供詞中透露出若干秘密，故殺之以滅口，就不得而知了。

查案處置甚苛，查嗣庭戮屍梟示，其子查雲秋後處決；子侄妻女皆充軍，則雖無實據，必有令世宗深惡之事。總之此案當以文字獄論。至於查嗣庭何以忽然獲罪，則世宗派之爲江西主考時，已暗中另派一人監察；此人即其副主考俞鴻圖。

按：主考出題如眞有大不妥之處，則副主考亦有匡正之責，故逮治查嗣庭的上諭，末有「副主考官俞鴻圖，若出題時曾經勸阻，則與伊無涉。」但雍正五年二月處置江西科場案內職官，俞鴻圖以「人尚老成，著革職，在編修上行走，三年無過，准其開復。」既有處分，可知其並未勸阻；既未勸阻，處分不應如是之輕。

雍正八年俞鴻圖開復，由編修進侍講；他的本職是洗馬，此缺最難陞轉，十年不動是常事，向有「一洗凡馬萬古空」之號，俞鴻圖開復任侍講，與洗馬同爲從五品，而出路較寬，未幾又放河南學政。照此經歷考查，乃不懲而獎，其故何在？由俞鴻圖之父俞兆晟的遭遇中，可以窺知端倪。

「永憲錄」雍天五年二月記俞鴻圖云：

> 鴻圖字麟一，浙江海鹽人，康熙壬辰進士。父兆晟號穎園，康熙丙戌傳臚，當罷江蘇學政

時，上令查其家產，因遨遊京師久，僅破屋數椽，得無過，尋補庶子。八年，進內閣學士，轉戶部左侍郎。鴻圖亦開復，進侍講，督學河南。

十二年，以妻與內弟作弊婪贓，總督王士俊劾之，上震怒，逮問籍沒；妻先自盡，幼子恐怖死，鴻圖伏誅。部議兆晟失察，嚴旨斥其以逢迎年羹堯進用，繼又縱子貪污，律斬監候。今上（按：指乾隆）登極，得赦罪復原官。

按：俞兆晟與直隸總督李維鈞爲兒女親家；而李維鈞與年羹堯關係極深。世宗處置年羹堯的手法，是用威脅利誘來迫使與年最親密的人，出賣年羹堯；李維鈞之疏劾年，而實有不盡；因爲他爲年羹堯隱匿的財產甚多，不免有「黑吃黑」的行爲，無法徹底坦白，以致終於抄家。

「永憲錄」記李維鈞云：

維鈞字餘山，浙江嘉興人，以丙子舉人、官至直隸守道，年羹堯薦為巡撫。兄陳常字時夏，癸未進士，矯飾清名，官至兩淮巡鹽御史，乃廣殖田園，多畜聲伎。其貌甚怪，俗呼為「正面蟒」，以面長麻而以剸也；及卒，貪婪敗露，罰及其子宗仁，維鈞陰奉權貴，陽為崛強，上優待日深，乃持兩端，操倒戈以自固，如參羹堯諸疏，致魏之耀於法；堂下面數其非，而其妻曾奉之為義父。諸多醜行，仍以黨惡營私致敗，可不為行險僥倖者戒哉。

按：魏之耀爲年羹堯家人。李維鈞爲年黨要角；而凡年黨，除極少數一二人如胡期恆，爲年羹堯所尊重外，其他在年皆視如廝養，是故李維鈞以直隸巡撫之尊，會收年羹堯家人之妻作義女。

李維鈞之任直撫爲年羹堯所保舉，雍正預備向年羹堯下手時，首先要拆散李維鈞跟他的關係。雍正二年十二月擢任李維鈞爲直督，先施恩惠，繼有硃諭：

近日年羹堯陳奏數事，朕甚疑其居心不純，大有舞智弄巧，潛蓄攬權之意。爾之獲蒙知遇，特由於朕之賞識拔擢，自初次召對時，見爾藹然有愛君之心，見諸詞色，所以用爾；自用之後，爾能盡心竭力，為國為民，毫不瞻顧，因而遂取重於朕，斯豈年羹堯所能為政耶？我君臣之間，若有一物問隔，二人皆減價矣！

按：雍正硃批諭旨中，如眞欣賞其人，每言何幸得此良臣；倘與臣下用平等相待的語意，如此處之「二人」云云，則下筆之先，便有機心。此諭首言恩出自上；以下更強烈暗示，年羹堯將獲罪，但李維鈞無須恐慌：

年羹堯既不能以李紱、田文鏡、諾岷等為禍，又焉能於爾作福？近有人奏爾饋送年羹堯禮物過厚；又覓二女子相贈之說，朕實不信，想斷無此事。但念卿事朕如此忠誠，與朕如此契合，凡有言何忍隱而不宣？至卿向日與年羹堯之交往，曾經奉有諭旨，朕亦不怪。

按：李紱廣西巡撫；諾岷山西巡撫，此二人與田文鏡爲年羹堯所惡，而世宗加以優容，明明示人以鼓勵反年之意。李紱後繼李維鈞爲直督，以處置胤禟過於操切，謀害之痕跡極顯以致失寵。

以下又指示李維鈞自處之道：

今年羹堯既見疑於朕，胡明白諭卿，以便與之疏淡，宜漸漸遠之，不必令伊知覺。年羹堯奏稱，俞兆晟在京招搖多事，頗不利於卿云云，此一節自當面諭俞兆晟轉以諭卿。

俞兆晟之招搖，必是以直督李維鈞的兒女親家自居；而李維鈞亦有包庇之實，此所以謂之

「不利於卿」。於此可知，俞兆晟必先已向世宗輸誠；而世宗不便形諸筆墨的話，係屬俞兆晟轉達。於此，我們可得一了解，世宗對俞兆晟的信任，遠過於對李維鈞。因爲俞兆晟已具有密使的資格了。

然則俞兆晟是如何取得世宗信任的呢？易言之，世宗是從那些地方看出來俞兆晟可以信任？這當然需要有具體的表現，僅僅口頭上效忠是不夠的。以目前所有的史料來看，李維鈞三摺劾年，即是俞兆晟「轉諭」的結果。

俞兆晟將他跟年羹堯、李維鈞的關係，交代得非常清楚；以後俞兆晟不符世宗的期待，是另一回事；至少，世宗在當時認爲俞兆晟是忠實的，此所以李維鈞獲罪，而俞兆晟則無事。

至於派俞鴻圖爲查嗣庭的副手，這一點可分兩方面來看，一是既有現成的鷹犬，何不利用？二是藉此試探俞兆晟，究竟肯不肯實心效力？我相信世宗的動機，出於前者。

查嗣庭的日記之被抄查，是突如其來之事；於此可以想像得到的是，俞鴻圖奉派的任務，就是一路上去偷看查嗣庭的日記，有所發現，秘密奏報，乃有查抄之旨。至於出題「維民所止」之說，另有來歷。

清稗類鈔「獄訟類」記：

或曰：查嘗著「維止錄」一書，取明亡，大廈已傾，得清維之而止也……查之「維止錄」，專記世宗宮廷曖昧事，籍沒時，其原稿進呈，有曾私錄其副，秘藏於家者，見其首頁云：「康熙六十一年某月日，天大雷雹以風，予適乞假在寓，忽聞上大行；皇四子已即位。奇哉」云云，亦可知其大凡矣。

又是書有跋，記查氏受禍，始末甚詳，其略云：查君書名震海內。而不輕為人書，琉璃廠賈人賄查侍者，竊其零縑賸墨出，輒得重價。世宗登極，有滿人某，欲得查書，賈人以委侍者，半年不能一紙；一日，查閉書室門，有所作，侍者穴隙窺之，則見其手一巨帙，秉筆疾書，梯而藏之屋樑，乃伺查出，竊以付賈人；賈人以獻滿人，遂被舉發。是夜三更，查方醉眠，圍而捕之，全家十三口，無一免者。

此記近乎齊東野語；但其中亦有可信者，即確有「維止錄」之著作，大致爲編年體的實錄，俞鴻圖所偵伺者即此。

綜上所述，我相信事實是如此：

一、查嗣庭確有「維止錄」這麼一部未完成的著作；或者說就是日記，於時事秉筆直書，毫無隱飾，目的是要爲後世留下若干眞實史料，或者到能翻案時，資爲撰述信史之用。

二、世宗因查嗣庭在諸王門下行走，且爲隆科多所結納，而又籠絡不成，乃具戒心。查嗣庭的秘密著述，世宗已有所聞，但無從證實；因而設計以俞鴻圖爲鷹犬，一路偵察。俞鴻圖籍隸浙江海鹽，密邇查嗣庭的老家海寧；正副主考同省籍，雖無明文禁止的規定，但爲罕見之事。世宗最講究這些防弊的細節，實無必要派俞鴻圖爲查嗣庭的副手；由此一端，可以推知世宗的用心。

三、俞鴻圖的偵察，獲有確實結果；世宗據以下令李衛查抄，硃諭中特別強調：搜查之時即牆壁窟穴中，亦必詳檢無遺。倘致透漏風聲，伊家得以預行藏匿，惟於爾等是問。」

四、李衛達成了任務，「維止錄」入於世宗之手；以故處置特嚴，可以看出對查嗣庭深惡痛絕。此案無所株連，故不必審訊；一審則必暴露眞相。查嗣庭斃於獄中，爲苛刑致死，或有意殺之滅口，斷然無疑；因欽命要犯，決不會瘐斃。

至於俞兆晟父子，一時不便酬功；但對俞鴻圖的處置，前文已作分析，可視之爲暫時調任；起復後，升侍講、旋放湖北學政，殆爲異數。湖北大省，人文薈萃之區，雖不必如直隸、江南，每以二品大員提督學政；但從五品放學政，實罕其例；因爲學政可以專摺奏事，在一省與將軍、巡撫的地位，差相彷彿，品級太低，則不相侔。

再談俞鴻圖之獲罪，平心而論，實不能謂世宗手段過酷，他的原則是逆取順守，凡是爲他個人盡了力，而得不次拔擢，此爲逆取；但既蒙殊恩，即應盡心盡力，勉副職稱。倘或驕恣不法，或有其他可應盡力而不盡力之處，懲罰亦必特嚴，說起來權利義務相等，猶如悖入悖出，不算不公平。不過，世宗當然會有藉此滅口的作用在內，那是毫無疑問的。

世宗的疑心病極重，他會用各種方法試驗他所信任的人；田文鏡大致早就被試出來了，官聲不好，但他的忠心決無問題，所以世宗加以保全，用老邁精力不濟的理由，准予解任，曲加優容，而田文鏡內不自安，未幾病歿。

事在雍正十年，倘如田文鏡不死，繼任者又非田文鏡所提拔而同樣刻薄的王士俊，或恐不免。相形之下，李衛的宦術，勝於田文鏡；「清人筆記」中記李衛取信專權之一事，可當「官場現形記」讀：

康熙末，各省錢糧多虧，世宗詔清查，天下震慴。李敏達（按：李衛之謚）公衛，總督浙江，聞之詣內幕問策；皆瞠不語。公曰：「不請朝臣來，天子不信；朝臣至而督撫無權，事敗矣！宜速繕一疏，極言浙省廢弛久，誠得內大臣督治甚善。但內臣初至，未得要領，因身任地方，需臣協理。」

疏成馳奏，即詐稱生日，開筵受賀，浙中七十二州縣，無不麕至此。公張燈陳百戲，止而觴之；召諸州縣至密室語曰：「清查使者至矣！汝庫虧絲毫勿欺我，我能救汝。否者，發露被誅勿我怨。」皆泣謝曰：「如公教。」歸皆核冊密呈；具無虧者具狀上。亡何奏下，許公協理；清查大臣戶部尚書彭維新來，先至江南，江南督撫不敢闌語，一聽彭所為。彭天資險盩、鈎考煩密，民吏不堪；州縣擬流斬監追者，無算。畢，到浙，氣驕甚。

按：「清史稿」及「清史列傳」，皆無彭維新傳。考其事在雍正六年年底；所遣者爲戶部左侍郎王璣；禮部右侍郎彭維新。七年二月，彭維新調吏右，便於其定罪之故。

此案之起，始於尹繼善之奏請清查江蘇積欠田賦。其時尹繼善以江蘇巡撫協辦河務；至清查大員一到，朝旨命尹繼善專辦河工，而以王璣署理蘇撫；五個月後，即七年七月，復命彭維新署理蘇撫。世宗作此安排，是爲了免得尹繼善爲難。

尹爲怡親王幕府，深得其力；而兩江總督范時繹爲勛臣之後，又在軟禁恂郡王時，出過大力，但才具甚短，世宗久思整頓，而苦於無人可以付託，迫不得已先命李衛得以越境捕盜；繼而命尹繼善協辦江南河務；最後想出這麼一個越俎代庖的辦法，爲范清理江南逋欠，用心甚苦。李衛之所以有「朝臣至而督撫無權」之語，即指王、彭署理蘇撫而言。

當王璣署理蘇撫時，彭維新赴浙江清查；且看李衛如何應付驕氣十足的「彭侍郎」：

公迎見，即持硃批示之曰：「朝廷許衛與聞，公勿如江南辦也。」彭氣沮，稍稍禮下於公；公置酒宴彭，半巡執杯嘆曰：「凡共事未有不爭者也。某性粗，好與人角，屢蒙上誨；今誓與公無爭而後可！但不知如何而後可以無爭？」彭曰：「分縣而辦如何？」公曰善：「呼侍者書州縣名若干，揉小紙如豆、髹盤盛，與彭起分拈之。暗有徽記，彭不知也，其虧者歸公，其無所虧者歸彭。

此爲實情，細節有不通處，既「揉小紙如豆」，如何辨識「徽記」，且倉卒之間，亦難逐一加上暗號。度當時情勢，必制鬮七十二個，盛於盤中，分爲兩份，請彭先選。彭所拈得三十六州縣既揭曉，則其餘歸李所辦，不必再看是何州何縣。其實兩分一樣，彭選任何一份，皆是此三十六州縣，此哄小兒之法，但運用適當，可辦大事；這就是李衛的宦術。

彭刻苦持較，手握算至胼起，卒無所得，而公密將贓罰閒款，鹽課贏餘，私攤抵矣。故使人問曰：「有虧否？何如？」彭曰：「無之。」彭問公，公佯為喜出意外者而應曰：「亦無有也。」遂兩人同奏，浙省無虧。世宗大悅，語人曰：「他人聞清查多憂愁，獨李衛敢張燈宴，彼教督有素，自信故也。」晉秩太子太保，賞賜無算；江南之人，望如天上。

李衛之固寵，確與此事大有關係。不久奏請陛見；在京時，其母病歿。丁憂本應開缺，特旨「在任守制，給假兩月料理伊母喪事。」李亦不辭，但回浙後，專摺瀝情，以兩月間葬母不及，懇請寬限；世宗溫諭相慰，一切優容。

李光地請在任守制，爲彭鵬嚴劾，幾至身敗名裂；而李衛卻得以安居督撫之位。兩李不同的遭遇，亦由於聖祖、世宗父子作風之不同。

李衛由寵而驕，始於此時。「永憲錄」合論田文鏡、李衛云：

衛字又玠，江南徐州人。丁酉捐授戶部員外，與同部郎中錢塘王璣、武進謝旻為上在藩邸所知，皆致大僚。文鏡亦侍上於藩邸，而與衛相水火。文鏡以苛刻繩屬員，己無子，婿專橫用事。且上禁賭博，則奏河南獨無；上勤賑恤，則報豐收，如蘭陽水旱八年，人民逃散，致婦女應有司追比，而匿不以聞。十年卒於官。今上登極，明詔罪其隱災不報，為害地方，幸伊早死，得全要領。

按：舊時婦女在司法上有若干豁免權，輕易不傳至公堂，如提出告訴，可遣親屬或僕人代理，稱為「抱告」；至於追賦，除非戶主刁蠻疲猾，屢追不到，有司不敢追比婦女，否則言官參劾，厥罪甚重。

「蘭陽水旱八年，人民逃散，婦女應有司追比」，竟無御史上聞，其時言路閉塞可知。以下論李衛云：

若衛，始以寬容和緩見稱，所劾虧空寥寥，蓋代為彌補，以免禍及身家。迨母喪留任，妄用益專，遂事苛虐，作威福，邏卒四佈，以興大獄。探聞江寧風鑒張某，許江都鹽商程漢瞻富貴；又薦其徒書，有代為安插語，遂指為逆謀，搜其旅邸，得歷相留驗底本，由是牽連五省之人。上令果親王密往案治，皆從寬典。

按：果親王名胤禮，聖祖第十七子。清朝王公派往直省按治大案之例極罕；此案之得從寬典，以有冤屈之處：

江蘇按察使馬世衍、總督中軍副將王英皆以代漢瞻營得罪；英憤懣暴卒於法堂。總督范時繹逮問，以勛臣後免死；漢瞻流徙，得贖罪留京師。

凡此情節，他處公私文書，無隻字提及。可疑者，寃屈如此，而李衛在此案後，寵任益專，則其中別有緣故，可信而知。

馬世衍本爲誠親王門下，又爲年黨，世宗「棄瑕錄用」，竟亦牽連此案；而於此案發作後不久，誠親王因在怡親王喪儀中，「面無哀戚之容」，而遭嚴譴，以後不明不白，死於幽所之中，則此案之底蘊，更堪玩味。至於啓禍之因，據「永憲錄」說，起於私憾：

> 緣漢瞻欲拜衛為門生，衛索銀二萬金，乃以二千金贄見時繹；時繹受之，遂因私憾啟大禍。十年，總督直隸，乾隆三年卒；謚敏達。

按：雍正十年，三寵臣榮枯之情不一；正月鄂爾泰入覲留京，由兵部尚書授保和殿大學士，入軍機，與張廷玉同爲世宗的左輔右弼，親貴皆須仰望此二人顏色；七月，李衛調署直督，八月即眞除；而田文鏡則於十月間憔悴以歿，身後猶得哀榮，若在乾隆朝，首領且不保，則還算是死得其所。

這一年，還有件饒有意義的事，即是刊頒「硃批諭旨」，公開了一部分秘密。考查當時世宗的心境，以爲奪位以來，一切烏煙瘴氣的現象，至此已完全廓清；人事部署，亦大致停當，朝中有張廷玉、鄂爾泰；近畿有李衛；而寶親王已堪當大任，他辛苦一生，至此可以稍享天家富貴了。聲色之奉，即始於此時。

世宗於雍正八年大病以後，逐漸耽溺於修煉及聲色，與明世宗頗爲相像。當時所寵者爲一劉貴人，內務府徵月之女；雍正十一年六月生皇六子弘瞻；劉貴人晉封爲謙嬪，封號「謙」字有警儆之意，當是戒其勿恃寵而驕，自招咎愆。

弘瞻至高宗即位，尚未命名，止稱之爲「圓明園阿哥」，生於圓明園；亦一直隨母住在圓明園。至於好修煉之術，則在雍正四、五年時，即已開始。世宗崩後的第三日，高宗即有驅逐方士之舉，「東華錄」載雍正十三年八月辛卯上諭：

命都統莽鵠立傳諭曰：皇考萬歲餘暇，聞外間爐火修煉之說，聖心深知其非，聊欲試觀其術，以為遊戲消閒之具，因將張太虛、王定乾等數人，置於西苑空閒之地，聖心視之與徘優人等耳，未曾聽其一言；未曾用其一藥，且深知為市井無賴之徒，最好造言生事。皇考向朕與親王面諭者屢矣。

按：此諭上半段，兩用「聖心」，則所言皆爲臆度之詞；實際上是思爲世宗遮掩失德，譬如「市井無賴之徒」居然入居深宮，置於左右，此成何說？由此可想見世宗耽溺之深。

方士修煉，所求者不過兩端，一是點金之術，此則早已證明爲虛妄，且天子富有四海，世宗又爲英主，必不事此。再是長生不老之藥。「長生不老」四字爲兩事，長生是長生，不老是不老；長生須不老始美，否則亦等於苟延殘喘，有何生趣？然則何謂不老？說得坦率些，就是性機能保持正常。

我在「明朝的皇帝」中，對此曾有詳細的介紹分析；清朝諸帝，只有世宗仍迷信此道。上諭中「未曾用其一藥」一語，可謂欲蓋彌彰。

今朕將伊等驅出，各回本籍。今莽鵠立傳旨宣諭，伊等平時不安本分，狂妄乖張，惑世欺民，有干法紀，久為皇考之所洞鑒，茲從寬驅逐，乃再造之恩。

何謂「再造之恩」，此即本應處死，特加赦免之意。然則張太虛、王定乾，犯何過失，致獲死罪？其故豈不可思。

何以有再造之恩，則於以下的警告中，可以想見：

若伊等因內廷行走數年，捏稱在大行皇帝御前一言一字，以及在外招搖煽惑，斷無不敗露之理；一經訪聞，定嚴行拿究，立即正法，決不寬貸。

原來世宗自翦除異己，「天下」大定，萬歲之暇，實多艷屑異聞，爲此輩逢迎而成；是故誅此輩將彰先帝的失德，不得已而寬宥。最後的嚴諭，乃告以獲宥之故……倘不理會，在外據實洩漏，則是自促其死。因此世宗之暴崩，相信與明末光宗的死因相似，即是以服用壯陽的興奮劑，導致高血壓及心臟病，以中風暴崩。

據「東華錄」，雍正十三年八月記事：

丁亥（二十一日），上不豫，仍照常辦事。戊子，上疾大漸，召莊親王胤祿、果親王胤禮；大學士鄂爾泰、張廷玉；領侍衛內大臣豐盛額、訥親；內大臣戶部尚書海望至寢宮前，大學士鄂爾泰、張廷玉恭捧上御親筆書密旨，命皇四子寶親王為皇太子，即皇帝位。少頃，皇太子傳旨，著莊親王胤祿、果親王胤禮、大學士鄂爾泰、張廷玉等輔政。

己丑子刻，上崩。

據此可知，在八月二十一日，世宗已有暈眩，手足發麻等高血壓的徵象；二十二日中風，延至是日午夜，即二十三日子時崩逝。既召親貴大臣，而未有口宣的末命，可知已噤不能言，是在昏迷的狀態中，既然如此，則在當時決不可能有「御筆親書密旨」，是則高宗之得位，又爲一疑案；後當詳談，此不贅。

世宗暴崩，世傳爲呂留良孫女呂四娘行刺殞命，身首異處。此爲必無此事，稍具史學常識，皆可決其爲妄；而傳聞中共擬發掘泰陵，以驗其事。不知經過如何？但倡此說及贊成此說者，皆爲妄人，則可斷言。

在傳說中，呂四娘是江湖八俠之一。所謂「八俠」，有眞有假；大師兄了因法師無考，但甘鳳池及周潯的名字，則見之於李衛的密摺；周潯且爲清朝畫龍第一手，見於「畫徵錄」。

其中甘鳳池在當時江湖上負重名；呂留良之獄既起，李衛奉旨搜捕，株連甚衆，甘鳳池亦爲李衛假借延請至總督衙門教習拳棒爲名，誘至杭州，此後下落即不明，料想已秘密處決。據李衛密奏，甘鳳池確有反清復明之志，隨身攜帶一本小冊，海內山川險要，關隘里程，記載詳明，但並無密謀起事的實際行動。

雍正朝的文字獄，大致皆與世宗個人有關，當年羹堯開府時，千金結客，視爲常事；有好些曾爲「年大將軍」食客的文士，雖未牽涉在年、隆大獄中，但讀書人一向重視國士待我、國士報之的原則，回想年羹堯當日相待之情；亦感於世宗殺功臣的手段過於殘酷，因而詩文中難免有爲年羹堯不平之意，此即構成大逆不道的罪名。

因爲如此，處理文字獄的原則，亦以是否有可以利用嫌犯，作爲洗刷辨解的工具而斷，有則寬免；無則誅戮及於子孫。最矯揉造作的是，呂留良案中的曾靜，投書岳鍾琪，舉岳武穆抗金兵的故事，勸岳鍾琪步武祖烈，舉兵反清；這是一折不扣的謀反大逆，非文字誘訕，圖一時之快，而實無造反之意者可比，而世宗居然加以寬免，所持的理由，眞可說是匪夷所思。

其諭怡親王等人之言如此：

> 朕之不行誅戮者，實有隱衷。上年曾靜之徒張熙，詭名投書與岳鍾琪；岳鍾琪倉卒之間，忿怒驚惶，不及籌算，即辦巡撫西琳、臯司碩色，坐於密室，將張熙嚴加根究，問其指使之人。張熙不肯供出真實姓名；旋即加刑訊，而張熙甘死不吐。岳鍾琪無可如何；越二、三日，百計曲誘，許以同謀，迎聘伊師，與之盟神設誓。張熙始將姓名，一一供出。
>
> 彼時岳鍾琪具奏前來，朕披覽之下，為之動容，岳鍾琪為國家發奸擿伏，假若朕身曾與人盟神設誓，則今日亦不得不委屈，以期無負前言。朕洞鑒岳鍾琪之心，若不視為一體，實所不忍。

這一層說法，自以爲體貼宛轉，用心仁厚，而眞正的原因是如下面所說：

況曾靜候僻處鄉村，為流言所惑，其捏造謗言之人，實係阿其那、塞思黑門下之凶徒太監等，因犯罪發遣廣西，心懷怨忿，造作惡語，一路流傳，今已得其確據；若非因曾靜之事，則謠言流佈，朕何由聞知？

孟心史分析世宗當時的心理，至爲精到；他說：

「雍正七年十月戊申，『東華錄』中有一長諭，凡千餘言，為曾靜案而發。曾靜服膺呂留良，內中國，外夷狄，思故明，仇滿族，而諭中曲宥曾靜，獨恨於阿其那、塞思黑。夫此二人，縱仇世宗，何至為種族相仇之禍首？」

僅讀「東華錄」，孰不懷疑？逮證以「大義覺迷錄」，乃知「東華錄」所存，僅其首尾，中間正是世宗私德，而以傳位一事，獨爲正確之秘密。世宗惟信其洩漏者爲相嫉之諸弟，而洩之於諸弟者即隆科多，故隆科多與諸弟皆獲重譴。始以為已消弭於肘腋之地；逮曾靜案發，而後知已通國流傳，故一見曾靜之所謂逆書，即確信非曾靜所能自造，窮追謠諑之本，必獲阿其那等線索而後已。

而又自以為濟之以雄辯，廣之以刊版，行之以官力，藉痒序為宣傳，與宣講聖諭廣訓等，為師儒之執掌，從此可以釋天下之疑，而明己之無此過咎，故心感曾靜之與以宣傳機會，心焉祖之。

按：「大義覺迷錄」共四卷，收世宗為曾靜案前後所頒為長諭，並有兩次「奉旨問曾靜」的問答全文六十七條，天子與罪犯變相的公庭對簿，為公文書別開生面。

孟心史云：「世宗惟欲以宣傳救事實，轉蹈言多必失之弊。孝子慈孫欲為補救，而筆舌之流播太廣，顧此失彼。」此言誠是。

「大義覺迷錄」原來普遍頒行各州縣，由學堂老師聚集生員講解。高宗即位後兩月，即依刑部尚書徐本所請，停止講解，收回原書；但瓜蔓離離，摘不勝摘。

孟心史作「清初三大疑案考實」，世祖出家及董小宛入宮案，未獲眞相；太后下嫁一事，亦語焉未詳；獨與世宗入承大統始末，考訂周詳，即因有「大義覺迷錄」流傳後世，史料豐富之故。

世宗於乾隆二年三月，葬於易州太平峪；是高其倬看的風水。

按：清朝帝皇陵寢共三處，一在盛京（沈陽），太祖稱福陵，太宗稱昭陵；一在遵化鳳台山，世祖稱孝陵，聖祖稱景陵；一即易州太平峪；世宗稱泰陵。此後諸帝即分葬鳳台山及太平峪，以京師爲中心，辨其方位。總稱東陵、西陵。

七、高宗——乾隆皇帝

高宗年號乾隆；皇帝做到乾隆，至矣，盡矣！古來帝王，自漢高祖至宣統，正統偏安共二百二十一人，乾隆創有十項紀錄；可稱「十最」：

一、福分最高。

二、年紀最長，壽至八十九歲。

三、在位最久，六十年皇帝，四年太上皇，共六十四年。

四、足跡最遠。

五、花錢最多。

六、身體最健康。

七、知識最廣泛。

八、著作最豐富。

九、本業（做皇帝）最在行。

十、身世最離奇。

高宗晚年自號「十全老人」，但身世隱痛，實爲缺憾。先從這一點談起。

兩百餘年來，民間相傳，高宗爲浙江海寧陳家之後。這是決不可能的事！且不說宗人府有一套嚴密的辨別宗室身分的制度，而就高宗出生的康熙五十年來說，世宗已有一子弘時；又，弘晝與高宗同歲而小，則後來封為裕妃的耿氏，此時亦已懷孕數月，安知其將來不生男兒，而必欲自陳家「掉包」？

然而高宗為海寧陳家之裔的傳說，自何而來？海寧人一直深信不疑，如查良鏞（金庸）寫武俠小說，即言之鑿鑿，煞有介事。細考其故，為四種情況附會而成：

第一、聖祖南巡，為閱河工，與國計民生有關；高宗南巡，「觀光」的成分多於一切，但巡幸重勞民生，自古為賢君所戒，所以高宗要借一個名目，說是看海塘。既看海塘，必至海寧；而在海寧，唯有陳家「安瀾園」堪以駐蹕。南巡必至海寧；至海寧必住陳家，此為誤會起因之一。

其次，海寧陳家正廳的匾額，題作「愛日堂」；而且是御筆。聖祖晚年常召大臣遊宴，有一次雅興忽發，對從眾大臣說道：「世家大族，都有堂名；你們自己報上來，我寫了賞你們。」工部尚書陳元龍口奏：「臣家堂名『愛日堂』。」（按：陳元龍有「愛日堂詩」二十八卷）聖祖即為書額以賜。「愛日」取「誰言寸草心，報得三春暉」詩意，有慕親之意；御筆而題此三字，彷彿自居為其家之後，此為誤會起因之二。

海寧南門有海神廟，雍正七年冬特發內帑所建，廟用琉璃瓦，規制同於王府，當地稱之為「廟宮」。故宮博物院院長將慰堂先生見告，海寧相傳，世宗患怔忡之症，每每夢見廢太子胤礽向之索命，因封之為海神，在海寧建廟，藉為安撫。高宗曾三次禮廟，禱祝甚虔，此為誤會起因之二。

高宗雖非海寧陳家之後，但生母確爲漢人，此爲誤會起因之四。高宗生母爲熱河行宮「避暑山莊」的宮女李氏，經我友蘇同炳兄考定不虛；正面的證據，當然不會有了，但反面的證據，仍很堅強。

除了蘇同炳兄指出高宗誕生之地，所謂「山莊都福之庭」即熱河行宮獅子嶺下，世宗的賜園「獅子園」中，殿閣環繞的「草房」以外，我亦發現世宗孝聖憲皇后鈕祜祿氏，並非高宗的生母其證據有二：

第一、依清會典規定，親王可請封側福晉四人，但以生有子女者爲限，世宗在潛邸時，側福晉僅二人，即後封貴妃的年羹堯之妹，及後封齊妃的李氏，皆曾生子。孝聖憲皇后出身滿洲八大貴族之一的鈕祜祿，父名凌柱，官四品典儀內大臣，如確於康熙五十年誕高宗，不應不封；且號爲「格格」，仍是「小姐」的身分。

第二、凡妃嬪以生子爲帝而被尊爲皇太后者，上尊號的冊文中，必有「誕育」皇帝的字樣，因爲這是她唯一當上了太后的原因，非彰明不可。細檢張采田所纂「清列朝后妃傳稿」，舉證如下：

世祖生母孝莊文皇后：順治八年八月大婚禮成，加上徽號冊文：「翼襄皇考，篤育眇躬。」

聖祖生母孝康章皇后：康熙元年十月上聖母尊號徽號冊文：「秉淑範而襄內治，化洽宮庭；誕眇躬而讚鴻圖，恩深顧復。」

世宗生母孝恭仁皇后：雍正元年八月上尊謚冊文：「荷生成於聖母，誕育眇躬；極尊養於慈闈，未酬厚載。」

但孝聖寧皇后，被尊爲皇太后的冊文中，卻無「誕育」的字樣；一一細檢，試看原文：

雍正十三年十二月上聖母尊號徽號冊文：「承皇考而贊襄內治，勸儉昭澣濯之風；鞠眇躬而備篤母儀，言動示詩書之教。」

乾隆十四年四月，以平金川加上徽號冊文：「承歡內殿，藐躬久荷恩勤；視膳璇宮，慈教常殷啟迪。」

按：以此冊文而觀，高宗幼時，不過交「格格」鈕祜祿氏帶領；連母子的名分，彼時亦未嘗有。

乾隆十五年八月，以冊立皇后、加上徽號冊文：「逮下寬慈，中外沐仁風之被；恩勤備至，生成荷鞠育之勞。」

乾隆十六年十一月，以皇太后萬壽，加上徽號冊文：「恩深鞠育，仰蒙顧復之勸；急切瞻依，宜備欽崇之典。」

此外尚多，而細檢只有同於養育的「鞠育」字樣，始終未見誕育二字。高宗最喜咬文嚼字；果爲孝聖寧皇后所出，而竟不用誕字，是誠何心？

此外還有一件深可玩味之事，就是高宗不薄包衣女子；不但不薄，且有意抬高包衣女子的身分。這亦有明證可舉；「清列朝后妃傳」稿下：

高宗孝儀純皇后，仁宗之母也。本姓魏，正黃旗包衣管領下人，族入滿洲、稱魏佳氏。

皇貴妃高佳氏，大學士高斌女……族與孝儀後，淑嘉皇貴妃母家，同出包衣，隸滿洲鑲黃旗。

皇貴妃金佳氏，滿洲正黃旗人……（通考：皇貴妃金氏，上駟院卿之保女，八旗士族通譜：

新達理、正黃旗包衣人……其孫三保，現任巡視長蘆鹽政）。

高宗三后、四皇貴妃、包衣女子占其三；且特諭在玉牒上，保留漢姓，此亦絕非偶然之事。又，高宗後宮，尚有忻貴妃戴佳氏、慶貴妃陸氏、惇妃汪氏、婉嬪陳佳氏、怡嬪柏氏、恭嬪林佳氏、芳嬪陳佳氏、儀嬪黃氏；妃嬪中漢人占一半以上，且多半爲包衣女子。此又何嘗是偶然之事？

測度高宗的內心，由於世宗在排斥胤禩時，動輒辱及其生母良妃衛氏，謂之「出身微賤」；因此，高宗在任何情況下，都不能彰其生母的苦節，一說破他亦是包衣女子所生，無異自我否定了繼統的資格。因爲有此身世上的缺憾，所以高宗即位之前，即有糾紛；當世宗暴崩時，鄂爾泰正以苗亂復起，其勢甚熾，不得不有引咎的表示，「清史稿」本傳：

（雍正）十三年，台拱苗復叛，上命設「辦理苗疆事務處」，以果親王（胤禮）、寶親王、和親王、鄂爾泰及大學士張廷玉等董其事，苗患日熾，焚掠黃平、施秉各地；鄂爾泰以從前佈置未協，引咎請罷斥，並削去伯爵。上曰：「國家賜命之恩，有功則受；無功則辭，古今通義。」允其請，予休沐，仍食俸；尋命留三等阿思哈尼哈番。

觀此可知，鄂爾泰正受處分，「解任養疾」，閉門思過之時。但「東華錄」卻如此記載：

雍正十三年乙卯八月丁亥，世宗不豫，時駕駐圓明園，上孝思純篤，與和親王弘晝，朝夕謹視。

戊子，世宗疾大漸，召莊親王胤祿、果親王胤禮；大學士鄂爾泰、張廷玉；領侍衛內大臣豐盛額、訥親；內大臣戶部侍郎海望入寢宮，受顧命。

己丑，世宗崩。上（按：指高宗）趨詣御榻前，捧足大慟，號哭仆地。王大臣哀請恭奉大行皇帝還宮，諸大臣等欽遵遺命，恭宣詔旨曰：「寶親王皇四子，秉性仁慈，居心孝友，聖祖仁皇帝於諸孫之中，最為鍾愛；撫養宮中，恩逾常格。雍正元年八月間，朕於乾清宮召諸王滿漢大臣入見，面諭以建儲一事，親書諭旨，加以密封，藏於乾清宮最高處，即立為皇太子之旨也。其仍封親王者，蓋令備位藩封，諳習政事，以增識見。今既遭大事，著繼朕登基，即皇帝位。」

上恭聽畢，感慟號哭良久。尋諭：「奉大行皇帝遺命，著莊親王、果親王、鄂爾泰、張廷玉輔政。」鄂爾泰因病解任調理，今既輔政，著復任。

此一段敘述，疑問多多；留下的漏洞，不下於聖祖「傳位於四阿哥」的「遺命」。茲先談「恭宣詔旨」。

按：「恭宣詔旨」之上，尚有「欽遵遺命」四字，則此詔旨，即是遺詔，為世宗崩後所宣。豈知遺命之後，復有遺命，即宣佈顧命大臣及鄂爾泰復任云云；由「尋諭」二字看，自是寶親王所宣；此時世宗已崩，寶親王又何從得「奉大行皇帝遺命」？此其一。

諸大臣「恭宣詔旨」，主要是解釋儲位早定，及只封皇四子為親王，不立為太子的緣故。以下忽著「今既遭大事」，全非大行皇帝的語氣，「大事」者，龍馭上賓也；既者已往也，且不言世宗謂己之崩稱「遭大事」的不通，著一「既」字則在大事已出之後，豈有人死復能言語之理？此其二。

按：當諸大臣受顧命時，寶親王不在御前，故驟聞繼位，「感慟號哭良久」；既然如此，世宗何以不親自面諭，以莊親王等四人輔政。此其三。

鄂爾泰因病解任，既召入宮受顧命，則應先有復任之諭，何以由嗣皇帝降諭？此其四。

短短一遺詔，即有四處毛病，可知其間大有內幕。而「清史稿」鄂爾泰傳，所敘與「東華錄」又有不同；鄂傳云：

世宗疾大漸，鄂爾泰仍以大學士與莊親王……同被顧命。鄂爾泰與廷玉，捧御筆密詔，命高宗為皇太子；俄皇太子傳旨，命鄂爾泰等輔政。

此則多出先立太子一重周折。而可怪者，「御筆密詔」何以不交莊親王宣佈，而由鄂、張傳旨？此中另有文章，亦是可想而知之事。

此外還有一大疑問，即是鄂爾泰究竟是否世宗所召？倘爲世宗親命宣召，則復任、輔政兩事」亦必親自口宣，不煩嗣皇帝奉遺命轉諭。按：當時用事者爲張廷玉，而張與鄂不和；若謂係張廷玉作主，召鄂爾泰入宮，與情理不符，因爲此時正喜鄂爾泰解任，張廷玉可獨成擁戴之大功，何必分功鄂爾泰？

於此可知清人筆記中，有一項記載是可信的；這項記載中說：鄂爾泰聞大事出，自城內策馬狂奔至圓明園；坐騎顚躓過甚，致兩股擦傷出血。至園後，留禁中七日不出，處分大事。

鄂爾泰爲甚麼一聞「大事出」，急奔禁中；爲甚麼留禁中七日始出；料理了一件甚麼重大事故？我可以斷言的是：皇帝繼承問題，出了異常嚴重的糾紛。這已不是假設，而是有堅強證據支持的事實。過去從無任何人談及此事，是因爲從沒有人發現高宗的身世確有問題，只將高宗出自海寧陳家的傳聞，視爲荒誕不經的齊東野語，殊不知有「空穴」始有「來風」。

清宮共有十大疑案，皆其來有自，而以高宗的身世及繼位的糾紛，最不可思議。不過，考證此事，已不如考證董小宛入宮封妃晉后那樣，從當時人的詩文中，爬梳出整個原委曲折，在細節上我只能作一推斷，而資以推斷的論據，是不容否定的。

首言世宗之崩，過程如此：

第一日：八月丁亥，上不豫，仍照常辦事。

第二日：戊子，大漸。

第三日：己丑，子刻，崩。

看起來是三天，實際上恐只不過二十四、五小時。第一日「上不豫，仍照常辦事」，應該是白天並無不豫，仍照常辦事；至晚上突然發病。甚麼病呢？是中風，卒然昏迷；急救無效；延至第二天晚上十一時以後（第三天的子刻）去世。

就因爲世宗的暴崩，是突然發作的中風，無一言半語之遺，所以才會有繼位的糾紛發生。於此，我先提一條線索，高宗實錄卷二，雍正十三年九月初十諭：

和親王向在宮內居住，今梓宮奉移之後，和親王福晉，可擇日暫移擷芳殿，俟和親王府第定議時，再行移居。

按：皇子成年，準備結婚之前，由宮內遷出，自立門戶，稱爲「分府」；如康熙時例，每一個皇子分府時，除宗人府覓適當房屋以外，另賜「錢糧二十三萬銀子」，以供備辦陳設之用。和親王弘晝成婚以後，何以始終居住宮內；甚至根本沒有分府的準備，其故何在？

合理的論斷是：世宗心目中雖早已預定以高宗接位，但在程序須另作一安排；所以表面上和親王亦有繼位的資格，因而仍住宮內。我還進一步發現，爲世宗列入繼位可能人選的，還有一個過氣的「東宮世子」弘晳。原來世宗在誅除異己時，迫於腹誹的清議，曾經強調，廢太子胤礽本無甚麼嚴重的失德，完全是大阿哥胤禔媒蘗，以致失歡於父；然後八阿哥胤禩妄起異心。意思是說，就算他奪位，亦非奪胤禩之應得。

其實，最初魘勝廢太子，出於胤禔與世宗的同謀；而由胤祥出面。胤禔被幽後，可能出賣了胤祥，所以世宗即位後，採取抑胤禔、揚胤礽的做法，封胤礽理郡王，爲他在朝陽門外田家莊另造府第。不讓他在京居住者，是怕八、九、十四阿哥的一派，仿明朝「奪門」的故事，擁胤礽即位；此爲當時唯一可對抗世宗的一條途徑；因而必須將他移出京外，而且在雍正二年即已去世，死因當然是絕大的疑問。

胤礽死後，世子弘晳襲爵，並於雍正六年晉封親王。我前面談過，世宗在那時得怔忡之症，常夢見胤礽向他索命，封爲潮神，爲之建廟，是許願乞饒的承諾之一；承諾之二，可能是善視弘皙。如其才可以勝任，將培植他繼位。所以，最初亦跟和親王弘晝一樣，住在宮內。

鄂爾泰與張廷玉，當然都深知世宗的心事；甚至世宗早就以皇四子弘曆相託。因此，當世宗於深夜在圓明園中風後，鄂爾泰料到儲位問題，必起嚴重糾紛；隨扈的張廷玉一個人處置不了這樣的大事，乃星夜策騎奔喪；「留禁中七日」，得使世宗如願以皇四子弘曆繼位。

料想當時弘晝與弘皙是聯合陣線，反對弘曆的唯一理由，便是「出身微賤」。相信鄂爾泰說服弘晝與弘皙讓步的理由是：

第一、弘曆出身雖不好，但自幼確蒙聖祖養在宮中，在聖祖一百多孫兒女中，親承祖父之教者，只有弘曆。

第二、弘曆的才技、體格，確能擔當大任；爲國擇君，亦應選弘曆。

第三、世宗親自爲弘曆嫡子命名爲永璉；以璉瑚之器相許，暗示儲位有歸，且爲公開的秘密。既然如此，應顧全世宗的威信，稍稍委屈。

這是就情理而言；以勢力而論，內則滿朝大臣，孰非世宗所提拔？當然要遵照世宗遺命，擁立弘曆；外則靖邊大將軍平郡王福彭手握重兵，他與弘曆是總角之交，一向親密，不論弘晝還是弘皙，能指揮得動嗎？

此中還有一個絕大關係的人物，就是莊親王胤祿。我以前談過胤祿與世宗父子的關係；爲了一清眉目，在此應作一扼要的提示：

胤祿爲聖祖第十六子，生母密妃王氏，蘇州人。聖祖晚年，閒課幼子；胤祿的天文、算學、火器（槍炮），皆爲聖祖所親授。其實高宗以生母微賤而稟賦穎異，聖祖既憐亦愛，育於宮中，交尚未封妃的密嬪撫養；並由胤祿將所學轉授高宗。

因此，世宗即位除了怡親王胤祥以外，兄弟中另一個被重用的，就是胤祿；特爲將他出繼爲太宗第五子承澤親王碩塞之子，改號莊親王的博果鐸之後，以便繼承莊邸的鉅額遺產。在這場繼位問題的糾紛中，莊親王胤祿以叔父的資格，所作的裁定是很有力的。

弘晝與弘皙，格於情理，屈於勢力，無從反抗，只能有條件地讓步。最後達成的協議，可從以後的各種事態及跡象中，窺知端倪。但須先明瞭爭執的情勢；這可分爲兩部分：第一部分是世宗的皇位，究應誰屬，此爲廢太子胤礽之子與世宗之子之爭；第二部分是，如果皇位屬於世宗，應由那一個世宗之子繼位，此爲高宗與弘晝之爭。

先言第二部分，是弘晝被淘汰，但所得可觀。「清史稿弘晝傳」吞吐有致；有些話相當費解，只有我略解謎底以後，才能體會出那些話的絃外之音：

和親王弘晝，世宗第五子，雍正十一年封和親王。十三年設苗疆事務處，命高宗與弘晝領其事；乾隆間頒議政。弘晝少驕抗，上每優容之。嘗監試八旗子弟於正大光明殿，日晡，弘晝請上退食，上未許。弘晝遽曰：「上疑吾買屬士子耶？」明日，弘晝入謝；上曰：「使昨答一語，汝虀粉矣！」待之如初。性復奢侈，世宗雍邸舊貲，上悉以賜之，故富於他王。好言喪禮，言人無百年不死者，奚諱為？常手訂喪儀，坐庭際，使家人祭奠哀泣，岸然飲啖以為樂。作明器，象鼎彝盤盂，置几榻側。三十年薨，予謚。

雍邸舊貲，悉以相賜，即是弘晝被淘汰出局報酬。所謂「少驕抗」而高宗「每優容之」，大致即爲世家大族嫡出之子視庶出兄弟的情況。雍正十一年，高宗與弘晝同日並封，稱號曰「寶」，暗示玉璽有歸；曰「和」，即爲告誡弘晝。監試八旗子弟時，弘晝所言，及高宗次日所答，皆有深意。

弘晝以爲高宗對之防範不少懈，疑心他買屬士子有不軌之圖。如當時高宗問他此語何意，即上諭中常用的「明白回奏」字樣，勢必追根到底，可能演變成爲像乾隆四年十月所發生的那場流產的宮廷政變的情況，弘晝將有覆門之禍。

至於不諱喪禮，在弘晝的想法，最倒楣的事，莫如做不成皇帝；既然如此，還有甚麼可忌諱的？此與人自營生壙的心情相同，完全是看透了緣故。但以親藩之尊，公然行此不吉之事，驚世駭俗，了無顧忌，此正是弘晝驕抗之性使然；而在他王，高宗必加嚴查，惟於弘晝不加聞問，此亦即所謂「每優容之」之一端。

上文中所說的一場「流產的宮廷政變」，此為清宮十大疑案之首，謂之首者，因為清史學家從未發生疑問過。史書記較，頗為詳細，何以未有人注意及此，實為一大怪事。茲先分段錄引乾隆四年十月己丑（十六日）上諭：

宗人府議奏：莊親王胤祿與弘晳、弘昇、弘昌、弘晈等結黨營私，往來詭秘，請將莊親王胤祿與弘晳、弘昇俱革去王爵，永遠圈禁；弘昌革去貝勒，弘普革去貝子，寧和革去公爵，弘晈革去王爵。

按：此上錄引自蔣氏「東華錄」，宗人府原奏，當有詳細事由；但因下有高宗長諭，敘明情由，故而略去，只提示所請處分。案中人除胤祿、弘晳外，其他諸人身分如下：

弘昇：聖祖第五子恆親王胤祺長子，康熙五十九年封世子。

弘昌：怡親王胤祥第一子，雍正元年封貝子；十三年晉貝勒。

弘普：胤祿長子，乾隆元年封貝子。
寧和：閒散宗室，弘祿以恩賞所得公爵，讓與寧和。
弘晈：怡親王胤祥第四子，雍正八年封寧郡王。
以下爲高宗長諭：

莊親王胤祿受皇考教養深恩，朕即位以來，又復加恩優待，特命總理事務，推心置腹，又賞親王雙俸，兼與額外世襲公爵，且畀以種種重大職位，俱在常格之外，此內外所共知者。乃王全無一毫實心為國效忠之處，惟務取悅於人，遇事模棱兩可，不肯擔承，惟恐於己稍有干涉，此則內外所可知者。

至其與弘晳、弘昇、弘昌、弘晈等私相交結，往來詭秘，朕上年即已聞知，冀其悔悟，漸次散解，不意至今仍然固結；據宗人府一一審出，請治結黨營私之罪，革去王爵並種種加恩之處，永遠圈禁，朕思王乃一庸碌之輩，若謂其胸有他念，此時尚可料其必無。

且伊並無才具，豈能有所作為，即或有之，豈能出朕範圍，此則不足介意者。但無知小人如弘晳、弘昇、弘昌、弘晈輩，見朕於王加恩優渥，群相趨奉，恐將來日甚一日，漸有尾大不掉之勢，彼時則不得不大加懲創，在王固難保全，而在朕亦無以對皇祖在天之靈矣。

此一段敘異謀之起及莊親王胤祿爲弘晳等人所包圍，與前文對看，有一明顯的矛盾，莊親王既爲一「庸碌之輩」，何以「加恩優待，特令總理事務，推心置腹」，既賞雙俸；復另封爵，則其爲收買胤祿，彰彰明甚。然則以九五之尊，何故須收買親藩？豈非絕大疑團？

弘晳及理密親王之子，皇祖時父子獲罪，將伊圈禁在家，我皇考御極，敕封郡王，晉封親王；朕復加恩厚待之，乃伊行止不端，浮躁乖張，於朕前毫無敬謹之意，惟以諂媚莊親王為事；且胸中自以為舊日東宮之嫡子，居心甚不可問。即如本年遇朕誕辰，伊欲進獻，何所不可，乃製鵝黃肩輿一乘以進，朕若不受，伊將留以自用矣。

論弘晳之罪狀，情事尤爲離奇。弘晳在御前毫無敬謹之意，而竟諂媚莊親王，則莊親王能爲其造福，豈不顯然？製鵝黃肩輿一事，意謂弘晳將代而爲帝；其尤爲常理所無者：

今事跡敗露，在宗人府聽審，仍復不知畏懼，抗不實供，此尤負恩之甚者。

至宗人府聽審猶復不知畏懼，則必有極堅強的憑藉；所恃者何，更可玩味。

弘昇乃無藉生事之徒，在皇考時先經獲罪圈禁，後蒙赦宥，予以自效之路，朕復加恩，用至都統，管理火器營事務，乃伊不知感恩悔過，但思暗中結黨，巧為鑽營，可謂怙惡不悛者矣。

弘昇之父恆親王胤祺，賦性簡靜平和，未捲入奪嫡糾紛，與他的同母弟胤禟，完全不同；弘昇實亦忠厚老實人，被「用至都統，管理火器營事務」，爲禁軍中的要角，而竟不知高宗視之爲可恃緩急的心腹，以致後來處分特重。

弘昌秉性愚蠢，向來不知率教，伊父怡親王奏請圈禁在家，後因伊父薨逝，蒙皇考降旨釋放，及朕即位之初，加封貝勒，冀其自新，乃伊私與莊親王胤祿、弘晳、弘昇等交結往來，不守本分，情罪甚屬可惡。

弘普受皇考及朕深恩，鄭於恆等，朕切望其砥礪有成，可為國家宣力，雖所行不謹，由伊父使然，然亦不能卓然自立矣。

弘皎乃毫無知識之人，其所行為甚屬鄙陋，伊之依附莊親王諸人者，不過飲食讌樂，以圖嬉戲而已。

以上是宣佈罪狀，以下爲處分：

莊親王從寬免革親王，仍管內務府事，其親王雙俸及議政大臣，理藩院尚書。俱著革退。至伊身所有職掌甚多，應去應留著自行請旨。將來或能痛改前愆，或仍相沿錮習，自難逃朕之洞鑒。

弘皙著革去親王，不必在高牆圈禁，仍准其鄭家莊居住，不許出城；其王爵如何承襲之處，著宗人府照便請旨辦理。

弘昇照宗人府議，永遠圈禁。

弘昌亦照所議，革去貝勒。

弘普著革去貝子，並管理鑾儀衛事。

寧和以獲罪之閒散宗室，因諂媚莊親王，王遂奏請與以恩賞伊所得之公爵；今既照宗人府議，將此公爵革退，則寧和在所當革，著詢問莊親王若願改令弘普承襲，則著以鎮國公管都統事；若仍欲令寧和承襲，則弘普專任都統之職。著王自應奏聞。

弘皎本應革退王爵，但此王爵係皇考特旨，令其永遠承襲者，著從寬仍留王號，伊之終身，永遠住俸，以觀後效。

此案至十二月間又有發展，有個宗室福寧出面告弘晳，聽信一個名叫安泰的人的邪術。安泰無考，想來亦是宗室；高宗命平郡王福彭及軍機大臣一等公訥親審問，據安泰供稱：「弘晳曾問過天下太平與否及皇上壽算如何？」宗人府擬罪，弘晳應「絞立決」——以絞刑處死，並即執行，稱爲「絞立死」。上諭從寬免死，拿交內務府在景山東果園永遠圈禁。其子仍留宗室，亦弘晳之弟襲封理郡王的弘㬙管束。

接著康親王巴爾圖等議奏，「弘晳大逆不道，乞正法以彰國憲」，上諭仍復寬減：

王大臣所奏甚是，弘晳情罪重大，理應即置重典，以彰國法，但朕念伊係皇祖聖祖仁皇帝之孫，若加以重刑，於心實有所不忍。雖弘晳不知思念皇祖，朕寧不思係皇祖乎？

從前阿其那（胤禩）、塞思黑（胤禟）居心大逆，干犯國法，然尚未如弘晳之擅敢仿照國制，設立會計、掌儀等司，是弘晳罪惡，較之阿其那輩，尤為重大。但阿其那、塞思黑尚屬小有才之人，若弘晳乃昏暴鄙陋，下愚無知之徒，伊從前所犯罪惡，俱已敗露，見於東菓園永遠圈禁，是亦與身死無異，凡稍有人心者，誰復將弘晳尚齒於人數乎？今既經王大臣如此奏請，則弘晳及伊子孫，未便仍留宗室，著宗人府照阿其那、塞思黑之子孫革去宗室，給與紅帶之例查議具奏。

這道上諭中所透露的情事，竟是不可思議！所謂「擅敢仿照國制、設立會計、掌儀等司」，很明顯地指出一個爲其他任何文書及私人紀述所不載的事實：弘晳已經設立內務府，準備接收皇位了！這個內務府雖說是「擅敢」，事實上是合法的；倘非合法設立，試問誰敢去當弘晳的「內務府大臣」及會計、掌儀等司的郎中、員外、主事？於此可知，其獲罪諸人爲弘昇等，已經由弘晳派了重要職司。

然則何以有如此稱奇之事？逆推世宗暴崩時，鄂爾泰、張廷玉輔助莊親王胤祿所達成的協議，有一點是可以確定的，即永璉不夭折，弘晳無皇位之分。而此協議雖由鄂爾泰等人所主持，實在爲世宗生前的意旨；此由高宗寬免弘晳時，推「皇祖」之心，而不及「皇考」可知。如言世宗，則高宗本身就是違父的不孝之子。

至於世宗當時對未來皇位繼承的順序，曾如何交待莊親王及鄂爾泰，張廷玉，作如何的安排，其細節已無可考。但高宗之能繼位，最大的、也可能是唯一的理由是，他的次子永璉，已爲世宗許爲璉瑚之器，可承宗廟。然則要讓永璉能當皇帝，就非讓永璉之父當皇帝不可。適與當年世宗說聖祖曾謂其第四子弘曆「福過於予」，至少也能當皇帝；即爲聖心默許世宗繼位的表示，在邏輯上是一樣的。

因此，到這裡非談永璉不可，永璉爲高宗第二子，孝賢皇后所出：孝賢皇后富察氏，雍正五年七月十八日嬪高宗，八年生子即爲永璉。十三年世宗崩，十二月諭禮部，奉皇太后懿旨，立嫡妃富察氏爲皇后。但當乾隆元年二月，禮部擬定立后典禮具奏時，得旨著於二十七個月後舉行，因此在乾隆二年十二月始正式冊立。此亦爲高宗當時皇位尚未穩固的旁證之一。

清制大喪百日服滿，從行三年心喪，一切典禮但照常舉行，如世宗孝敬憲皇后，即正式冊立於雍正元年十二月，在聖祖崩後一年，距世宗生母孝養恭仁皇后之崩，則僅七個月。高宗冊後，以漢人三年元喪通例二十七個月服滿後舉行，實有避免刺激廢太子一系的不得已苦衷在內。

永璉夭折於乾隆三年十月，年九歲；「東華錄」乾隆三年冬十月載：

辛卯（十二）日，上奉皇太后幸寧壽宮視皇次子永璉疾。是日，皇次子永璉薨，輟朝五日。同日諭：二阿哥永璉，乃皇后所生，朕之嫡子，為人聰明貴重，氣宇不凡，當日蒙我皇考，命（名）為永璉，隱然示以承宗器之意，朕御極以後，不即顯行冊立皇太子之禮者，蓋恐幼年志氣未定，恃貴驕矜；或左右諂媚逢迎，至於失德；甚且有窺伺動搖之者，是以於乾隆元年七月初二日，遵照皇考成式，親書密旨，召諸大臣面諭收藏於乾清宮正大光明匾之後。是永璉雖未行冊立之禮，朕已命為皇太子矣！今於本月十二日偶患寒疾，遂致不起，朕心深為悲悼。朕為天下主，豈肯因幼殤而傷懷抱，但永璉係朕嫡子，已定建儲之計，與眾子不同，一切典禮，著照皇太子儀注行。元年密藏匾內之諭旨，著取出，將此曉諭天下臣民知之。

回頭再看乾隆元年七月初二的上諭：

朕思宗社大計，莫如建儲一事，自古帝王即位，首先舉行，所以重國本，奠鴻基，朕即位已逾半載，未經降旨，非視此事為後圖，良以人心不古，往往有因建儲太早，以致別生事端，是以皇祖當日於建儲一事，大費苦心。

皇考御極之元年，聖心即默注朕躬，不肯宣佈中外，傳集諸王大臣九卿，特加訓諭，親書密旨收藏，此我皇考鑒古宜今，寶愛玉成之妙用也。

今皇子沖幼，雖若可緩，而國本攸繫，自以豫定為宜，再四思維，惟有循用皇考成式，親書密旨，照前收藏。此乃酌權劑經之道，將來皇子年齒漸長，識見擴充，志氣堅定，朕仍佈告天下，明正儲貳之位。朕之諄諄告諭，誠恐天下讀書泥古者，以不早建儲為疑，用是特為曉諭。今日朕親書密旨，著總理事務王大臣，親著宮中總太監，謹收藏於乾清宮正大光明匾額之後。

此諭與前引諭合觀，可以看出許多情理不通之處；指摘如下：

一、歷來建儲一事，所以重爲國本者，皆因帝已年高，若不早立儲位，設有不諱，則必發生爭立、擁立之禍；或者皇子已將成年，早建儲位，則有青宮官屬，可資輔導。高宗甫行繼位，年未三十；皇長子亦不過八、九歲，嫡子更僅七歲，何以亟亟於此？

二、聖祖第二次廢太子後，不再建儲，即因建儲後有種種流弊；因而世宗發明親書密旨藏於宮中最高之處；一旦賓天，顧命大臣發密旨遵行。基本上的用意，是要秘密，只須親近大臣知其事即可，不必大肆張揚；而高宗反其道行之，豈非大悖世宗當初之「妙用」？

三、世宗之「妙用」在於臣下無從揣測，孰將繼位，以避免「諂媚逢迎，窺伺動搖」的流弊。高宗乾隆元年七月之諭，口口聲聲「密旨」，其實一點不密，因爲此時只有三、四幼子；永璉既爲嫡出，且又聰明，則儲位之必歸永璉，可謂之盡人皆知。既然如此，則大肆張揚，等於明白宣告已立永璉爲太子，全失本意。

四、乾隆元年高宗方二十六歲，體魄壯健，其必多子，夫復何疑；永璉雖爲嫡出且「聰明貴重」；但皇后亦尚年輕，安知後來生子，必無賢於永璉者？何必爲此不急之圖，將來生子更賢，反難處置？

這一切情不通、理不順、庸人自擾式的措詞，唯一的作用是高宗要強調他是「太子之父」。我相信自乾隆元年七月初二那天起，高宗已決心不管發生了甚麼情況，他的皇帝都要做下去。

那道秘密建儲的詔諭，對四海臣民來說，是要突出他自己的形象；對可能繼承皇位的人而言，是一道通知：你可以死心了；皇帝不會有你的份兒了。

這個做法並不聰明，至少表示出他的皇位並不穩固，猶如世宗年號用雍正那樣，如果「雍」親王得位本無不「正」，何必特爲表而出之？「太子之父」本應是皇帝，亦不必特爲提醒；可知「乾」運本自不「隆」，故用希望語氣的年號「乾隆」。

於此，可得一假設，世宗藏在乾清宮正大光明的匾額後面的硃諭，已非當年的原件，可能在他得怔忡之症時，向冥冥中索命的廢太子作過許諾，將來傳位於弘晳，因而硃諭已經改換。

是否曾以永璉爲言，布朝暫時由寶親王弘曆接位，自所難知，但莊親王與鄂爾泰等調停時，必是以永璉作題目；說永璉是「眞命天子」，將來必能光大祖業，但要永璉能做皇帝，就必須先讓永璉之父能做皇帝，勸弘晳相忍爲國。

清朝本來自禮親王代善以來，就建立了一個以社稷爲重的禮讓的傳統。弘皙迫於情勢，無法力爭；爭亦不得，只好提出一個條件，既然是爲了永璉；則如永璉出了問題，永璉之父就不能再做皇帝。此所以永璉夭逝，弘皙便積極準備接收皇位，且已組織了內務府；所進一乘「鵝黃肩輿」即此「內務府」的「造辦處」所造。

回頭再看乾隆四年因宗人府議奏而下的上諭，許多費解的話，都可索解了：

第一、責莊親王「惟務取悅於人」，此人即弘皙，未來的皇帝；「遇事模稜兩可，不肯擔承，惟恐於己稍有干涉」，此即言弘皙組織內務府，準備接收皇位時，莊親王並未出面阻止；但亦不便公然支持，默許弘皙自行其是。

第二、責弘皙「於朕前毫無敬謹之意」，「且胸中自以爲舊日東宮之嫡子」，此言弘皙已以天子自居；「惟以諂媚莊親王爲事」，亦必然之理，因爲他之取得皇位，必須取得莊親王的支持。至於弘皙之進「鵝黃肩輿」一乘，實含有催促高宗退位之意；交宗人府審問，「仍復不知畏懼」，可知弘皙的立場相當堅強，可能握有高宗簽署的承諾書。

第三、「朕上年即已聞之」，證明永璉不死，並無此問題存在；永璉一死，弘皙才開始展開接收皇位的準備工作。「冀其悔悟，漸次散解」，則是高宗暗中做了疏通的工作；而「至今仍然固結」，則知疏通失敗。

這個疏通的工作，我相信高宗交付兩個人來做，一個是平郡王福彭；一個是「一等公吏部尚書協辦大學士」訥親；訥親此人爲高宗在繼位之前所培植的一名親信，「清史稿」本傳：

> 訥親，鈕祜祿氏，滿洲鑲藍旗人，額亦都曾孫，父尹德附見其父遏必隆傳。訥親其次子，雍正五年襲公爵，授散秩大臣；十年授鑾儀使；十一年十二月命在辦理軍機處行走。十三年，世宗疾大漸，訥親預顧命。
>
> 高宗即位，莊親王……輔政，號總理王大臣，授訥親鑲白旗滿洲都統，領侍衛內大臣，協辦總理事務。十二月，敕獎訥親勤慎，因推孝昭仁皇后外家恩，進一等公。乾隆元年遷鑲黃旗滿洲都統；二年遷兵部尚書。十一月，莊親王等請罷總理事務，訥親授軍機大臣，敘勞；三年二月領戶部三庫；九月卸協辦戶部……十二月遷吏部尚書，四年五月加太子太保。訥親貴戚勳舊，少侍禁近，受世宗知，以為可大用。迨高宗，恩眷尤厚。

按：所謂訥親「預顧命」言世宗大漸時，召莊親王等；此事前已談過，無非左右側近之臣，聞世宗遽然得疾，奔赴寢宮而已。訥親此時資格甚淺，無大作用可發揮；高宗因平郡王福彭於雍正十一年七月，出爲「定邊大將軍」，乃於是年十二月設法使訥親入軍機，作爲接替福彭在軍機處作耳目。至高宗即位，福彭尚未回京，乃重用訥親。乾隆四年五月加太子太保，應視之爲擔負疏通工作的一種酬勞。但此案仍然爆發，則訥親與福彭的任務，顯未達成。

訥親的情況及後來的遭遇，與烏爾塞頗爲相似；後面會談到，此暫不贅。回頭先談高宗即位以後的種種措施，可用一句話來概括：高宗初期最著重的一項工作，無非籠絡各方，收買人心。

這是爲甚麼？爲了他的根基不穩，必須運用各種手段來鞏固他的地位。自即位至十月底爲止，兩個多月之中，恩詔疊見，茲據蔣氏「東華錄」，試爲摘錄如下：

一、鄂爾泰、張廷玉配享太廟，繕入遺詔。

二、停止進貢，雖食物果品亦不許，三年以後，再行降旨。

三、和親王生母裕妃封貴妃。

四、賜莊親王胤祿，果親王胤禮永遠食雙俸；鄂爾泰、張廷玉世襲一等輕車部尉，後又改爲子爵。

五、各省民欠十年以上者，已於恩詔內蠲免，復降旨雍正十二年以前各省民欠一併寬免。江南積欠內官侵、吏蝕二項乃從民欠中分出者，亦照民欠例寬免。

六、文武官員因獲罪正議革職者，准予寬免。

七、以本年恩詔赦款甚多，奴僕告家主之案，不得援恩詔。嗣後遇有奴僕首告家主者，雖所告皆實，亦必將首告之奴僕，照例重治其罪。

八、詔勉節儉，自言供膳品味無所加增，衣服器用無所濫費，宮室苑囿無所改營。

九、諭王大臣等以治道，自謂賦性寬緩，惟所謂寬者如兵丁之宜存恤；百姓之宜惠保，非罪惡刑罰之可以赦縱，望諸大臣嚴明振作，以成寬猛相濟之功。

十、各省造報開墾畝數，務須樸實，不得絲毫假飾，以致加賦擾民。

十一、宗室覺羅因罪革退者，子孫分賜紅帶、紫帶，附載玉牒。

十二、旗務宜遵舊制，務從簡易。

十三、釋放圈禁宗室。

十四、起用廢員張楷、彭維新、俞兆晟、陸世倌等。

十五、嚴禁重複徵稅。

十六、地方公益事宜，殷實良民自願捐助者，許其親赴布政司具呈，不准地方官假借名義勒捐。

十七、命查開國軍功世職，准立嗣承襲。

十八、三阿哥弘時，仍收譜牒之內。

稍加檢索，已達十八條之多。對莊、果兩王，及鄂、張兩大學士的恩遇，自是酬庸擁立之功；蠲除種種苛政，則爲寬猛相濟之道，世宗爲政嚴，濟之以寬，與民休息，自爲正確的大政方針，亦是收買民心的上策。

其中最值得注意的是，嚴禁奴僕首告其主，此爲在領導階層中，獲致安定的要著；世宗師明朝廠衛的遺意，施行特務政治，亦就是恐怖政治，王公大臣不知何時爲其家奴或部屬所出賣，無不惴惴不安，甚至第一等的親信亦不能免於恐懼，如世宗鼓動李衛參劾爾泰之弟鄂爾奇即爲一例。因此，高宗之嚴禁奴僕首告其主，推廣其義即嚴禁以下犯上，此富貴有餘，但不知何日有不測之禍的王公大臣看，自是莫大的德政。

此爲高宗爭取領導階層支持的重要手段，所以不惜一反世宗之所爲，凡在雍正時代因奴僕部屬告密獲罪者，皆作寬大之處置，外則起復廢員；內則推恩宗藩，其中最值得注意的是釋放恂郡王胤禎及黜其子弘春。

先談胤禎，當雍正八年，世宗在經過一場大病，頗思追補前愆，曾擬釋放胤禎，以怡賢親王的事權，賦予胤禎，命大學士馬爾賽「德諭聖意」，而胤禎的答覆竟是：「殺馬爾賽力任事。」以致監禁如故。高宗即位後，曾擬釋放胤䄉及胤禎，命廷議具奏；此後即無下文。據金承藝教授在「胤禎：一個帝夢成空的皇子」一文中，引乾隆元年，朝鮮朝賀前一年冬至的正使李學、副使李德壽的報告說：

十四王胤禎被囚於雍正元年……新皇帝（指高宗）即位，諭王、大臣、宗人、九卿議寬宥。則皆言事關先朝，不可輕釋。上年十二月，皇帝特旨放之。十三年未受廩俸，一一計給。則王以為罪籍時廩、義不敢領。留分與八旗軍兵。而王之長子弘春，當雍正時，告王過失，雍正寵之，封以貝勒。皇帝特下旨明其不孝，削職牢囚，方議正律。人心皆悅服云。

金承藝又記高宗待胤禎云：

乾隆二年封胤禎為輔國公。十二年復封他為多羅貝勒。十三年再晉爵恂郡王；並時有賜賚。在聖祖眾多的皇子中，他是高宗唯一的親叔父，也許高宗很想對自己父親從他手中篡奪皇位的銜恨，期於不著痕跡中稍加彌補吧！

在世宗奪位一案中，高宗有爲父補過之志，是很顯然的，如殺曾靜，停止講解「大義覺迷錄」，都是很明智的做法；但如釋放胤禎等等舉動，則亦有籠絡之意在內；黜弘春則含意尤深。

按胤禎四子，長弘春、次弘明、次弘映、次弘暟。弘春小名白敦，雍正元年封貝子、二年

革;四年封鎭國公,六年晉貝子、九年晉貝勒、旋晉泰郡王、十二年八月降貝子,上諭:

弘春向來為人,尚屬小心謹慎,所以屢加恩眷,及晉封郡王以後,肆口輕佻,不顧行止,迥異從前,且所辦該旗事件,種種舛錯,著革去郡王,仍為貝子,照舊管理鑾儀衛衙門事務。

弘春曾管理正紅旗漢軍。而初封貝子,據說由訐告其父而得;故高宗釋放胤禎時有一諭云:

弘春蒙皇考聖慈,望其成立,晉封郡王,加恩優渥,此中外所共知者;乃伊秉性巧詐、愆過多端,於上年奉旨革去郡王,仍留貝子之職,冀其悔過自新。伊仍不知悛改,家庭之間,不教不友,其辦理旗下事務,始則紛更多事;後則因循推諉,種種不妥之處,深負皇考天恩,著革去貝子,不許出門。令宗人府將伊諸弟,侍領引見,候朕另降諭旨。

「不孝」爲弘春封爵的由來;而此時成爲革爵的罪狀。富貴如春夢,到頭來一場空,反落得幽禁在家,徒留不孝之名。高宗所爲,殊快人意,胤禎不便親手處置逆子,高宗爲之料理,其爲胤禎所感激,自不待言。而親藩中有胤禎支持,弘晳豈尚能有爲帝之望?永璉夭折後的種種舉動，可謂不識時務之至。

高宗即位之初，低估了他的能力，以致作出不識時務之事者甚多；以王士俊爲例，此人爲田文鏡一手所提拔，迂謬峻刻，亦復相似，高宗先以之內調，旋又外放四川巡撫，到任未幾，上一密摺，建議四條，第一條即犯忌諱；高宗在養心殿召總理事務王大臣及九卿面諭：

據王士俊第一條云：「近日條陳惟在翻駁前案。」甚至對眾揚言，「止須將世宗時事翻案，即係好條陳」之說，傳之天下，甚駭聽聞等語。

王士俊託名風氣如此，其實是他自己有此牢騷，指高宗在翻世宗的案。「三年無改」謂之孝；大行屍骨未寒，嗣皇已改弦易轍，如何能不辨？而且，這又不僅擔一不孝之名，眞是不足以嗣位繼統，適足以授弘晳以口實，高宗認爲問題嚴重，所以召王大臣九卿面諭；實際上等於與王士俊展開辯論；其言如此：

夫指群臣為翻案，即謂朕為翻案矣！此大悖天理之言也。從來為政之道，損益隨時，寬猛相濟。記曰：「張而不弛，文武勿能；弛而不張，文武不為，一張一弛，文武之道。」文武豈有意於張弛哉？亦曰推而行之，與民宜之耳，昔堯因四岳之言而用鯀；鯀治水九載，積用勿成；而舜而後殛鯀於羽山。當日用鯀者堯也；誅鯀者舜也，豈得謂舜翻堯之案乎？

按：高宗駕馭臣下，最善於借題恫嚇，此爲警告王士俊及前朝寵臣，意謂雖世宗所用之人，欲殺則殺，無所顧忌。以下接言寬猛相濟之道，如聖祖寬，故世宗嚴。

雍正九年、十年以來，人心已知法度，吏治已漸澄清，未始不敦崇寬間，相安樂易，見臣工或有奉行不善，失於苛刻者，每多救其流弊；寬免體卹之恩，時時下逮，是即十三載之中而劑酌盈虛，調適競緑，前後已非一轍矣。至朕纘承丕緒，泣奉遺詔，諭令向後政務應從寬者，悉從寬辦理。

按：所述世宗後數年用人行政，漸尚寬簡，亦爲實情。此外三條，所關不大，而僅此一條，已可嚴譴王士俊，「清史稿」本傳云：

解士俊任，逮下刑部，王大臣等會鞫，請用大不敬律，擬斬立決，命改監候。二年，釋為民，遣還里。六年，以爭佔甕安縣民羅氏墓地，縱僕毆民；民自經死，民子走京師叩閽，命副都御史仲永檀如貴州，會總督張廣泗鞫得實，論罪如律。二十一年卒。

論者謂王士俊「心險而術淺，其得譴宜哉」！心險術淺爲田文鏡的寫照，倘非早死，恐亦無好結果。

李衛歿於乾隆三年十月，謚敏達；五年，直督奏請入祀直隸名宦祠，得旨照准，並諭入祀賢良祠。由此看來，高宗對李衛亦是相當欣賞的；但到了他晚年，印象大爲改觀；「清史列傳」卷十三李衛傳：

（乾隆）四十五年三月諭曰：朕巡幸江浙，臨蒞杭州，見西湖花神廟所塑神像及後樓小像，牌字俱書「湖山神位」，其像雖有大小，面貌相彷；聞係李衛在浙時自塑此像，託名立廟，是以後樓並有正夫人及左右夫人像，甚為可異。李衛於督撫中，並非公正純臣，在浙江無甚功德於民間，其仰借皇考恩眷，頗多任性驕縱之處。設使此時尚在，猶當究治其愆，豈可令其託名立廟，永享祭祀？所有廟中原像，著該督撫撤毀，另塑湖神之像，以昭信祀。

這是四十年中，積聞李衛生平行事所得，深致不滿，故有此諭。

至於鄂爾泰及張廷玉的恩遇，亦迥非世宗初崩，擁立高宗時可以，張廷玉的遭遇，尤爲不堪，我在「柏臺故事」中，曾有比較詳細的記述。這裡要補充的是，張廷玉之晚遭屈辱，正因他瞭解世宗父子的秘密太多；而細推其故則有四：

第一、因爲瞭解世宗父子的秘密太多，高宗怕他回鄉以後洩露；高宗希望他終老京師，而張廷玉求去太亟。

第二、張廷玉自恃功高，不免有藐視高宗之意。

第三、高宗亦看不起張廷玉，覺得他是文覺一流人物。

第四、與鄂爾泰各樹羽翼，形成黨爭，爲高宗所厭。

最後一點，亦正是鄂爾泰被撤出賢良祠的原因；「清史列」傳鄂爾泰傳：

（乾隆）二十年，甘肅巡撫鄂昌與詩詞悖逆之胡中藻倡和事覺，革職治罪，諭曰：胡中藻係鄂爾泰門生，且與鄂昌敘門誼，則從前鄂爾泰標榜之私，適以釀成惡逆，其詩中譏言青蠅，供指張廷玉、張照二人。即張廷玉之用人，亦未必不以鄂爾泰為匪類也。鄂爾泰、張廷玉亦因遇皇考及朕之君，不能大有為耳！不然何事不可為哉？使鄂爾泰尚在，必將重治其罪，為大臣植黨者戒。著撤出賢良祠。

不過乾隆四十四年御製懷舊詩中，仍是褒多於貶；高宗之詩似通非通，別成一格，而於不通之處，每留史事眞相，懷鄂爾泰一詩，可資讀助，錄之如下：

業師祗三人，其三情問剖，皇考重英才，率命書房走：鄂將以閣臣，蔡法列卷九，胡顧劉梁任，邵戴來先後。其時學亦成，云師而實友，不足當絳帷，姓名玆舉偶。鄂其中巨擘，內外勸宣久，初政命總理，顧問備左右，具瞻鎮百僚，將美惠九有，好惡略失尚，性陰陽則否，遵詔命配享，旌善垂不朽。

此詩前半段，爲高宗自敘爲學師友，「率命書房走」以下四句，舉曾值南書房及上書房者十一人，鄂爲鄂爾泰、蔣爲蔣廷錫、蔡爲蔡世遠、法爲福敏（原名法敏，又名傳敏）、胡爲胡煕、顧似爲顧琮、劉爲劉統勳、梁爲梁詩正、任爲任蘭枝、邵似爲邵基，戴不詳。首言「業師祗三人」，指福敏、蔡世遠、朱軾，懷舊詩中皆稱之爲「先生」，福敏啓蒙；蔡世遠在南書房，無師之名，有師之實；而高宗最尊敬者爲朱軾。「懷舊詩」中，謂福敏「吾得學之基」，謂蔡世遠「吾得學之用」，獨謂朱軾「吾得學之體」。

在上舉十餘人中，高宗最得力的是劉統勳。當乾隆初政，鄂張兩家，門第鼎盛；門生舊部，結黨成群，雖無功高震主之盛，但施政必多掣肘；而訥親本爲高宗私人，後來亦漸有成爲權相之勢。高宗發覺情勢不妙，於乾隆六年，當劉統勳尚在守制時，即起復原官爲刑部侍郎；服闋到京，特授左都御史；原任劉吳龍到任甫一月，改調刑部。如此安排，即是便於劉統勳以御史台長的身分，得以建言。

不久，劉統勳上疏攻張廷玉及訥親。疏言：

大學士張廷玉歷事三朝，遭逢極盛，然晚節當慎，責備恆多。竊聞輿論動云：張姚二姓占半部縉紳，張氏登仕版者，有張廷璐等十九人，姚氏與張氏世婚，仕宦者與姚孔振等十人。二姓本桐城巨族，其得官或自科目薦舉；或起襲廕議敘，日增月益，今未能遽議裁汰，惟稍抑其遷除之路，使之戒滿引嫌，即所以保全而造就之也。請自今三年內，非特旨擢用，概停升轉。

其於訥親則云：

尚書公訥親，年未強仕，綜理吏、戶兩部，典宿衛，贊中樞，兼以出納王言，時蒙召對，屬官奔走恐後；同僚亦爭避其鋒。部中議覆事件，或輾轉駁詰，或過目不留；出一言而勢在必行，定一稿而限逾積日，殆非懷謙集益之道，請加訓示，俾知省改；其所司事，或量行裁減，免曠廢之虞。

按：訥親其時爲吏部尚書協辦大學士，以曾奉旨如大學士管部之例，協理戶部，故云「綜理吏、戶兩部」。所謂「典宿衛，贊中樞」，則訥親又爲領侍衛內大臣及軍機大臣。訥親以廉介自許，門無車馬之跡；大門外拴兩條大狗，越發令人不敢親近。所謂「官奔走恐後；同僚爭避其鋒」，亦高宗縱容所成。劉統勳說「時蒙召對」，猶是有保留的說法，事實上是訥親「獨對」，見趙雲崧「簷曝雜記」：

軍機大臣同進見，自傅文忠公始。上初年，惟訥親一人承旨，訥公能強記，而不甚通文義，每傳一旨令汪文端代擬；訥公惟恐不得當，輒令再撰，有屢易而仍用初稿者；一稿甫定；又傳一旨，改易亦如之，文端頗苦之，然不敢較之。

傅文忠指傅恆；汪文端則指汪由敦，出張廷玉之門；「清史稿」本傳：

由敦篤內行，記誦尤淹博，文章典重有體；內直幾三十年，以恭謹受上知。乾隆間，大臣初入直軍機處。上以日所製詩，用丹筆作草，或口授，令移錄，謂之詩片；久無誤，乃使撰擬諭旨。由敦能疆識，當上意：上出謁陵及巡幸，必從；入承旨，耳受心識，出即傳寫，不遺一字。其卒也，諭稱其老誠端恪，敏慎安詳，學問淵源，文辭雅正；並賦詩悼之。

此爲訥親被誅以後之事。金川平定，傅恆爲首揆，自陳不能多識，請令軍機大臣同進見，因而成例。在當時，訥親把持得很厲害；劉統勳一疏既上，自必大受排擠，因而高宗批答，預爲疏解。原諭云：

朕思張廷玉、訥親，若果擅作威福，劉統勳必不敢為此奏；今既有此奏，則二臣並無聲勢能箝制寮采可知，此國家之祥也。大臣任大責重，原不能免人指摘，聞過則喜，古人所尚。若有幾微芥蒂於胸臆間，則非大臣之度矣，大學士張廷玉，親族甚眾，因而登仕籍者亦多；今一經察議，人知謹飭，轉於廷玉有益。訥親為尚書，固不當模稜推諉，但治事或有未協；朕時加教誨，誡令勿自滿足，今見此奏，益當自勉。至職掌太多，如有可減，候朕裁定。

話雖如此，高宗對訥親及張廷玉，一時並無明顯的裁抑行動；此是高宗勝於世宗之處。世宗父子皆苦於朋黨，但世宗操之過急，以致破一朋黨，而另一朋黨成；高宗則漸次化解，一面破，一面立，破則屢次詔示，生殺予奪之權，皆操諸上，用一人非鄂爾泰、張廷玉所薦；黜一人非鄂爾泰、張廷玉所劾。

同時相機立威，鄂、張兩家子弟、門生、故舊，犯法者皆科以應得之罪；至乾隆十三年，乾綱大振，手段雖不免過苛，但權威畢竟徹底建立，此是後話，暫且不提。

立則培植自己的親信，而以防止黨援爲必守之戒。高宗親手培植的輔弼，自當以劉統勳爲首；他是山東諸城人，四川藩司劉棨之子，雍正二年翰林，先後值南書房、上書房，受知於高宗。乾隆六年復起後，除用兵準噶爾時，協辦陝甘總督，主持後勤以外，一直是做京官，官至東閣大學士；而以在刑部最久，三十年間，奉旨赴各省查案，幾於無歲無之。「清史稿」載其居官數事，足睹風範，其一云：

統勳歲出按事，如廣東，按糧驛道明福違禁折收；如雲南，按總督恆之、巡撫郭一裕假上貢抑屬吏賤值市金……皆論如律。其視楊橋漫工也，河吏以芻茭不給為辭，月餘事未集，統勳微行，見大小車載芻茭，凡數百輛，皆弛裝困臥；有泣者，問之，則主者索賄未遂，置而不收也。即令縛主之者，數其罪，將斬之；巡撫以下為固請，乃杖而荷校以徇。芻茭一夕收盡，逾月工遂竟。

按：其事在乾隆廿六年秋，河南祥符、楊橋等處，黃河漫溢；水退後修築堤防，兩月竟事，特旨嘉許。又一云：

方金川用兵，統勳屢議撤兵；及木果木軍發，上方駐熱河，統勳留京治事，天暑甚，以兼上書房總師傅，檢視諸皇子日課，廷寄急召。比入對，上曰：「昨軍報至，木果軍覆，溫福死綏；朕煩懣無計，用兵乎，抑撤兵乎？」統勳對曰：「日前兵可撤，今則斷不可撤。」復問誰可任者？統勳頓首曰：「臣料阿桂，必能料此事。」上曰：「朕正欲專任阿桂，特召卿決之。卿意與合，事必濟矣。」

按：其事在乾隆三十九年夏天；未半年，劉統勳即下世。「清史稿」本傳：

三十八年十一月卒。是日，夜漏盡，入朝至東華門外，輿微側，啟帷，則已瞑。上聞，遣尚書福隆安齎藥馳視，已無及。贈太傅，祀賢良祠，謚文正。上臨其喪，見其儉素，為之慟，回蹕至乾清門，流涕謂諸臣曰：「朕失一股肱。」既而曰：「如統勳，乃不愧真宰相。」

按：此時正阿桂、海蘭察用兵順利，捷報紛傳之際；無怪高宗之深慟。又：清朝大臣初歿即得謚文正者，劉統勳爲第一人；湯斌係乾隆元年追謚。

劉統勳雖爲乾隆朝第一名臣，但他的名氣反不如其子劉墉；墉字石庵，乾隆十六年的翰林，官至體仁閣大學士，歿於嘉慶九年，壽八十五，謚文清。未入軍機，相業無稱。劉石庵之享大名，以其爲一代書家；現存於世的眞蹟，類爲肉多骨少的顏字，但初入詞館時爲柔媚的趙體，以後體格屢變，歸於平淡，譽之者以爲「精華蘊蓄，勁氣內斂；殆如渾然太極，包羅萬有，莫測其高深。」

凡大老而擅書法者，必有代筆；爲劉石庵代筆者，據說是他的三個姨太太；錄前人筆記一則，以資談助：

文清平生書楹聯，常用紫毫筆，尤好用蠟箋高麗箋。官尚書時，判諾，輒畫十字；有司員仿為之，文清輒辨出，曰：「吾畫不可偽也。」然文清有三姬，皆能代之，可亂真，外人不能辨。晚年多代筆，其但署名「石庵」二字，及用長腳石庵印者，皆代筆，瑛夢禪亦其一也。或曾見其與三姬人論書家信，指陳筆法甚悉。

按：瑛夢禪名瑛寶，姓拜都氏，隸正白旗滿洲；協辦大學士永貴之子，山東巡撫伊江阿之弟。伊江阿爲和珅黨羽；嘉慶四年太上皇崩，伊江阿致函和珅，勸其節哀，而並無慰勸仁宗之語，仁宗震怒，適有浮收漕糧參案，因而革職。瑛寶家世貴盛，而隱居不仕，人品可知。書法酷似劉墉，又善指畫。

乾隆初年所重用的漢大臣，以先後而論，首爲劉統勳、汪由敦；但劉、汪均爲先朝所遺，高宗本人識拔的得力大臣，則首推劉綸，「清史稿」本傳：

劉綸，字音涵；江蘇武進人。少雋穎，六歲能綴文；長工為古文辭。乾隆元年，以廩生舉博學鴻詞，試第一。授編修，預修世宗實錄；遷侍講，進太常寺少卿；四遷，擢內閣學士。十二年，扈蹕木蘭；「春秋郊」、「大獵哨鹿」二賦，稱旨。十四年，直南書房，授禮部侍郎；調工部。十五年，命軍機處行走……二十八年，調戶部，協辦大學士，加太子太保。三十年，母憂歸。甫除喪，詔起吏部尚書，仍協辦大學士。三十六年，授文淵閣大學士，兼工部尚書。三十八年，卒；命皇子臨其喪，贈太子太傅，祀賢良祠，謚文定。

按：乾隆元年丙辰第二次舉鴻博，本出於雍正十一年上諭，歷時一年僅山西舉一人；直隸舉兩人。高宗即位，再詔督促，限一年內到京；乾隆元年九月試於保和殿，共兩場，首場賦詩論各一；二場制策兩道。應試者共一百七十六人，取一等五人，授編修，劉綸第一；杭世駿第五。二等十人，前五名授檢討，後五名授庶吉士；陳兆崙、齊召南皆二等中人。

「清史稿」劉綸傳，又敘其品學云：

綸性至孝，親喪三年，不御酒肉。直軍機處十年，與大學士劉統勳同輔政，有「南劉」、「東劉」之稱。器度端凝，不見有喜慍色；出入殿門，進止有恆處。自工部侍郎歸，買宅數楹；後服官二十年，未嘗益一椽半甓。衣履垢蔽，不改作；朝必盛服，曰：「不敢褻朝章也。」

侍朗王昶充軍機處章京，嘗嚴冬有急奏，具草，夜半詣綸；綸起，然燭操筆點定；寒甚，呼家人具酒脯，而廚傳已空，僅得白棗十數枚侑酒，其清儉類此。校士尤矜慎，嘗曰：「衡文始難在取，繼難在去；文佳劣相近，一去取間，於我甚易，獨不為士子計乎？」較量分寸，輒至夜分不倦。為文法六朝，根抵漢、魏；於詩，喜明高啟，謂能入唐人門閫。

乾隆初年，勵精圖治；仕途風氣，亦猶沿世宗遺規，以廉隅簡肅相尚；趙翼「簷曝雜記」所誌，足窺實況：

往時軍機大臣，罕有與督撫外吏相接者。前輩嘗言，張文和公在雍正年間，最承寵眷，然門無竿牘；餽禮有過百金者，輒卻之。訥親當今上初年，亦最蒙眷遇，然其人雖苛刻，而門庭峻絕，無有能干以私者。余入軍機，已不及見二公；時傅文忠（恆）為首揆，頗和易近情矣，然外吏莫能登其門，督撫皆平交，不恃為奧援也。余在汪文端第，凡書牘多為作答；見湖撫陳文榮伴函不過撞錦二端；閩撫潘敏惠為公同年，餽節亦不過葛紗而已。

至軍機司員，更無有過而問者，閩督楊某被劾入京，人各送幣毳數事，值三十餘金，顧北墅雲入直，詫為異事，謂生平未嘗見此重餽也。王漱田日杏所識外吏稍多，扈從南巡途次，間有贈遺，剩百餘金，過端午節，充然有餘輒沾沾誇於同列，是時風氣如此。

按：汪文端指汪由敦；是時趙翼為汪家西席，後以內閣中書考入軍機。湖撫陳文恭謂湖南巡撫陳宏謀；閩撫潘敏惠則潘思榘；閩督楊某謂楊應琚，皆乾隆二十年前後督撫。至乾隆三十年後，風氣漸壞，至和珅當政，尤不堪問；而風氣之壞，由高宗所導。此當在後文併南巡一起來談。

總之政治哲學上「權力就是腐化；絕對的權力就是絕對的腐化」的說法，用之於高宗，是再貼切不過。

按：「二劉」媲美明初的「三楊」，劉統勳山東人，為「東劉」；劉綸江南人，為「南劉」。二劉以外，乾隆前期，漢大臣中有數人無赫赫之名，但對他的幫助極大；次第作一簡介。一個是孫嘉淦；「清史稿」本傳：

孫嘉淦，字錫公，山西興縣人。嘉淦故家貧，耕且讀。康熙五十二年成進士，改庶吉士，授檢討。世宗初即位，命諸臣皆得上封事；嘉淦上疏陳三事：請親骨肉，停捐納，罷西兵。上召諸大臣示之，且曰：「翰林院乃容此狂生耶？」大學士朱軾侍，徐對曰：「嘉淦誠狂，然臣服其膽。」上良久笑曰：「朕亦且服其膽！」擢國子監司業。四年，遷祭酒，命在南書房行走。六年正月，署順天府府尹；丁父憂，服未闋，召還京，仍授府尹；進工部侍郎，仍兼府尹、祭酒。十年，調刑部侍郎；尋兼署吏部侍郎。

世宗能容孫嘉淦，自是英主之所爲。而孫嘉淦自此以「戇」聞名，戇而能直；直而能實，所以可貴。高宗即位時，孫嘉淦方署河東鹽政，特以內召，授左都御史；後遷刑尚兼管國子監。李衛歿於任上，以孫繼直督；又調鄂督，頗具政聲。居官自立八約爲戒：

一、事君篤而不顯。
二、與人共而不驕。
三、勢避其所爭。
四、功藏於無名。
五、事止於能去。
六、言刪其無用。
七、以守獨避人。
八、以清費廉取。

此八約在孫嘉淦大致都能作到，「勢避其所爭」、「事止於能去」兩語尤有味，足見孫嘉淦雖戇而非書呆，是不好唱高調，亦非固執不化，而爲講求實際效益之人。

第二個是梁詩正；「清史稿」本傳：

梁詩正，字養仲，浙江錢塘人。雍正八年進士及第，授編修；累遷侍講學士。十三年，以母憂歸。高宗即位，召南書房行走。乾隆三年，補侍讀學士；累遷戶部侍郎。詩正疏言：八旗除各省駐防與近京五百里俱聽屯種，餘並隨旗駐京。皇上為旗人資生計者，委曲備至，而旗人仍不免窮乏；蓋生齒日繁，若不使自為養，而常欲官養之，勢有不能。

臣謂非屯田不可；今內地無閒田，興盛二京，膏腴未盡闢。世宗時，欲令黑龍江、寧古塔等處，分駐旗人耕種，已有成議，未及舉行。今不早為之所，數百年後，旗戶十倍於今，以有數之錢糧，贍無窮之生齒：使取給於額餉之內，則兵弁之關支，不足供閒散之坐食；使取給於額餉之外，則民賦不能加，國用不能缺，戶口日繁，待食者眾，無餘財給之，京師亦無餘地處之，惟有酌派戶口，散列邊屯，使世享耕牧之利；以時講武，亦以實邊。

又論綠營兵額云：

諸行省綠營馬步兵餉，較康熙年間漸增至五、六百萬。在各標營鎮協，每處浮數十百名，不覺其多；在朝廷合計兵餉，則冗額歲不下數十百萬。各省錢糧大半留充兵餉，其不敷者，鄰省協撥，而解部之項日少。向來各營多空糧，自雍正元年清查，此弊盡除。是近年兵額，但依舊制，已比前有虛實之別；況直省要害之地，多滿洲駐防，與各標營鎮協，聲勢聯絡，其增設兵額，可以裁汰者，宜令酌定數目，遇開除空缺，即停止募補；庶將來營制漸有節省，而見在兵丁，無苦裁汰。

按：此以明朝衞所制度爲鑒，深謀遠慮，言之甚切；其時明史已經告成，高宗好學，深知梁詩正言之有物，以原疏交內閣議復。八旗親貴，憚於更張；鄂爾泰、張廷玉等亦不願得罪旗人，所以綠營裁兵，以及節減可緩工程，議得很切實，而「將八旗閒散人丁分置邊屯之處，無庸議」，理由有三：

與、盛二京產人蓡（此「蓡」字為清朝的制式，上諭均用「蓡」，不用「參」），怕人不耕種而去掘蓡，其一。黑龍江水土迥異，在京旗人無法與本地人同樣耕作，倘或歉收，難以接濟。其二。奉天無曠土可耕；其三。

「奉天無曠土可耕」，顯而易見是胡說。高宗那時對臣下還比較客氣，並未指斥，只命「大學士查郎阿、侍郎阿裡袞前往奉天一帶，相度地勢，再行定議。」

三個月後，查、阿合疏覆命，指出吉林烏拉東北、西南；黑龍江齊齊哈爾東南呼蘭地方等處，五穀皆宜，林木可採。於是又下王大臣議，至七年五月方始定議，移滿兵一千名至吉林附近屯墾，俟著有成效，由近及遠，漸次舉行。這完全是敷衍「皇上」的面子；旗人並不能像「下關東」的漢人那樣肯吃苦，以至到清朝末年還在談旗人的生計問題。

但即就整頓綠營一事，已在財政上收到相當的效果。梁詩正自乾隆四年當戶部侍郎；十年升尚書，以迄十四年調兵尚，掌度支計十年之久，國庫每年可餘銀兩百餘萬，而居恆有不足之感，怕水旱刀兵的臨時支出，無以應付，爲致乾隆全盛的功臣之一。而高宗只以詞臣看待，未免抹煞了梁詩正的功勞。

按：雍正八年會試，取中三百九十九人，爲進士中額的極限，清朝自順治三年開科至光緒三十年廢科舉，恩正各科總計一百一十二，會試中額從未超過四百名。

雍正八年寅戌正科，浙江人大放異采，三鼎甲盡歸浙江，狀元周澍，探花梁詩正，杭州人；榜眼沈昌宇，嘉興人。入詞林者總數五十五；浙江得十五人，占四分之一以上。所以然者，雍正五年丁未，因查嗣庭、汪景祺兩案，世宗認爲浙江士風澆薄，罰停會試；八年仍許參加，則以兩科舉人，併力搏擊，得人自盛；而梁詩正的探花，得來不易，亦可想見。至於高宗以詞臣視梁詩正，或許因爲其中有一段佳話之故。

雍正間錢塘梁文莊公入直上書房，獲侍高宗皇帝暨誠、和兩親王講讀，以舊學受知遇，迴翔館閣，平陟台衡，恩禮哀榮，曠絕寮寀。公晚年自言：嘗為高宗作擘窠大字，適憲皇帝駕至，諸臣鵠立以竢；憲皇帝命竟其書，以墨漬袍袖，復令高宗曳之。今藏此衣三十年，他時服以就木，庶存殤志君恩也。後公子孫如其言。

按：梁詩正長子名同書，字山舟，官至翰林院侍讀學士，爲乾嘉年間有名的書家：「清朝野史大觀」記云：

梁山舟學士書法，名播中外。論者謂劉文清樸而少姿；王夢樓艷而無骨；翁覃溪臨摹三唐，面目僅存；汪時齋謹守家風，典型猶在；惟梁兼數人之長，出入蘇米，筆力縱橫，如天馬行空，汪文端、張文敏後一人而已。

梁同書與劉墉（石庵）；翁方綱（覃溪）；王文治（夢樓）爲當時所謂「三個半書家」，梁爲之首，而王則屬於半個。汪文端謂汪由敦；張文敏謂張照。汪時齋名承霈，爲汪由敦之子，亦善書。

梁詩正是爲人所稱道者，在一清字；清廉已不易，虎脂不潤，尤爲難得。梁爲侍郎時，已在戶部當家，而從未利用特權；清人筆記中述梁一事，頗足見其爲人：

台州侯元經嘉繙才士也，詞賦敏贍，屢困場屋，年五十官江左縣丞，解餉戶部，為庫吏需索，不即予批回，侯大窘。時梁文莊公為侍郎，見侯名曰：「夷門也！」顧司官謂某尚書祭文，諸君謙讓不作，盍以屬之。即傳至戶部後堂，授筆札；不移晷成駢體，極壯麗。某司官復進曰：「此堂官祭文；諸曹司尚需一首，亦以相屬。」侯磨墨濡筆，復成四言韻文。此何足盡夷門才？而一時堂上下稱訝不已。彼莞庫者已袖批文俟侯出而付之，明日束裝行矣。

以堂官之尊，即使不掌權，亦可幫侯嘉繙的忙。但這一來就必須向屬下說好話：跡近語涉於私。解餉爲庫吏需索，此是行之多年的陋規；如一時不能革除陋規，而利用特權，獨爲侯嘉繙豁免，則等於承認有此陋規在。此所以梁詩正出此於迂迴曲折的途經，用心甚深。

在督撫中，信任最專的首推尹繼善。此人際遇之隆，無與倫比；他家與世宗的關係，談掌故者從未道過，至今已成一項難以探究的秘密。「清朝野史大觀」記：

尹文端公諱繼善，字元長，姓章佳氏，世居盛京。父文恪公泰，罷祭酒家居；世宗居藩邸時，奉聖祖命祭三陵，會雨，宿公家，與文恪公語，奇之，問「有子仕乎？」曰：「第五子舉京兆。」曰：「令見我！」及公試禮部，將謁雍邸，而世宗踐阼乃止。登雍正元年進士，引見，世宗喜曰：「汝泰子耶？果大器也！」入翰林，未踰年授廣東按察使；甫抵任遷副總河；未半遷年江蘇巡撫，去釋褐甫六載。

按：怡親王胤祥生母敏妃，姓章佳氏，其父海寬爲鑲黃旗參領，尹泰亦爲鑲黃旗籍。世宗與語「奇之」，則尹泰必有驚人之語；尹繼善入翰林後，曾爲怡親王記室，凡此特殊親密的關係，於世宗奪位有何干連，實所難言。但尹泰閒廢二十餘年，於雍正元年復起授閣學，七年大拜，此亦仕途罕見之事。而尹泰不但無政績可稱，且多過失：尹繼善受命協理河工，上摺謝恩，世宗硃批云：

勉之，勉之！切不可效法汝父，瞻徇錮習，負朕深恩。一者朕憐其衰老；二者觀汝尚可造就，為國家效力之人，所以姑寬已往，俾獲倖免。不然禍早及身矣！設或以汝父之居心行事，遂謂計之得，而奉為涉世良規；則一誤豈容再誤，施之於汝父之身者，斷難復施之於汝也。百凡事務，處之以誠，行之以力。勿忘勿替，期於始終如一。特諭！

觀此可知其中必有曖昧。此批在雍正六年；下一年，尹泰入閣，是則明知其不堪大用，而竟錫以相位，以常情而言，爲極不可解之事。

尹泰有子十二人，繼善行五，庶出；「清人筆記」述其母受封事云：

尹文端公生母徐氏，江寧人，為相國侍妾。相國家法嚴，文端總督兩江，夫人猶青衣侍屏匽，文端調雲貴入覲，世宗從容問汝母受封乎？公叩頭免冠，將有所奏。世宗曰：「止。朕知汝意，汝庶生也！嫡母封，生母未封。朕即有旨。」公拜謝出；相國怒曰：「汝欲尊所生，未啟我而遽奏上；乃以主眷厭翁耶？」擊以杖，墮孔雀翎，徐夫人為跽請乃已。

世宗聞之，翌日，命內監宮娥各四人，捧翟茀暈衣至相國第；扶夫人榻上，代為櫛沐，袨服襐飾，花釵燦然；八旗命婦，皆嚴妝來圍夫人，而賀者相環也。頃之，滿漢內閣學士，捧璽書高呼入曰：「有詔！」相國與夫人跽；乃宣讀曰：「大學士尹泰，非藉其子繼善之賢，不得入相；非側室徐氏，繼善何由生？著敕封徐氏為一品夫人。」尹泰先肅謝；夫人再如詔行禮。宣畢，四宮娥扶夫人南面坐；四內監引相國拜夫人，夫人驚，踧踖欲起。四宮娥強按之不得動。既乃重行夫婦合巹結褵之儀；內府梨園亦至，管絃鏗鏘，肴烝紛羅，諸命婦各起持觴為相國夫人壽。酒罷，大歡笑去。

此記雖稍涉誇張，但尹泰得力於子，要爲不爭的事實。而尹繼善能得世宗父子兩代的賞識；自有其過人之處。

公屢任中外，先後督三江，幾三十年。民相與父馴子伏，每聞公來，老幼奔呼相賀；公亦視江南為故鄉，渡黃河輒心喜。不侵官、不矯俗、不蓄怨、不通苞苴、嚴束傔從，所蒞肅然。

凡一督雲貴，三督川陝，四督江南，每遇艱鉅，紆徐料量，靡不妥帖。而性善謙下，將有張弛，必集監司以下屬曰：「我意如此，諸君必駁我；我解說再駁之，使萬無可駁而後行，勿以總督語因循也。」以故鮮敗事。

尹繼善四督兩江而民心始終愛戴，最大的惠政在肅清漕弊；「清人筆記」：

尹文端節制兩江，凡四度，德政固多，而最得民心，在嚴禁漕弊一事。先是，有司收漕糧，以腳費為名，率一斗準作六七升；公初巡撫江南，奏明每石令業戶別納兑費錢五十二文，而斗斛聽民自概，有遺粒在斛之鐵邊者，亦謂之「花邊」，令民自拂去。……其後桂林陳文榮撫吳，守成規，弗絲毫假借。有某縣令戈姓，每石加收一升五合，輒被劾坐絞，漕務肅清者凡四十餘年，皆文端遺惠也。宜吳人思公，至今猶不置云。

尹繼善四督兩江的時期是：雍正九年七月至十年九月；乾隆八年二月至十三年十一月；十六年五月至十八年正月；十九年八月至三十年九月，自初任到最後交卸，達三十四年之久，這是從古以來仕途上的一個新紀錄。

乾隆三十年，尹繼善年七十，內召入京，入閣辦事；適與曾國藩的情況相同，原爲文華殿大學士留任總督，交卸督篆至內閣到任，兼管兵部事務；充國史館總裁；尚書房總師傅；三十四年兼翰林院掌院，三十六年四月病歿。四十四年御製懷舊詩，列於五督臣中，詩如下：

八旗讀書人，假借詞林授，然以染漢習，率多忘世舊，問以弓馬事，回我讀書秀；及至問文章，回我旗人歧，兩歧失進退，故鮮大成就。自開國至今，任事奏績茂，若輩一二耳！其餘率貿貿。繼善為巨擘，亦賴訓迪誘；八年至總督，異數誰能遘；政事即明練，性情復溫厚，所至皆妥帖，自是福量輳。前詩略如白。唱和亦頗富，獨愛馳驛喻。知寓意不留。

與尹繼善南北相映成趣者，是方觀承；「清史稿」本傳：

方觀承，字遐穀，安徽桐城人，祖登嶧，官工部主事；父世濟，康熙四十八年進士，官內閣中書，僑居江寧，坐戴名世南山集獄，並戍黑龍江。觀承尚少，寄食清涼山寺；歲與兄觀永徒步至塞外省親，往來南北枵腹重趼。

數年，祖與父皆歿，益困；然因是具知南北阨塞，及民情土俗所宜，厲志勤學，為平郡王福彭所知。雍正十年，福彭以定邊大將軍率師討準噶爾，奏為記室；世宗召入對，賜中書銜。師還，授內閣中書。

乾隆二年，充軍機處章京，累遷吏部郎中。七年，授直隸清河道，署總督史貽直奏勘永定河工；上諭之曰：「方觀承不穿鑿而有條理，可與詳酌」。
八年，遷按察使；九年，命大學士訥親勘浙江海塘，及山東江南河道，以觀承從，尋擢布政使。十一年，署山東巡撫；十二年，回布政使任；十三年，遷浙江巡撫；十四年擢直隸總督，兼理河道。

方觀承自乾隆十四年七月爲直隸總督，至三十三年八月歿於任上，整整十九年。一任到底，如許之久，亦是一項新紀錄。

何以方觀承的直督能一當二十年；高宗亦始終不想調動，專職終生？主要的原因是，他南來北往數次，對於社會上中下層的情況，異常熟悉，能夠有效控制，確保京城治安。河北南部一直到山東曹州，從漢朝以來，白蓮教火盡薪傳，一直不絕；漕運的振興，又產生了漕幫，使得通州成爲五方雜處，魚龍蔓衍。非常複雜的一個碼頭，倘或處置不善，足以威脅京城。

方觀承在直隸二十年，在全力修治永定河的同時，對於漕幫的控制，以及移轉其最初反清復明的宗旨，變成「安清」而爲最大的一個工會組織，有極大的功勞；但此功勞，只默識於帝心，不見於文書，因此亦無法從正史中去發現。

方觀承生平軼事極多，先記其未達時兩則傳說；其一云：

海昌陳翦南先生雍正丁未會試，與仁和沈椒園先生共坐一車，每日恆見一少年步隨車後，異而問之；自言桐城方氏子，將省親塞外，乏資故徒步耳。二公憐其孝，援令登車，而車狹不能容；於是共議每人日輪替行三十里，俾得省六十里之勞。到京別去，不復相聞問矣。

後二十餘年，翦南先生以雲南守赴都；椒園先生時陳臬山左，亦入覲，途中忽有直隸總督差官來迓，固邀至節署相見，則總督即方氏子。歡然握手，張筵樂飲十日，稱為車笠之交，一時傳為美談。

又一則記方觀承至寧波投親不遇，歸程過杭州，窮愁潦倒，遇一相士的故事：

過武林，仍無所遇。有相士瞥見恪敏起揖曰：「貴人至矣！」恪敏怒曰：「我不談相，何戲為？」相士急拼擋種種，挽至一廟，延上坐，曰：「君某年應得某官，位應至總督。今官星已露，速赴都圖際遇勿誤！」恪敏嘆曰：「窶人子日食尚艱，何由能北上耶？相士曰：「此不難！」返家啟笥出二十金為贈；並書人名一紙囑曰：「他日有總兵名此者，失機當斬；乞拯之，即所以酬我亦。」洎入都，資復罄，不得已行拆字術於肆，以謀旅食。

一日平定郡王輿過，見招帖，賞其書法，召入邸掌書記。久之，高宗臨幸，遂以所書楹帖受上知，賞給中書。不十年總制陝甘，果有總兵與前姓名符，以遺誤軍機得罪，力為開脫。後細詢邦族，即相士之子也。風塵巨眼，仍在江湖屠沽間，良可慨也。

方觀承六十歲後始得子，子名維甸，嘉慶年間亦署直督；自幼即蒙恩遇。清朝「野史大觀」記：

方勤襄公維甸初入京，賜舉人，內閣中書，軍機處行走。其始生時，父恪敏公方總制畿輔，彌月之辰，恪敏適扈從行在；面陳後，攜抱入覲，賞賚駢蕃。一也。未弱冠，賜中書，所聘雲南裴撫軍女，猶未娶也；會引見垂詢，命金壇于相國傳示裴中丞，早為畢姻，嗣裴夫人歸寧滇南，又有旨下直隸制軍，沿途促返。二也。勸襄督閩浙，以太夫人年逾八旬，拜疏歸養，後有詔召贊樞務；勤襄奏稱，臣母不能頃刻離臣，臣又不能奉母就道，懇辭新命。上聞，憫而許之，乃輟。詔復加賜珍物，以遂其孝養之私。三也。

按：方維甸於乾隆四十一年南巡時，以貢生在山東迎駕，因而得充軍機章京。所謂「裴撫軍」

指裴宗錫，山西曲沃人。至於方維甸爲閩浙總督，在嘉慶十四年；當乾隆十四年，臺灣林爽文之亂，福康安愛命征討，方維甸亦在軍中。

「清人筆記」述其盛德事云：

台灣林爽文之亂，福節相（康安）來平之。隨帶軍機章京二員，一為方葆巖維甸；一為范叔度鏊，節相倚之若左右手，命方專司訊鞫；則皆被脅從者，欲併釋之，節相不可，方持之益力，後竟得盡活。此後搜山所得，悉仿此辦理，所全殊多。時論謂方之功德甚大，宜有報，後果敭歷封圻。終於直隸總督任。謚勤襄。

按：此記稍有未諦，方維甸歿於閩督任上；直隸方受疇爲方觀承之侄。茲先談方維甸；「清史稿」本傳：

十四年，擢閩浙總督，台灣嘉義、彰化二縣有械鬥，命往按治；獲犯林聰等，論如律。疏言台灣屯務廢弛，派員查勘，恤番丁苦累；申明班兵舊制，及歸併營汛地，以便操防約束。台民械鬥，設約長族長，令管本莊本族；嚴禁隸役，黨護把持。又商船貿易口岸，牌照不符，定三口通行章程，杜丁役勾串舞弊。詔皆允行。以台俗民悍，命總督將軍每二年親赴巡查一次，著為例。

十五年入覲，以母老乞終養；允之。會浙江巡撫蔣攸銛疏劾鹽政弊混，命維甸按治。明年，召授軍機大臣；維甸疏陳母病，請寢前命，允其留籍侍養。十八年丁母憂，遣江寧將軍奠醊。未幾，教匪林清謀逆，李文成據滑縣，奪情起署直隸總督。維甸自請馳赴軍營剿賊，會那彥成都師奏捷，允維甸回籍守制。二十年卒於家。上以維甸忠誠清慎，深惜之。贈太子少保，謚勤襄，賜其子傳穆進士。

林清之變，喋血宮門，而須特起方維甸署直督；而方又自請「馳赴軍營剿賊」——據河南滑縣的李文成，此非奇事而何？而憂爲不平凡者，是方受疇的經歷；「清史列傳」本傳：

方受疇安徽桐城人。乾隆四十年由監生捐鹽大使，分發兩淮補伍佑場鹽大使尋捐升運刊，改發浙江。四十二年補嘉松分司運刊；四十四年丁母憂，留辦海塘工程；四十六年服闋，借補蕭山縣知縣；四十九年以捕獲鄰境盜犯，遷嘉興府海防同知；五十三年遷直隸大名府知府；五十四年調保定府，尋遷清河道。五十九年上幸天津，差次賞戴花翎。

以上爲乾隆年間的經歷；入嘉慶後，先以受賄案革職充軍；嘉慶三年贖回，捐復原官；四年命以道銜赴伊犁聽候差委；九年授直隸通永道；十年遷河南臬司；十二年調直隸臬司，旋授藩司；十八年二月擢浙江巡撫，時觀承妻吳氏卒於家，賞受疇假一月，往治喪；九月山東邪匪作亂，陷定陶、曹縣；受疇假滿入都，在途聞警，以曹州界連河南，馳往歸德堵禦。河南教匪李文成旋陷滑縣。上命署巡撫。高杞與欽差大臣溫承惠等會剿，令受疇駐河南省城鎮，撫地方，督運糧餉。以浙江巡撫假滿入都，聞警而往河南剿匪，事出常格以外。至二十一年六月，升任直督，以迄道光二年病劇開缺，前後任直督六年。

乾嘉年間，最重功名，捐班出身而至封疆；且任疆臣領袖的直督，未之前聞。綜合方家父子叔姪經歷，我相信方觀承與漕幫有密切的關係；自乾隆三十九年山東王倫作亂，至嘉慶初年教匪猖獗，以迄林清之變，又與漕幫有密切關係；尤可玩味者，據說高宗亦名列漕幫，爲金山寺一和尚的弟子。

按：漕幫祖師翁、錢、潘三祖成幫於雍正二年；據幫內文獻記述：

雍正帝通令各省，掛榜招賢辦理漕運。翁錢潘三位祖師，得到這個消息，心中大喜，便到撫署揭了黃榜；那時河南撫台名田文鏡，是杭州人（初為杭州布商），與潘祖為原籍同鄉。

三位祖師見了田巡撫，說了來歷，便條陳整頓漕運辦法，田巡撫大喜，當與漕督同本上奏。雍正帝當下旨諭，飭三位祖師歸漕河總督張大有節制，並聽命於勘視河工欽差何國宗指揮。

三位祖師便辭別了田巡撫，來到清江浦，請見張漕台及何欽差；何張二人，即命三位監造糧船，並督理濬河修堤工程。三位祖師，覆請張何二人轉奏，請恩准許開幫收徒，以便統一糧務。清廷批准所請。

說田文鏡爲杭州人，殊爲異聞；謂是布商，更覺奇特。但雍正君臣，言行詭異，或者田文鏡曾有微服私訪之事，以致誤傳。又漕督本爲施世綸；施琅之子，嫉惡如仇，即「施公案」小說中的主角；康熙六十一年五月歿於任上；以兵部侍郎張大有繼任。

此人「清史列傳」及「清史稿」均無傳，清人筆記中，亦極少提及此人，只知道他是陝西郃陽人，康熙三十三年甲戍成進士，點翰林；至康熙六十年任大理寺卿，但以後升遷極速，是年十二月升左副都御史；六十一年三月調兵部侍郎；五代即代施世綸爲漕督，在任前後九年，至雍正八年內召爲工部尚書；十年四月遷禮尚，十一年二月卒，謚文敬。

雍正硃批諭旨中，對張大有每多嬉笑怒罵之語；且才具似亦平庸，而能管總漕至九年之久，頗出常理，但可斷言者，張大有為世宗所識拔，負有秘密任務；硃批諭旨中有關係者，皆已抽去；其與漕幫有密切關係，亦可想而知。

漕幫文獻又記其在杭州的「家廟」云：

在武林門外寶華山（又名保朝山），修建家廟及十二座家庵；就在家廟內，設立承運漕糧事務所。三家祖師，公議規訂十大幫規，香堂儀式，孝祖規則，五戒十條，家法禮節等項規則。統令後人世世遵守，至是糧船南來北往，通往無阻，而弟子亦復興旺矣。

清幫的家廟，在杭州武林門外拱宸橋，為運河的起點，其譜系按二十四字遞嬗，四字一句，共六句：「清淨道德，文成佛法，能仁智慧，本來自性，圓明行理，大通悟學。」據幫中家譜：清字輩一人、淨字輩三人，其一名羅清，幫中稱為「羅祖」，而「羅祖」之名，見於雍正上諭。道字輩一人，名陸逵，原籍廣東，移居鎮江，幫中稱為「陸祖」，為羅祖的弟子；陸祖有弟子三人，即翁錢潘三祖，為德字輩。

翁錢潘共收七十二弟子，潘祖居半，號稱三十六大弟子，「開山門」王伊，字降祥；「關山門」蕭隆山，幫中稱為「王降祖」；「蕭隆祖」，屬於文字輩。王、蕭易子而教，蕭隆山的開山門弟子，爲王降祥之子王均，成字輩；王均有一弟子悟道爲杭州靈隱寺方丈，幫中爲佛字輩。

悟道一弟子碧蓮，鎮江金山寺方丈，幫中「家譜」記載，即爲高宗的本師，因而清幫家廟有一條「盤龍棍」，幫中文獻記載：

> 糧幫，在翁錢潘三位祖師領導期間，雖訂有家法刑杖，然因三位祖師教導有力，家法已就等於廢物一樣。自石小祖違犯幫規在杭肇禍潛逃之後，乃訂家法十條，並以香板為刑杖，藉之保障幫規。
>
> 迨王降祖繼統糧幫時，乾隆帝南巡，在金山寺皈依紳門後，化裝潛至杭州，往家廟及糧幫公所參觀，見王降祖辦理漕運，雖然井井有條，惟幫中子弟太盛，雖免滋事，除傳諭嘉獎外，並欽賜盤龍棍一條，上寫「違犯幫規，打死無罪」八字，以為幫中鎮山之寶。從此凡遇重大事故，即依法請棍責罪。

按：幫中家法有二：一曰「香板」；又名「黃板」。相傳爲翁錢潘三祖所置。板爲樟木，長二尺四寸、寬四寸、厚五分，上端穿孔繫繩，以便懸掛。板上一面寫「護法」；一面書「違犯家規，打死不論」。一曰「盤龍棍」，棗木制，長三尺六寸、寬一寸二分，板面繪龍，龍口內書「欽賜」二字；下書「護法盤龍棍」五字；背面亦書八字，惟「家規」改爲「幫規」又有「上諭，時在乾隆卅年季春」字樣。

按：高宗入幫，其事有無，是一個絕大的謎，至今尚無進一步的資料，可資探索；但漕幫有欽賜龍棍，其事必不假。

至於漕幫由反清復明的秘密組織，一化爲承運漕糧拓大的大「工會」，其事起於康熙中葉，而完成於雍正年間；復於乾隆前兩次南巡期間，徹底加以整頓，此一推斷，大致不誤。至於參與其事者，有三任漕督：施世綸、張大有、性桂；河督齊蘇勒；以及李衛、田文鏡、方觀承、尹繼善等人。雍正年間取締秘密組織，以及甘鳳池等人，皆與漕幫的改組有關；其中且牽涉到密謀推翻世宗的糾紛，而涉嫌者爲誠親王胤祉。官私文獻中，蛛絲馬跡，猶自可窺，玆爲搜錄數條，提供如下；以備有心人進一步探索。

雍正六年，二月初六日漕督張大有奏：

奉旨：「凡有『羅教』庵院地方，行文該督撫，將當日建造之由，並現今庵內或止做會，或另有用處，及庵內居住者係何等之人，逐一查明報部。爾等將審訊羅明忠口供，行知漕運總督張大有，令張大有行知浙江巡撫李衛，其羅明忠等暫交提督衙門羈禁，行文張大有，若有應行質審之處，再行發往。欽此。」臣隨遵諭旨行知浙江撫臣李衛，並飛飭司道嚴審在案。

今據司道等詳稱，查訊杭州庵內居住之人，與羅明忠俱不認識，並應行質審之處。其趙玉割耳一案，現在會審等情。俟報到日，如有應與羅明忠質審之處，臣即請發來南，理合先行奏聞。

此摺的硃批是：

焉有不相認識之理！明係將其教首開脫耳。此等事件，非汝罷軟無能輩，可以審理明白者。交與李衛，伊自能究明根底。

查李衛的奏摺，不見此事的記載，當是纂輯硃批諭旨時，已將原件抽出。不過據以上一摺一批，仍有可資省悟者：

一、漕幫原與白蓮教有關。白蓮教支派甚多，「羅教」當爲其中之一。

二、羅明忠自是教首。明忠反讀爲忠明；則羅教應爲反清復明的組織。據幫中文獻，羅祖名清，明嘉靖官戶部侍郎，爲幫中第二代祖師。羅清傳陸逵，明崇禎朝江西總兵，明亡隱於茅山，所收三弟子，即翁錢潘三祖。

又謂：康熙五十七年，陸祖再下山訪道，在山陝交界之處發現「羅祖教」，廣行宣傳羅祖平生忠義；創始者爲陸祖部將許鐵山。則此教必爲顧亭林、傅青主所創設。羅教即爲羅祖教。

我相信「二次下山」的「陸祖」，就是雍正上諭中的羅明忠，漕幫在反清復明的宗旨改變後，幫中歷史及有關文獻，經過一番大修改，眞相湮沒，但細心鈎稽，仍能窺得若干眞實情況。

據幫中文獻，陸祖二次下山，在山陝發現羅祖教創始者許鐵山，法名玄眞子。陸祖告以羅祖已成佛於五臺山，請以後勿再言成神。玄眞不信，陸祖遂即南遊，在杭州武林門外「劉氏庵」講經說法，徒眾日眾；後於雍正七年圓寂。

以上是所謂「陸祖傳錄」中的話；但與「翁錢潘三祖傳錄」，有明顯的矛盾。三祖拜師（陸祖）於五臺山，下有一段云：

那時正值清廷康熙帝駕崩，雍正帝嗣位，陸祖便教翁錢潘三位祖師來到面前說道：「現在你們清福已滿，大運將到。清廷現對漕運苦無辦法，你們下山，投效清廷，趁機可將舊有的糧米幫，聯合組織一個大團體，表面使清廷運糧無弊，實際可解決多數人們生活，藉此可樹立復國基礎……」

按：此爲民國三十五年的著述，所以有現代的語氣，但據舊本改寫，內容並無變更。今按「陸祖傳錄」，謂其於康熙五十七年下山；先至山陝、後至杭州講經說法，始終不見其復回五台山，然後康熙崩時，何得在五台山召翁錢潘三徒訓示？

由此矛盾，根據雍正上諭，參以幫中文獻，我可以作一大膽的假設：

一、陸祖即羅明忠，假羅教之名活動，而以漕幫爲主要對象，故以杭州武林門外拱宸橋，運河起點爲根據地，但沿運河、黃河，均有「羅教庵院」。（見前引雍正上諭）；「表面做會」，實際爲反清活動。其時已有嚴厲的幫規，所謂「趙玉割耳」，即爲違犯幫規的處罰，僅次於處死；凡割耳者必已逐出山門，割耳即警告各地幫眾，遇此人須格外戒備，防其作奸細。

二、羅明忠於雍正六年交李衛處置，謂雍正七年「圓寂」，即死於該年，當是「公開的秘密處決」，這是我新創的一個名詞：雍正年間地方大吏主審刑案，認爲此人決不可留，但亦不便宣佈罪狀，明正典刑，則往往用「立斃杖下」的手段，一頓板子打殺。此爲雍正所教導的方法。

如雍正六年四月，李衛抓到四名縱火的人，奏請「將此四人分發向有放火惡風（按：指風氣）之處於通衢地方，大書罪犯事由，曉諭通知，即行政法。」世宗批示：

若果情實，杖斃則可；公行斬決，如何其可？或將浙省放火惡習，照例處分，不足以儆凶頑之處，聲明題請，然後正法，亦屬合宜。

此因縱火罪不至死，故不可公行斬決；除非先修改法例（題請奉准）。但私下杖斃，倒也不妨。此爲世宗的法治觀念，一直爲後世主事者所取法。

三、翁錢潘三祖，何以只剩潘祖，幫中文獻記載：

這日翁錢二祖向潘祖道：「請三弟代行幫務，小兄二人，擬同往口外，朝哪王廟敬香拜佛。順到五台山訪師。」潘祖云：「要去一同去，何能留我一人領幫？」翁錢二祖又道：「國家皇糧要緊，不能三人同去；候至來年，你再去朝佛見師不遲。」潘祖看翁錢去志甚堅，祇得允從。至是弟兄三人分別，潘祖一人領幫行運；翁錢二祖即行起程，往口外走去……不料一去將近二載，音信全無，潘祖即行派人往口外尋覓，回報毫無消息。

翁錢二祖所去的「哪王廟」，據說是蒙古最大的叢林。蒙古喇嘛廟甚多；各旗皆有大廟，蒙語謂之「伊克昭」。翁錢二祖忽然赴蒙古朝哪王廟，結果下落不明；據幫中文獻記載，潘祖曾親往尋訪，亦無蹤跡；據說根本未至蒙古，以下的情形是：

潘祖無法，忙奔往五台山，拜見陸祖，面訊二兄下落。陸祖云：「渠等二人，已有極好結局，無庸尋訪；爾可回去，整頓幫務。現我俗緣將滿，正面閉關入寂……自今日起，吾關閉洞府，不再出問世事。」說罷，便催潘祖下山，潘祖只得含淚應命出洞；回頭一看——只見洞門已閉，推之不開，乃在洞外痛哭一場……含悲忍痛下山，回到杭州，禮佛誦經，追薦翁錢二祖四十九天。

諸事完畢，又因翁錢二祖肉身未能尋得，只好將二祖遺下衣冠等物，代替肉身；招魂安葬，葬於武林門外，家廟之旁，派徒數人，常住廟中，歲時致祭，以慰幽魂而表義節。

一切安葬手續辦妥，眾弟子乃公請潘祖一人，統帶三房，潘祖遂將糧幫事務，重新整頓，並將運糧事務所合併，以總其責。

按：前云陸祖圓寂於雍正七年，則翁錢二祖失蹤，必在雍正七年以前。翁錢二祖緣何發興作口外之遊，又緣何失蹤？陸祖知翁錢之結局，不以明告；又因何故？綜合這些疑點，只有一個解釋，羅教原係反清復明的組織，教首羅明忠在各處設立庵院，作爲機關，而主要根據地則爲杭州的劉氏庵。

雍正四、五年間，正世宗屠殺畢已，人心不平之際；而準噶爾則有蠢動的跡象，羅明忠因派翁錢二人往口外聯絡，同時由誠親王秘密集結反世宗的各系勢力，打算裡應外合，一舉推翻世宗。但世宗棋高一著，一方面派間諜，深入誠親王的組織中埋伏；一方面以李衛爲主要鷹犬，將羅教重要分子，盡數解決，陸祖謂潘：「渠等二人，已有極好結局」，自是成仁之義。

問題是在潘祖，知道不知道這回事？如果知道，何以不參加行動；有無出賣師父、師兄等情事？照我的推測，知其事則有之；出賣師友，則難斷言。於此又要談一談幫中的「三老四少」。

所謂「三老」，指翁錢潘三祖而言；「四少」者，三老的弟子，後輩稱爲「小祖」。幫中文獻，小祖有傳者爲九人，「四少」在其內，謂之「門外小爺」。此四小祖名朱小全、黃象、劉玉誠、石士寶。朱爲大房（翁祖）弟子；黃爲二房（錢）、劉、石爲三房（潘祖）弟子，四人義結金蘭，密謀反清，在陝甘失蹤。石士寶爲台灣人，錄其傳如下：

石小祖名士寶，法號文傑，別字「鐵骨金剛」。原籍台灣，隨父遷居杭州城內；為潘祖得意弟子之一。性剛猛，精拳術，好作不平鳴，因犯殺人罪，逃匿江蘇巴斗山，與群盜為伍。

盜首名「半截寶塔」王懷志，未幾被清廷六合縣官吏捕殺；群盜舉石小祖繼王為首，乃立公道約法三條，銘刻石碑為戒：（一）不劫殘廢孤獨，以及婦女孺子；（二）不劫來往小本客商，以及僧道；（三）不劫忠臣孝子，以及善士居士；在周圍四十里之內，不准有強奪搶劫等事，如犯之，殺不赦。

因之附近居民，均呼石小祖為「公道大王」，未幾勢力雄壯；即邀朱、劉、黃三位小祖到山，共同舉義，藉替王懷志復仇，派群盜潛進縣城，殺官劫獄；樹旗反清。江督聞警，派兵往剿，石小祖等，屢戰皆敗，潰退歸山；清軍緊追，將山包圍。石小祖等，破圍逃往陝甘，不知所終。查朱為翁佑堂弟子；黃為錢保堂弟子；劉石乃潘安堂弟子，均為清門第五代之祖師。幫中每開香堂，必置一爐香於門外。

因此四人反清，不便列入香堂，但仍敬其忠義，故供香火於門外。按：漕幫家譜，翁錢潘三祖爲德字輩，其弟子則爲文字輩，朱小全法號文英；黃象法號文雄；劉玉誠法號文俊；石士寶法號文傑，合之則「英雄俊傑」，推崇之意顯然。石士寶之事，其詳雖不可考，但確有其人；猶記兒時，寒家老僕，於我輩爭奪果餌時，輒戲謂爲「公道大王」，可知此一名詞，自有由來。

「四少」的失蹤，最可注意的是，都不知所終於陝甘；此與翁錢二祖遠赴口外，不知下落，有密切關係。幫中文獻於「劉小祖傳錄」下，無端加一句：「幫中云：徒訪師三年，即因此也。」是何原因，並無說明，殊覺突兀。在此，我這「門檻外」的「空子」，不妨爲之約略作一補充，

「徒記師三年」即「四少」尋訪翁錢二祖。我前面說過，翁錢二祖可能想到佛教的密宗，打算聯絡喇嘛，助準噶爾反清，因而遇害。

雍正年間的戰事，一爲準噶爾之反；二爲苗疆之反，與岳鍾琪有關。岳爲其時的川陝總督，引「清人筆記」中談岳鍾琪生平一大事如下：

岳襄勤公，雍正三年以一等公總督川陝，望重勳高，又持鄉節。五年秋，成都謠言，有謂公以川陝兵馬反者。公疏聞。諭曰：「數年以來，在朕前讒譖岳鍾琪者甚多，不但謗書一篋，甚至有謂鍾琪係岳飛之後，意欲修宋金之報復者。其荒唐悖謬，至於此極。

岳鍾琪懋著功勳；川陝兵淳良忠厚，其尊君親上，眾所共知共聞，今奸民乃云從鍾琪謀反，是不特誣鍾琪，並誣川陝兵民以叛逆之罪矣！特飭疆臣黄炳、黄廷桂嚴審造言之人。」旋審係湖廣奸民寄居四川之盧宗漢播造浮言，論斬如律。

又一條云：

岳鍾琪督川陝日，湖廣人盧宗漢誣其謀反；尋又有靖州人曾靜遣徒張熙投書勸以同謀起事，詳岳本傳。惟李不器一事，本傳未載，錄之以補缺文。雍正六年十二月初十日諭：「據將軍常色禮奏：道士李不器揭報岳鍾琪謀反，甚為荒謬。李不器向因隆科多薦，在內廷行走；仁皇帝廣大包涵，如喇嘛、西洋人、及僧道等類，蓄養甚多，其中不肖之人，借供奉名色，在外招搖，而李不器尤為狂妄。

至仁皇帝賓天，朕以李本籍陝西，發回原籍，交年羹堯拘管。詎年將伊送往終南山內，厚加供養，李不器怙惡不悛，肆為大言，且捏造朕旨，『只要他在，不要他壞』之語。

今春朕問岳鍾琪，奏稱李在陝每年供給，在通省存公銀兩內支給。朕批諭：此事當日外給，甚為錯誤。李本有罪之人，留其性命，已屬寬典，焉可厚待？隨令岳將伊看守。詎李因此懷恨。造為無根之詞，深可痛恨。常色禮容此奉旨拘禁之人，逃入將軍署內。並令乘轎轅門，駭人觀聽。常色禮甚屬無知，著巡撫西琳，將李不器嚴加刑訊。」

按：雍正硃批諭旨中，不見陝西巡撫西琳有關於此案的奏報；但此僅爲世宗、高宗隱瞞本案眞相之小焉者。只看雍正硃批諭旨中，獨無岳鍾琪，以及派至湖南審問曾靜的杭奕祿的奏摺，可知此案內幕至深。

策動岳鍾琪起兵反清，顯然爲翁錢二祖及「四少」所策畫，而曾靜，張熙在雍正朝居然能不死，別自有故。雍正七年十月戊申上諭云：

今蒙上天皇考，俯垂默佑，令神明驅使曾靜，自行投首於總督岳鍾琪之前，俾造書造謗之奸人，一一呈露，朕方得知若輩殘忍之情形，明目張膽，將平日之居心行事，遍諭荒陬僻壤之黎民，而不為浮言所惑於萬一，亦可知阿其那、塞思黑等蓄心之慘毒，不忠不孝，為天祖之所不容，國法之所難宥處，天下後世，亦得諒朕不得已之苦衷矣。此朕不幸中之大幸，非人力之所能為者。即此曾靜不為無功。即此可以寬其誅矣。

此一寬免的理由，已非常牽強；而前一日丁未一諭，謂因岳鍾琪曾與曾靜設誓，騙取口供，故不能殺曾靜，以免岳鍾琪應誓，則更不成話說。此諭我以前引過，現因談漕幫，有重引的必要：

十月丁未，怡親王大學士九卿翰詹科道等，遵旨訊問曾靜，合詞公奏：將曾靜、張熙等，照大逆不道律，即行正法。上御乾清宮，召入諸臣等，並令李紱隨入，諭曰：「今日諸臣合詞請誅曾靜、張熙、伊等大逆不道，實從古史冊所未有，以情罪論之，萬無可赦。

但朕之不行誅戮者，實有隱衷，上年曾靜之徒張熙，詭名投書與岳鍾琪；岳鍾琪倉猝之間，忿怒驚惶，不及籌算，即邀巡撫西琳、臬司碩色，坐於密室，將張熙嚴加根究，問其指使之人，張熙不肯吐出真實姓名，旋即加以刑訊；而張熙甘死不吐。

岳鍾琪無可如何，越二三日，百計曲誘，許以同謀，迎聘伊師，與之盟神設誓，張熙始將姓名一一供出。彼時岳鍾琪具奏前來，朕披覽之下，為之動容；岳鍾琪誠心為國家發姦摘伏，假若朕身曾與人盟神設誓，則今日亦不得不委曲以期無負前言。朕洞鑒岳鍾琪之心，若不視為一體，實所不忍。

此一理由，亦牽強之至；我疑心岳鍾琪與張熙盟神設誓，套騙口供，出於世宗的密諭，「大義覺迷錄」中明明記載：「杭奕祿等恭捧硃批岳鍾琪奏摺、諭旨數十件，發曾靜、張熙觀看。」

而「雍正硃批諭旨」十八函總計一百一十二冊，獨無岳鍾琪的奏摺，則其中必有不可告天下人之語；而以不可告天下人之語，獨可告之於曾靜、張熙，則此硃批岳鍾琪的奏摺，直可謂之爲世宗欺騙曾靜的工具。因爲如此，雍正七年十月丁未、戊申兩諭以後，怡親王等合詞奏請將曾張「按律處決、碎屍懸首」時，所得的答案竟是得此：

寬容曾靜第一案，乃諸王大臣官員等所不可贊一辭者。天下後世，或以為是，或以為非，皆朕身任之，於臣工無與也。但朕亦再四詳慎，所降諭旨，俱已明晰；諸王大臣官員等，不必再奏。倘各省督撫提鎮，有因朕寬宥曾靜等，復行奏請者，著通政司將本發還。

此竟是一意孤行，且大有「好漢一身當」之意。話雖如此，不必「後世」，在當時即有人大不平；先述一逸聞，以資談助。

乾隆初期，最賞識的文學侍從之臣是齊召南，字次風，浙江天台人。乾隆十四年自圓明園扈從回城，途中墮馬，跌破了頭，傷勢極危，高宗召上駟院的蒙古醫士急診，宰活牛取脬，即俗語所謂「尿泡」，蒙覆傷處，竟得痊愈；不久乞終養，其時官職爲禮部侍郎。

齊召南有個侄子名周華，生性怪僻而懷才不遇，性情變得越發偏激；雍正九年上書爲呂留良及其子孫訴不平，理由即在曾靜、張熙不死，何以呂留良身後猶被酷禍，他說：

伏讀上諭，曰以改過望天下之人，放寬曾靜於法外。臣思呂留良、呂葆中逝世已久，即有「歸仁說」，作於冥冥中，臣已不得而見；第其子孫以祖父餘孽，一旦罹獄中，其悔過遷善，趨於自新之路，必有較曾靜尤為激切者。夫曾靜現在叛逆之徒，尚邀赦宥之典，實呂留良以死後之空言，早為聖祖所赦宥者，獨不可貸其一門之罪乎？

按：呂留良及其子葆中，曾牽連及於一念和尚謀反案，聖祖免其究問，故齊周華有「早爲聖祖所赦宥」之語。其詞理直氣壯，但齊周華只是一名秀才，上書必經學官；學官如何敢碰此案？地方官亦復如此；於是齊周華逕呈刑部，刑部將他連人帶件押交浙江學政。學政跟巡撫商量，利誘威脅，勸他不要上書；齊周華不爲所動，遂即下獄，而三木之下，居然矢志不移，鐵漢之名，不脛而走。到了雍正十三年四月，福建總督郝玉麟以奉旨兼管浙江，職銜改稱閩浙總督，特由福建至浙江巡視；齊周華因遣長子呈訴。

郝玉麟直隸霸州人，一向看重讀書人；他是康熙四十五年丙戌進士，而此科榜眼，即呂留良之子葆中；齊周華爲呂氏訟冤，郝玉麟更要幫忙，因而爲之專疏題奏，既達天聽，便成欽案，部議永遠監禁。郝玉麟爲天台山題了一匾一聯，特遣督標總兵吳某到監獄，請齊周華代書。台州知府見此光景，放寬獄禁；這是郝玉麟照應齊周華的另一手法。不久，齊周華由永遠監禁，改爲遣戍，此因永遠監禁無贖罪之例；充軍反而有獲釋之望。齊周華的運氣還不錯，甫到發配之地，高宗即位，改元大赦。齊周華看破紅塵，在武當山瓊台觀修道。

事過三十年，忽然平地風波，齊周華竟自速其死。事起於齊周華忽然又動了紅塵之念，由其子奉迎回天台；其時齊召南告老終養家居多年，周華往訪其叔，而有周華的怨家，故意寫一告曰：「僧道不許濫入齊府」，貼在齊家大門上，周華以為其叔有意相拒，大恨。事有湊巧，巡撫熊學鵬巡視台州，周華竟誣捏十罪狀，告其叔涉及呂留良案。熊學鵬江西人，與齊召南不知有何嫌隙，想興大獄以傾陷。那知奏報到京，高宗深知齊召南，僅止於革職；而齊周華則以所著書中，多狂悖之語，凌遲處死；其子及孫充軍黑龍江。

現在回過頭來再談曾靜一案，可能隱藏的內幕。在雍正五、六年間，世宗誅除異己殆盡之際，有各種反世宗的勢力，與反清復明的義士相結合，密謀大舉的跡象，這些反世宗的勢力是：

一、忠於皇十四子胤禎及皇八子胤禩者；

二、為廢太子不平者；

三、屬於年羹堯部下者；

四、屬於隆科多一系者；

五、浙江各大文字獄、呂留良、汪景祺、查嗣庭的同情者。

這些反世宗的勢力，大致由誠親王胤祉在暗中領導。於是顧亭林所領導、沉潛已久的反清復明組織，乘機崛起；這個組織就是以前明衛所武官為幹部的漕幫。我如今要作一個大膽的假設，幫中文獻「糧幫分類」，實為軍事組織，各類旗幟實為起事時作指揮通信之用。漕幫以「江淮四」

（在江蘇二十一幫以內）爲首。

茲錄其規則如下：

江淮四總頭幫（頭二三江淮四屬統領），江淮四頭幫在無錫兌糧。平常打八卦旗，初一十五打杏黃旗；進京打黃色龍旗，出京打淡黃色鳳旗。金頂金絲盤龍桑枝雀桿，上紅下黑，三道紫金箍，清門錫壺頂，陰陽紫金所，如意頭子，劉海戲金錢，雙披紅花，頂四飄帶。兌糧蘇州閶門外滾龍橋太子碼頭，用梢後水。

運船九十隻，五隻太平，九隻停修，七十六隻進京。船名太平舟，船長十丈零三尺，寬一丈三尺，尾至六尺為度。大桅高九丈三尺，被風吹斷三尺，作斷桅之說。二桅高六丈三尺。糧船運行時，祗用一條桅，裝的天子親王府糧。雀桿乃雍正天子御賜，旗子乃正宮娘娘親賜。古來祗有八十三隻半（半隻是腳划）。八隻停修，七十五隻進京，然後分添，才有九十隻，用龍鳳大票。

這段記述，不但費解之處甚多，且有荒誕不經之說，如所謂「旗子乃正宮娘娘親賜」之類。不過有一個疑問是顯而易見的，船上掛旗，無非爲了識別，以單純易識爲尚；爲何一艘糧船，掛旗要有那麼多花樣：平常一種、望一種；進京一種，出京又一種？旗子及旗桿又有許多附屬設備，又何以要如此講究？總而言之，一個大疑問是：爲甚麼要弄得如此複雜？

我想，最可能的一個答案是，各樣的旗子，有各樣的涵義；各種旗子互相搭配，產生了更新更多的涵義。易言之，這些旗子的作用，就如近代軍艦上的旗號或旗語，是一種通訊的設備；而所以要有此設備，或者是爲了軍事上的目的。

由此，我有一個推想，當翁錢潘三祖接手掌管漕幫時，是分兩個目的在進行，一是將漕幫組織成爲保護本身利害的一大「工會」。因爲當時漕船上從押運的小武官到水手，飽受欺凌；可以欺侮漕船的，大致爲兩種人：

一、逢關過閘的官員，甚至伕役；倘不滿其貪壑，則多方刁難，誤了期限，漕船自己負責。

二、各處碼頭上的地頭蛇，往往勾結旗員，藉故生事，無理取鬧，以爲敲詐勒索的手段。

這是就陸地而言；在運道中亦會受欺侮，可以欺侮漕運的，有三種船：

一、官船：尤其是欽差的官船，在運道中有優先通過的權利，漕船必須讓道。倘或故意找麻煩，可在瓶頸地帶，逗留不走。

二、水師船隻：有軍事上的理由，當然比漕船神氣。

三、最氣人、亦最無奈何的是，來自雲南的銅船。押運銅船是個極苦的差使，因此銅船上的水手，都持不在乎的態度；銅船吃水甚重，在運道中橫衝直撞，當者披靡，或者同時沉沒。打起官司來，銅船必占上風；有個根深蒂固的觀念，銅船因爲船身重，吃水深，不易控制，運道中只有別的船讓銅船，銅船無法讓別的船，別的船自己不小心，撞沉了活該。

團結就是力量，漕幫定下嚴格的幫規，在統一而堅強的領導之下，用各種有效的方式對抗來自不同方面的打擊；終於不敢爲人所輕。

這部分的工作，由潘祖負責；翁錢二祖，則從事另一目的，亦就是趁各方面反對世宗之際，爲事實上已經消失的反清復明運動，作最後一次掙扎，其失敗是必然的。世宗的政治手腕，固然高明；而最主要的還是聖祖的深仁厚澤，而世宗在這方面又能克紹箕裘之故。

我不知道潘祖是事先與翁錢二祖商定，由他來擔負「看家」之任；還是看翁錢及「四少」先後失敗，見機而作，與朝廷妥協，以便保存全幫勢力，亦即全幫生計。但不論是那一種，他的決定獲得了全幫的擁護，是一可確定的事實。

不能確定的是潘祖的死因；幫中文獻記載：

雍正十三年六月六日，糧船行至黃河楓林閘下，天上忽起烈風，飛沙走石。黃河內波浪揭地掀天，糧船震蕩不寧。潘祖座船，中間大桅，被風吹折。（半節大桅有典詳後）。較小之船多被掀翻。一時呼救慘聲四起。潘祖見狀，淒慘已極，竟急得噴血氣絕倒地。

眾弟子一見大驚，連忙把船設法入港，將潘祖扶起一看，竟已神歸太虛，無法施救。眾弟子聞訊，一齊趕至潘祖座船內，人人痛哭失聲。眾弟子一面辦理善後，一面點查糧船數目，已損三分之一。死傷人員約在百名左右。其餘糧船及用具等物，損失更難計數。

按：後來清門有糧船三不到之說。三不到者，楓林閘不到（因潘祖在此歸天肇成巨變），銅雀鎮不到（因關外多險），黑風口不到（因水淺河狹）。

漕幫謂身死爲「過方」；潘祖過方後的情形，據說如此：

糧幫遭此事變，運河一帶文武官吏，聞噩，均派專員趕到楓林渡查看，並事慰問致弔。各幫當家集議，公推王伊（即王降祖）繼任。統領糧幫事務。王祖率領各幫糧船，開往通州壩卸糧。其損壞之船，則由大房弟子司馬秋，二房弟子姜四保（又名玉培），三房弟子宿慶祥，三位小祖，督工修理。

潘祖靈柩，推派大房弟子潘如虎，二房弟子冉秀，三房弟子姚發（字文銓，潘祖書僮）三位小祖護運回杭。後全幫弟子，以及各幫子孫，服孝三年。公葬於杭州武林門外，寶華山麓。

按：漕船北上，自清江浦的清口入黃河，南北向變為東西向，在明朝須行黃河一百八十里，始能入北運河的運口，風濤之險，隨時可以覆舟，因而兼用海運。自清初治河名臣靳輔開中河後，在黃河僅行數里，即入中河，直達張莊入運口。在這一段運道上，大閘甚多，但遍查無所謂「黃河楓林閘」。

至於雍正十三年六月初，確有大風，而記載中只有海塘被毀；「世宗實錄」是年七月上諭：

前聞浙省海塘，於本年六月初二日，風潮偶作，衝決之處甚多。朕心深為軫念，已降旨詢問情由，並令速行搶修，以防秋汛。今朕訪聞今歲風潮，不過風大水湧，並非昔年海嘯可比；且為時不久，未有連日震撼衝汕情形；若平日隨時補苴，防護謹密，自不致潰決如此之多。總因數年來經理官員，將舊日工程，視同膜外，並不隨時修補；且將原題准在歲修案內報銷之工，不許修築，以致根腳空虛，處處危險，不能捍禦風浪。

如前引文中說「糧船已損三分之一；死傷人員約在百名左右，其餘糧船及用具等物，損失更難計數」，這樣重大的災害，必然有兩江、漕運、河道諸督奏報，以及明發上諭，指示善後，而均無徵，不能不說是一大疑團。

還有一點不合理的是，漕運過淮安，到通州，均有限期，據「清史稿食貨志」漕運篇記載：

各省漕程過淮，順治初，定限江北各府州縣，十二月以內；江南、江寧、蘇松等處，限正月以內；江西、浙江限二月以內；山東、河南、限正月儘數開行，如過淮違誤，以違限時日多寡，定督撫、糧道等官降罰處分；領運等官捆打革職，帶罪督押。

其到通例限，山東河南限三月朔；江北四月朔；江南五月朔；江西、浙江、湖廣六月朔。各省糧船抵通，均限三月內完糧，十日內回空。

假定潘祖所領的漕船，來自浙江，而過淮安、出清口、入黃河，不過幾天的工夫，度時應在三月初。潘祖在楓林閘遇風出事爲六月初六，違限達三個月之久，且已逾「六月朔」到通州的限期。

漕船到達通州，交倉兌米，需要排班等候；均以三月爲期，則六月朔到，九月朔交倉完畢，九月初十歸航，即是所謂「回空」；冬天由北南下是順水，又順風，所以兩個月內，必可過淮。北運河在十一月初封閘，疏濬河道，名爲「挑淺」，是故潘祖如六月初猶未入北岸運口，則不獨違限甚多，且將無法回空南歸。因此，潘祖的死因，實在是個謎，以各種跡象推測，是內部發生了重大的變故，或者爲「四少」的同志，發動了挾持潘祖起義的舉動。

所謂「運河一帶文武官吏，均派專員趕到『楓林渡』查看，並事慰問致弔」云云，應當是去料理善後。其次，所謂「糧船三不到」的地方，一是楓林閘，理由是「潘祖在此歸天，肇成巨變」；二是銅雀鎮，理由是「因關外多險」；三是黑風口，理由是「水淺河狹。」而此三個理由，皆不能成立；同時亦不知道三個地名在何處？

不能成立的理由，由後往前說起：

一、黑風口「水淺河狹」；按：運河挑淺有歲修經費，歸河督負責。果眞水淺河狹，而爲運道所必經，則早就撥經費開闊挑深了。

二、銅雀鎮據說是在「關外」，當然是指山海關外。東三省根本不納漕糧，運河的漕船，怎麼樣也到不了山海關外。

三、楓林閘說在黃河，這話不大通；黃河入淮河，始有閘控制水流；運河雖有支流，但主流只有一條；運口更只有一無二，倘爲必經之路，又何能不到？

總之，所謂銅雀鎮、黑風口及楓林閘，皆爲假託的地名；應是紀念「三老四少」的三次起義事件。所謂「不到」者，乃爲提示警惕之意；因爲就明朝遺民志士而言爲起義，在清朝則是叛亂，自招滅門之禍。

至於世宗對此三次事件處理的經過，由於奏報及指示，皆用直接往來密摺硃批，不由題本；而硃批密摺必須繳回，此項規定在雍正朝執行得非常徹底；所以繳回的密摺一銷毀，即不會留下任何紀錄。

但有一點是可以確定的，由於當時漕幫已形成龐大而嚴密的組織，除了用各種方法籠絡利導以外，無法解散、改組，以及滲透、分化，倘有人敢於嘗試，即犯了「十大幫規」的第三條：「不准扒灰倒籠」；這是「十大幫規」中的「唯一死刑」一條，處置是縛在鐵錨上燒死。

潘祖「過方」，由他的開山門弟子王伊接統全幫。幫中稱之爲王降祖，爲「小祖」之首，幫中文獻敘其生平如下：

王降祖，名伊，字德降，又號降祥，法名文宣。浙江杭州人。乃潘祖開法領眾之首徒。秉性謙和，素以恆敬待人，深得幫中信仰。自潘祖「過方」承繼，統領糧幫事務。旋即開法領眾，共收弟子九千七百八十四人，均是當時良善子弟。生平操作，建涼亭，立路碑，修家廟，築航路，以及整理幫規，增訂家譜。續撰「萬象依皈；戒律傳寶；化度心回；普門開放；廣照乾坤；代髮修行。」共二十四字。

幫中被尊爲「小祖」者凡九人，都是「文」字輩。除「四少」外，其餘五人對於安定漕幫都起了作用；王伊之外，有個潘如虎亦是緊要人物，小傳如下：

潘小祖，名如虎，字青山，法號文道。浙江武林人，為潘祖之族侄，翁祖開山門之首徒。胸襟沖淡，儒雅能文，管理幫中文書公牘。自三家併一之後，受漕運總督禮聘入幕，幫中從此凡事多往請益就教。而潘小祖很能誠信待人，並不辭勞嫌煩，後幫人都稱讚為魯仲連。

按：漕督在乾隆初年，調動頻繁，足見漕幫不易管理；最後由顧琮回任，自乾隆六年底，至十二年初調南河；未半年復又回任。

顧琮之能久於此官，推測聘潘如虎入幕自有幫助；但主要的還是他的風節。顧琮之名似漢人，實爲滿洲，姓伊爾根覺羅氏，世居混同江畔。

「清人筆記」載其軼事：

混同顧公琮，太師文端公名八代子也。風骨挺勁，在滿洲大臣中，與蝶園徐公並稱。時人為之語曰：「前徐後顧，剛亦不吐」。世宗初年設會考府，公為主事。杖某親王府吏，親王初不悅而後奇之。

公嘗持議欲行限田法，以均貧富，與用事大臣動色爭於上前，無所撓挫。有文覺禪師者，出都聲勢熇赫，騎從如雲，道出袁浦，袞豫二州方面大僚，率屬郊迎恐後。公方與前總漕魏公廷珍相交替，皆若弗聞也者。公在京守制時，小車敝帷。人以為廝養；奉命治漕治南北河，久享厚祿，老病罷歸，至不能僦一廛以居。壁立千仞，清絕一塵，惟公實允蹈之。

按：顧琮由監生修算學議敘，於康熙六十一年已授吏部員外，雍正三年升戶部郎中；所謂「世宗初年設會考府，爲主事」語必有誤。

所謂「會考府」文獻無徵；「會考」當時會同考核之意；而被考核者則爲王府屬官，因官員考核，內有「京察」，外有「大計」；而王府屬下，非吏部權責所及，宗人府之考覈，則久成虛應故事，其時世宗方痛恨八、九、十、十四諸皇子府，自長吏至太監「興風作浪」，故特簡親藩，臨時組此會考機關，而以顧琮主其事；其後王府太監、護衛，迭有遣戍，當即是由此機關考覈的結果。

又兩條云：

顧總河琮，太傅顧八代子（按：應為孫）也，太傅為世宗授經師，渥蒙恩恤。公以廕起家，乾隆中累遷至河東總河。性耿直，好宋儒書，日惟一編相對，燈火熒熒如諸生，以古名臣自命，大事侃侃，不避利害，人以「鐵牛」呼之，鄂文端曰：「是真鐵漢也。」果於友誼，之河督時，前督完顏偉病於署中，家屬已先行，公為之守護湯藥，旬日無倦容。完顏公謝之。公曰：「吾輩共事，君父與昆仲無異，安有兄病而弟不經理者乎？況公家屬已去，琮敢不黽勉從事。」完顏公感激垂涕，後卒於署，公董其喪事，含殮從厚，人爭稱之。

所統河上兵卒，皆文弱少年，教以兵法技藝。嘗與李敏達公（衛）遇，李素以知兵自負，其親隨率關西壯偉之士。笑謂公曰：「若此何以禦敵？」公笑曰：「狄武襄以少俊為西夏所輕，故製滲金具接戰，恆多奇捷，安用外貌偉哉！」命與角觝，李兵應聲而倒，李慚而謝之。

顧琮的經歷，以河臣著稱，而主要的勞績，是在漕運方面；但河道的影響，人人皆知，而漕運內幕之複雜，則非局中人不能道其只一，因此顧琮的功勞，亦就不易爲人所悉。事實上河督與漕督有密切的關係，有時幾不可分；如果漕船出了事，河督亦不能免於處分，所以顧琮在任河臣時，間接亦爲對漕運的幫助。

從如上幾則軼事來看，顯然的，顧琮對於建立漕幫的風格；用現在流行的術語來說，是所謂形象，有很大的影響，或者亦可說是貢獻，顧琮對完顏偉的義氣，亦正是漕幫勢力能擴大到漕運所及地域、整個中下層社會的關鍵所在。

中國的任何組織，如能由儒法兼重的高級知識份子來領導，必定可大可久。白蓮教從東漢末年開始，一直到近代，在冀南到魯西一帶，以各種面貌出現，如終不絕如縷；而其盛衰，全視乎領導者而定，上則爲「黃崖教派」；下則爲「一貫道」，末流甚至有「鴨蛋教」的名目。

「黃崖教派」的精義，在老殘遊記的作者，以「黃龍子」的身分，向申東造所作的一番「開示」，已非常明瞭，但終不免令人有異端之感；此即不能以儒法爲本，故不成氣候。

漕幫入民國後，應正式改稱清幫，因爲已無漕運；幫中數典忘祖，作爲「海底」的一本「通漕」，竟稱之爲「通草」，教筆者這個「空子」笑煞。但清幫在民國十幾年有一段黃金時代，其中原因很多，而最主要的，仍是有高級知識分子參與，發生了影響。其時清幫中最有名的一個弟子，是「洪憲」的「皇二子」袁寒雲；他是「大」字輩的，但由「過方」而來。

以陳思王自命的袁寒雲，當時是頭號紈袴，爲了冶遊方便，入幫亦無不可，但表示不入幫則已；入幫則非「大」字輩不可。當時已無「理」字輩，即無法產生「大」字輩的徒弟，便有人通融辦理，在「理」字輩的「前人」靈位前磕頭，但移作「過方」。

按：「清幫十禁」之第八：師「過方」不准代師收徒；解說如下：

安清最忌是師方過方多年，弟子代師收徒。如徒代師收徒，有失在幫禮制，且新進幫者受不到教訓，而臉上亦無光彩，簡直有私賣安清大罪，理宜糾止。而在「墓前孝祖」、及「立牌位孝祖」，皆在例禁，犯者就是欺師滅祖，與「靈前孝祖」不同，幫中老少，統宜糾正，幸甚！詩曰：「師父過方既仙遊，弟子何能代師收？三教傳流皆一理，飛昇焉能教訓徒？」

「孝祖」即拜師之謂。有師已收徒，但未「開香堂」，師忽「過方」，因在靈位前舉行儀式，名爲「靈前孝祖」。這不過是補行手續，自與「代師收徒」不同。袁寒雲是「立牌位」孝祖；「三幫九代」，一個俱無，又爲特例之特例。

他之入幫，是由當時小報界名人筆名「林屋山人」的步林屋所安排；步林屋屬於「松江九幫」之一的「興武六」，所以袁寒雲也是興武六。

松江九幫本爲「疲幫」，疲者不振之謂；但漕幫一變而爲清幫，無漕運差使的負擔，而有幫口把持的利益；又是在松江府屬的上海，所以興武六變爲清幫中最大的一個幫派。此幫大字輩的聞人，除了步林屋、袁寒雲以外，還有張之江、張仁奎、蔣伯器。

而黃金榮則是「空子」，爲了孫美瑤在臨城抱犢崮，卻挾持了一大批國際旅客，引起軒然大波，黃金榮承辦此案「拜碼頭」，不得已冒稱清幫大字輩。但清幫的規矩是「准充不准賴」，因而外人不知道他也是「門檻外頭」的。

「准充不准賴」這條幫規，是幫中大有學問之人所訂；因爲冒充來，冒充去，弄假成眞，越冒越大。如果原來在幫，到得個人利害關頭，不肯承認，此爲「欺師滅祖」，倘或不加制裁，則「饑來趨附，飽則遠颺」，賴來賴去，非賴光了，僅存一個空名不可。至於能說動袁寒雲入幫，最大的一個原因，即謂乾隆亦是清幫子弟；六十年太平天子，尚且屈身江湖，則「開缺」的「皇二子」又有何不可？乾隆入幫之說，似乎匪夷所思，細細考量，極有可能。

據幫中文獻記載，「乾隆進幫之三幫九代」如下：

本師三代

鎮前幫

師父　法　碧蓮　法敬　四川成都

鎮江金山寺方丈　俗姓嚴名凱

師爺　佛　悟道　佛獻　湖北武昌

杭州靈隱寺方丈　俗姓陸名隆

師太　成　王均　成傑　浙江杭州　糧幫領幫當家

傳道三代

興武六

師父　法　陳有泉　直隸通州　船行當家

師爺　佛　馬　驤　山東東昌　船行當家

師太　成　花逢雨　江蘇海州　糧幫領幫當家

引進三代

江淮泗

師父　法　禪修　法廣　山東袞州

金山寺住持　俗姓聞名山

師爺　佛　修原　佛軒　四川仁和

雲遊四海　俗姓龔名之全

師太　成　李霸江　直隸通州　糧幫領幫當家

按：幫中規矩，開香堂「孝祖」時，本師以外，另由本師延請「傳道師」、「引進師」各一，必須隔幫，以便代爲監察照應；且亦便於聯絡。正式入幫後，始由三師示以師爺（師之師）、師太（師爺之師）名諱，此師所謂「三幫九代」。

乾隆的三幫「江淮泗」爲總幫；「興武六」爲大幫；而「鎭前」專屬鎭江，有其特殊的意義。顧亭林當初打算作「三分事業」時，以京口爲根據地，而金焦諸寺，則爲志士仁人秘密集會之所。

此幫領幫的王均，爲王伊之子，其本師爲蕭隆山，幫中稱蕭隆祖；蕭隆山之子少山，則爲王降祖的弟子。王伊與蕭隆山爲「潘安堂三十六大弟子」之首，彼此易子而教，實有互換「質子」之意；凡此均可看出情勢之嚴重，猜嫌之深刻，蕭隆山的小傳如下：

蕭隆祖，名隆山，法名文祥。山東府聊城縣人，為潘祖之關山門弟子。性剛直，喜行俠義事。與王降祖二人行止如一，潘祖視之為左右臂。開法領眾，共收弟子三千六百五十一人。於乾隆五十八年，十一月初四日過方，為清門第五代祖師中之一位。

由此可知，在清幫第五代中，身分最特殊的兩個人，一是蕭隆山之子，王伊的大弟子蕭少山；一即王伊之子，蕭隆山的大弟子王均。王伊的四大弟子爲蕭少山、趙謂、朱能、李霸江；而蕭山的四大弟子爲王均、花逢雨、阮如先、黃海。照他們的幫派，花逢雨爲興武六；李霸江爲江淮泗，而王均爲鎮前來看，可知王伊主持總幫江淮泗，過方後以開山門弟子蕭少山主持全局，而由關山門弟子李霸江領各幫之首的江淮泗；蕭隆山則掌管了最大的興武六及鎮前兩幫，以頂山門弟子花逢雨領興武六，由開山門弟子，且爲王伊之子的王均領鎮前，則此幫的重要性，超乎各幫以上，不言可知。

由此可以得一假設：清幫的家廟及糧幫公所，雖在杭州武林門外拱宸橋，只是可以對幫內公開之處；而眞正策畫大計，連對幫內亦不能公開的總機關，是在鎮江金山寺。

乾隆入幫的三幫九代的最上三代，爲江淮泗引進；興武六傳道；而以鎮前爲本師，實在是烜赫之至。而以此三幫的特性來說，可以代表全幫；則乾隆之入幫，可從兩個角度來看，一是漕幫全體爭取乾隆；一是乾隆對漕幫全體的妥協。當然，關鍵是在後者；乾隆如果不願妥協，漕幫全體跪在他面前，他亦是不會入幫的。

那末，乾隆是否有妥協的必要呢？當然，世宗父子都是非常精明而現實的人；審察對方的能力，足以駕馭，則不爲其所用，即爲其所殺；倘不能駕馭而又不能爲其所殺，自妥協不可。是則乾隆之肯入幫，自然是清幫的勢力大到已非他能消滅，不能不先求妥協；徐圖爲己所用之故。

清幫那時的勢力大到如何，我只能舉兩個人作譬仿，請讀者自己去想像，這兩個人，一個是美國以前的工會領袖閔尼；一個是現在波蘭的工會領袖華勒沙。當乾隆入幫時，他們如在乾隆卅九年以前，是王伊；卅九年至五十八年，是蕭隆山。我們個人判斷，是第一次南巡，即乾隆十六年的事。

推想當時的情況，乾隆已入牢籠，是在金山寺中被劫持之下，不妥協即不能生還京城。何以言之，運河全爲漕幫的勢力，固無論矣；即自北京南下，經山東至江南，從古以來的一條陸路大道，沿途旅舍、鏢行、茶坊、酒肆，亦到處都有清幫中人。

如果是坐船，只須派幾個能潛水的幫中弟子，深夜在御舟之下，鑿上一個大洞，便可了事。若由陸路比較困難，但亦決不是無隙可乘；而且乾隆個人可以坐十六人抬的步輿；但皇太后的龍鳳輿；皇后的鳳輿；妃子的翟輿，要找那麼多人長行入京，保護又何能周密？而且，最重要的是，傳出一個消息，說皇帝不敢由運河回京；那不天下大亂了嗎？

但乾隆畢竟是英主，他之一時屈於清幫的勢力，彷彿蒙塵，而實際上卻是因勢利導，獲得了有力的支援，也鞏固了整個大清皇朝的基礎。

走筆至此，想到讀者或許會提出質問，前文曾說過，由於康熙的仁政，前明遺民志士，皆已放棄了復明之想；雍正父子所興文字獄，不過借個大題目，以逞其私；何以現在又提出鞏固基礎的問題。於此，我要作如下四點的解釋：

第一、康熙朝自三十八年永不加賦的詔令頒布以後，基礎可說非常穩固；遺民志士，亦凋謝殆盡。但自一念和尚開始，方外仍存有殘餘的異族思想，待機而動。

第二、雍正朝如甘鳳池等有所活動，基本上是由世宗兄弟鬩牆，觸發了「外侮」。雍正六、七年時，各種反世宗的勢力，將有合流之勢，而遙奉誠親王胤祉爲盟主，此所以至雍正八年，世宗仍不能不將他僅有胞兄幽閉而死；我很疑心怡親王胤祥，不是看局面有大變化——世宗被推翻，而非清朝覆滅——自殺以求解脫，便是焦憂而死。世宗幽禁誠親王的罪名是，在怡親王喪儀中，了無戚容，弟喪而不悲，另一弟竟可以此罪兄，這完全是不合中國倫理的；是故世宗有爲怡親王洩恨之意，亦是很可能的。

第三、清幫之興起，得反世宗勢力的暗中支持，殆無可疑；但因有「革命」及「工會」兩重組織的意義在內，所以「三老四少」的革命不成，王伊、蕭隆山等人，即集中全力於「工會組織」的意義上，以期確保本身利益。但「反清復明」的革命意識，始終是在暗中的一塊招牌，這一方面是幫中不願「欺師滅祖」的義氣；一方面亦是對清朝的一種警告或威脅，如果不能善待清幫，「工會組織」可化爲「革命勢力」。

第四、如上所述，可知雍、乾兩朝的反對勢力，在康熙末年是不存在的，皆由世宗自召。當然，這股勢力即使有機會表現，亦不過造成混亂、削弱了清朝的勢力，決不致於亡清；此從以後的川桂之亂、洪楊之亂，可以看得出來。

乾隆在當時，親身走遍了一條運河以後，對這種情勢看得很清楚；他如果抱著「君子報仇、三年不晚」的想法，忍一時之辱，事後對清幫大加制裁，則造成混亂的結果，不是大清天下不保，而是他的皇位不保。唐朝自貞觀至開元，皆爲盛世，但皇位遞嬗，多不由正軌；乾隆熟讀通鑑，當然明白其中的道理。

照我的瞭解，乾隆即位十年，尙爲大臣所輕，頗爲苦惱。十三年孝賢皇后在德州舟次赴水自殺，更損帝德；惱羞成怒之下，一不做、二不休，以指斥皇長子爲始，借孝賢皇后喪儀違制之名，殺大臣立威；同時杯葛世宗面許配享的張廷玉。施展了這兩次乾綱大振的雷霆不測之威，大家表面是貼服了，但只是口服而心不服；因此，他個人猶須作進一步的努力，才能克保皇位。當然躲在京城裡是不會有問題的，但乾隆不是那種人；因此，在清幫要求他妥協時，恰好是爲他解決了苦悶。

一時的降尊紆貴，他所得到的好處是：

第一、獲得強有力的支持，從此立於不敗之地，任何勢力都不能推翻。

第二、消弭了亂源。

第三、漕運、河工，將更易解決。

一舉三得的事，何樂不爲？至於他以九重之尊，能忍此委屈，亦因心理上有特殊的感受，所以在觀念上易於突破。

至於乾隆進幫的儀式，當然不必如一般的開香堂，必只是禮佛而已，「引進」及「本師」的兩代四人都是和尚，當亦是有意的安排。按幫中所謂「家譜」，自翁錢潘三祖之後，方外而在幫者，只此「兩代四人」，當是起義志士而隱於禪者。乾隆在位六十年中，性格、作風凡三變；對於佛教亦然，最早是排斥，「清稗類鈔」方外門載：

> 高宗諭旨嘗云：「朕崇敬佛法，秉信夙深，參悟實功，仰蒙皇考嘉獎，許以當今法會中契超無上者，朕為第一」。然高宗自登極後，即禁敕緇流。凡有偶見天顏，借端誇耀，或造作言辭，招搖不法，在國典為匪類，在佛教為罪人，必按國法、佛法加倍治罪。又以披剃太眾，品類混淆，仍復給發度牒方准出家之例。

以後變爲容忍；當然他有個自圓其說的看法：

> 高宗御製詩云：「有以沙汰僧道為請者，朕謂沙汰何難，即盡去之，不過一紙之頃，天下有

不奉行者乎！但今之僧道，實不比昔日之橫恣，有賴於儒民辭而闢之，蓋彼教已式微，且藉以養民。分田授井之制，既不可行，將此數千百萬無衣無食遊手好閒之人，置之何處。」故為詩以見意云：「頹波日下豈能迴，二氏於今亦可哀，何必闢邪猶泥古，留資畫景與詩材。」

晚年則篤信密宗，而奉侍修持者，則爲和珅。這是後話，暫且不提。

文獻中還有一個深可玩味的痕跡，爲清幫中人從未注意到的。所謂「一百二十八幫半領幫當家」中，有十一個的「法號」上一字爲「倫」字，如「揚州二」岳德俊爲「倫立」；「海鹽衛」王海泉爲「倫常」等等。

但查「家譜」，岳德俊、王海泉等爲「能」字輩；足證「倫」應作「能」。按：乾隆本師碧蓮和尚，幫中法號爲「法敬」、則「文成佛法」之下爲「能仁智慧」，乾隆應爲「能」字輩。幫中文獻在「領班當家」表下有註：

查以上一百廿八幫半，幫名船名，以及領幫當家姓名、字派、別號、籍貫，均見戶部漕運通則。尚有所謂南漕北漕、朝南、朝北、上水下水、香伙腰船太平停修老堂等船，名稱甚多。總而言之，以一百廿八幫半論定。

果如所云，則顯爲避諱，改「能」爲「倫」。此爲乾隆在幫之確證，又「能」字輩弟子僅只十六人，而上一代「法」字輩，則有五十四人；下一代「仁」字輩有八十一人。「能」字輩獨少之故，則以乾隆已入幫爲此一字輩者，既成事實，無法變更，只有在官文書上改音似之「倫」；此後不應再收「能」字輩，藉便避諱，更示尊重。故知家譜中「能」字輩，皆爲乾隆師兄。可惜不知乾隆的法名，下一字爲何？

那末，乾隆有沒有收過弟子呢？細看幫中文獻，有所謂「強家四傑」，其傳錄如下：

> 直隸倉州，有強氏兄弟四人，為山東濟右幫當家林堃之高足。父名永年，保鏢為業；母家車氏，乃湖南頭幫當家車雲沖胞妹，祖居天津。嗣因糧幫改組，兄弟四人，相繼統帶桐船蔴包，各領一幫，行運於漕河江海之間。慣行俠義之事，廣結志士英雄。門前常置木桶兩具，一盛裝雜糧，一盛裝麵粉，任桑梓貧人取用。每逢歲底，兄弟四人，皆藏銀兩，遍覓危急之人週濟。
>
> 當時世人，稱讚強家兄弟為四傑，強傑行一，法名仁英，性質謙和，統領桐船蔴包頭幫，駐在山東膠州。強深行二，法名仁雄，英武冠世，統領二幫，駐在山東鄆城。強鳳行三，法名仁

俊，允文允武，性質剛毅，統領三幫，駐在山東城武。強魁行四，法名仁傑，勇猛好鬥，有人呼之曰：「張飛」。兄弟四人，侍母甚孝，可為幫中孝義模範云云。

按：糧船一百二十八幫半，半幫船又稱「隨運尾幫船」，爲半公開的走私船隻，南歸運北貨；北去運南貨，以前京城中的紹興酒，都由半幫船運去；一百二十四幫則全爲各地的糧船，惟有「強家四傑」的「桐船蔴包」幫，不知是何船隻?或言此四字應分開，作「桐船」、「蔴包」，則「蔴包」幫當爲供應裝米麻袋的專責單位；亦可說是獲有專賣的特權，在幫中爲非常特殊的人物。

細看上引傳錄，有一極大漏洞，即「強家四傑」爲「山東濟右幫當家林堃之高足」，而照「家譜」，林堃爲法字輩，安徽潁州人；「法」字之下爲「能」字；「能」字之下始爲「仁」字，則強家弟兄的師父，不當是長兩輩的林堃。

又，四弟兄的「法名」：仁英、仁雄、仁俊、仁傑，下一字合讀爲「英雄俊傑」，似爲同時入幫的，爲其師父所取，且有嘉勉期許之意。從這種種跡象來看，或者即爲乾隆所收的徒弟，亦未可知。傳錄中謂爲「林堃高足」，當是有意漏去一代，且其中別有淵源，已無從稽考了。

【經典新版】清朝的皇帝（二）皇清盛世

作者：高陽
發行人：陳曉林
出版所：風雲時代出版股份有限公司
地址：10576台北市民生東路五段178號7樓之3
電話：(02) 2756-0949
傳真：(02) 2765-3799
執行主編：朱墨菲
美術設計：吳宗潔
行銷企劃：林安莉
業務總監：張瑋鳳

初版日期：2020年1月
ISBN：978-986-352-776-3

風雲書網：http://www.eastbooks.com.tw
官方部落格：http://eastbooks.pixnet.net/blog
Facebook：http://www.facebook.com/h7560949
E-mail：h7560949@ms15.hinet.net
劃撥帳號：12043291
戶名：風雲時代出版股份有限公司

風雲發行所：33373桃園市龜山區公西村2鄰復興街304巷96號
電話：(03) 318-1378
傳真：(03) 318-1378
法律顧問：永然法律事務所 李永然律師
北辰著作權事務所 蕭雄淋律師

行政院新聞局局版台業字第3595號 營利事業統一編號22759935

定價：280元

國家圖書館出版品預行編目資料

清朝的皇帝 / 高陽著. -- 經典新版. -- 臺北市：風雲時代, 2019.11 冊； 公分

ISBN 978-986-352-776-3 (第2冊：平裝). --

863.57 108017678